Su kexi & Lu yu

多年前，她第一次见陆宇的时候，他穿着一件白衬衫，性感得要命。

这辈子再不会有另外一个人能让她如此喜欢。

姜之鱼

姜之鱼 著

天津出版传媒集团

百花文艺出版社

图书在版编目（CIP）数据

樱桃唇/姜之鱼著. -- 天津：百花文艺出版社，2025.5. -- ISBN 978-7-5306-9079-6

Ⅰ.I247.5

中国国家版本馆 CIP 数据核字第 2025CA0507 号

樱桃唇
YINGTAO CHUN
姜之鱼 著

| 出 版 人：薛印胜
| 选题策划：胡晓童
| 责任编辑：胡晓童
| 封面设计：@Recns
| 出版发行：百花文艺出版社
| 地　　址：天津市和平区西康路35号　　邮编：300051
| 电话传真：+86-22-23332651（发行部）
| 　　　　　+86-22-23332656（总编室）
| 　　　　　+86-22-23332478（邮购部）
| 主　　页：http://www.baihuawenyi.com
| 印　　刷：天津鑫旭阳印刷有限公司
| 开　　本：880mm×1230mm　1/32
| 印　　张：12
| 字　　数：325千字
| 版　　次：2025年5月第1版
| 印　　次：2025年5月第1次印刷
| 定　　价：42.80元

如有印装质量问题，请与天津鑫旭阳印刷有限公司联系调换
地址：天津宝坻经济开发区宝中道北侧5号1号楼106室
电话：（022）22458633 邮编：301800
版权所有 侵权必究

CONTENTS

从恋爱到结婚，
都只与同一个人，
她注定会嫁给爱情。

01.	意外重逢	001	10.	第一场雪	195
02.	心口不一	025	11.	假期来临	213
03.	广场夜游	043	12.	新年心愿	235
04.	生日聚会	063	13.	寒去春来	253
05.	男生宿舍	091	14.	好好学习	269
06.	小小纸条	101	15.	过独木桥	285
07.	心病难解	125	16.	志愿填报	303
08.	喜欢小狗	145	17.	大学时代	321
09.	难言之隐	161	18.	注定爱情	351

番外 向他狂奔 373

CHAPTER

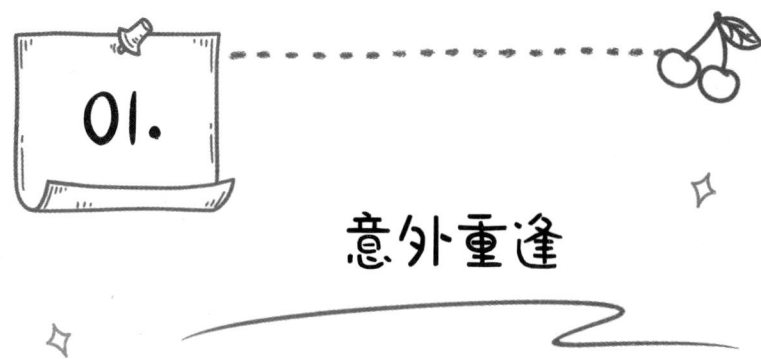

01.

意外重逢

If love is truth, then let it break my heart.
If love is fear, lead me to the dark.

If love is a game, I'm playing all my cards.

九月中旬,外面依旧闷热不堪。窗户紧闭,空调吹着风,教室里十分凉爽。因为考试,一张张座椅被拉开,只有翻试卷和落笔的声音。

苏可西回神,将记忆中的那个身影剔除。来不及看还剩多长时间,她慌忙地检查试卷,发现自己还丢了个填空没写。最后潦草地在草稿纸上算了好一会儿,答案没弄出来,自己头发倒是揪掉了好几根。

她狂躁地扭头看后头的钟,还剩一分钟打铃。苏可西只好赶紧随随便便蒙了个答案填上去。

停笔的一刹那,下课铃声回荡在安静的教学楼中。

讲台上严厉的女老师拍了拍黑板:"时间到了,交卷。所有人等我收完再走。"

然而没等她收完,学生们就站起来收拾自己的东西了,有的直接偷偷地跑出教室了。

"哇,我最后一道题感觉算错了。"

"第三个选择到底选 A 还是选 C 啊?我第一次算 A,第二次算又选 C……最后选了 B。"

"每学期刚考试我都是一塌糊涂。"

对话一如既往,几乎是每场考试都能听到的内容。

苏可西将笔袋装进包里,走出教室。不出意外,看到了外面等着的唐茵，肩上挂着个篮球包，十分潇洒。

走廊上经过的男生们都乖乖打招呼："什么时候一起打球？"

苏可西一把揽过唐茵的肩膀，哈哈笑："她现在要和我去私奔，没有时间管俗事。"

"厉害了。"男生们立刻嘻嘻笑笑，勾肩搭背地离开。

唐茵睨她一眼："满意了？"

苏可西说："满意，大美人在怀，怎么会不满意？"

她和唐茵从小就是邻居，不过是两个极端。

唐茵长得好，成绩也好，一直是年级第一，而她就是中下游，如今能在前几个考场已经是人品运气爆发了。

书包里的手机忽然振动起来。

苏可西接通电话。

"西西啊，你妈妈刚刚摔了一跤，现在在医院，待会儿你自己回家。"

"怎么回事？哪家医院？"

"三医。"

三医是第三医院的简称，才建好不到一年，正好距离学校不远，过个马路，走十分钟左右就能到。

看她脸色不太好，唐茵问："阿姨怎么了？要我陪你去医院吗？"

苏可西收好手机，叹气道："不用了，我过去就行了。"

她回头看了眼教室的号码。

唐茵一掌拍在她头上："看什么看？！"

苏可西被洞察心思，跳着脚。

高二上学期，她对八班的陆宇一见便觉惊为天人，陆宇高冷话少，标准的乖乖好学生。

她在高二下学期才和他熟起来。

想到后来发生的事，苏可西摇着头："我先走了。"

说完，抿着嘴跑进了边上的楼梯间。

傍晚,医院人不多。

苏可西熟门熟路地去了电话里提到的科室。一推开门就见到了抬着一条腿在椅子上,让医生包扎抹药的杨琦。

杨琦看到她,说:"你爸大惊小怪的。"

苏可西走过去仔细看了一眼,还好只是皮外伤。她坐在边上道:"谁让你对自己穿高跟鞋奔跑的能力那么自信。"

听到摔伤的原因那一刻,她差点翻白眼。

她妈居然穿着高跟鞋下楼跑得飞快,也真是艺高人胆大。

杨琦讪讪一笑:"我急嘛。"

苏可西盯着她,毫不留情地说:"再有下次,我就把你的高跟鞋全部捐了。"

"这可不行。"杨琦怕女儿真做得出这样的事,连忙说,"好啦好啦,妈妈下次不这样了。"

医生收好东西,又皱着眉。

随后转向她,说:"小姑娘,刚才护士去了那边病房,你能帮我叫一下吗?这两天人太多了。"

苏可西点点头。

病房离这儿不远,她一进去就看到了在换点滴瓶的护士。换好后,两个人一起回去。

苏可西在前,等到了科室办公室的门前停住了。

透过科室上面的玻璃小窗口,可以看到里面多了个男生。男生坐在那里,侧对着她。凌乱的黑发被汗水打湿,贴在额头上,高挺的鼻梁上歪着一张创可贴,头顶的灯光映出他略微冷白色的皮肤。他歪着头,从她这边只能看到光影交叠下,棱角分明的下颌线和略薄的唇线。

医生正捏着他的胳膊,手肘处血迹斑斑。走近一点,就能看到混在内的伤口,还有快要脱落的痂。苏可西看得眼发晕。

旁边的护士说:"这个陆宇,肯定又惹事了。"

苏可西愣怔:"他是这里的常客吗?"

"是啊。你不知道,他这个星期就过来了三次……不对,算上今天就是第四次了。"护士感慨道,"这么漂亮一个小男生,怎么就爱惹事。"

如果她是这孩子的家长,估计头都大了。

苏可西竖着耳朵,眼睛一眨不眨。

护士先一步推开门,数落道:"陆宇你是不长记性啊,上次才好,这次又出事了。"

陆宇偏过脸,毫不在意地说:"这不是还活得好好的——"

话尾戛然而止,他的目光落在护士后面的人身上。

空气突然停滞了一瞬。

那双好看的眼睛里染着一片墨黑,深不可测,含着意味不明的光。

片刻后,陆宇慢条斯理地转开了眼。他丝毫没有受到影响,和医生有一搭没一搭地说着话。

苏可西定了定神,有些赌气地挪开了视线。

反正他都干出来一言不合就转学,都不和她提一句,还换了联系方式的事,现在这样又算得了什么。

她坐到边上,脑海中灵光一闪,向她妈妈问道:"妈,你上次说的小哥哥什么时候带我去他学校啊?"

陆宇停下晃动的腿,微不可见地往后仰了仰。

正在上药的医生差点抓空,说:"往前面来,别乱动,都不好上药了。"

听见这话,苏可西忍不住笑出声来。

陆宇脸一黑,拖着椅子直接往前一大步,声音在静谧的科室里十分明显。

医生又说:"往后退点,没让你来这么多。"

苏可西歪着头,目光盯在他僵直的后背上。

她悠悠地长叹一口气。时间再怎么过,有些东西都不会变。

杨琦还在发愣刚刚的那句话,回想好久也没想到那什么小哥哥是谁,疑惑地问:"你说——"

才开头,话就被苏可西截断:"我说了算?那我定星期天呗。"

余光瞥向斜对面,她勾了勾唇角。

手撑着下巴,笑嘻嘻地说:"就这么定了。"

杨琦不知道她在搞什么,刚想问,心神就被脚疼拽走了:"西西,你去给我买点吃的,就甜的就行,不要告诉你爸爸。"

"哦,好。"

她这个妈妈,年少时被外公外婆娇生惯养,嫁人后被爸爸惯着,比她这个女儿过得都滋润,受一点疼都要买甜的吃。

看了眼依旧背对着自己的人,苏可西快步出了科室。

医院的旁边就有超市,买了一袋糖后,苏可西就回了科室。

还没等她走到科室那边,电梯门口突然被打开。一阵慌乱的脚步声,伴随着嘈杂的声音,还有护士小姐的说话声,往这边传来。

苏可西一边往前走一边看,就看到几个漂亮的护士从电梯里出来,拦在那边,还在不停地劝阻,而被她们围在中间的男人则是满脸怒容。

"先生,那边你不能去。"

"这里有病房,请你离开行吗?有什么事可以稍后再说。"

"先生请不要硬闯,里面还有其他病人。"

苏可西看到的时候,那个男人正好猛地甩开了其中一个护士。

他长得壮,力气也大,那个护士一时不察,摔在边上,碰在靠墙的休息座椅上,发出不小的声音。实习的护士忍不住尖叫起来。

苏可西瞳孔微缩。

那个男人一转身,她就看到他手中居然还拿了一根铁棍,显然是早有准备,居心叵测。

看他朝这边走来,苏可西反射性地往科室那边跑,心跳得很快。

以前这样的事情也就在新闻上见过,现在亲眼见到……

刚才那个护士小姐姐肯定摔伤了。

苏可西和同学间顶多是小打小闹，和不远处那个拿着铁棍的男人丝毫不能相比。

才进科室，她就紧紧关住门。一瞬间，里面的几个人目光都放在了她身上。

"西西，怎么了？"杨琦好奇地问。

苏可西头也没抬："没事没事。"

她从口袋里摸出手机，手不停地哆嗦着迅速拨出了报警电话，将这边发生的事简短地说出去。她着实被吓到了。

听到她的话，陆宇唰地从椅子上站了起来。

科室里留下的两个医生和护士脸色都变了，他们最怕碰到这样的事情。

病房的门上有小窗口，可以清晰地看见外面的场景。

男人有武器在手，保安还没来，护士们根本不敢过于接近，刚刚那个被甩开的就是前车之鉴，谁也不敢拿自己的命开玩笑，只能眼睁睁地看着他往前走。

离得近，声音渐渐传了进来。铁棍偶尔砸在墙上，撞击声非常刺耳。

那个男人还在语气凶恶地说话："是谁把我媳妇在手术台上弄死了？！这次我要他赔命！"

苏可西脸色微白，从门边退开。警察再快也要等几分钟才能来，现在外面的几个柔弱护士压根制止不了这个壮硕的男人。

就在这时，杨琦忽然脸色大变，从椅子上站起朝这边跑来，结果不小心摔在地上，仓皇的声音愈加尖厉："西西躲开！"

苏可西下意识地回头。

透过小窗口，可以看到刚刚的那根铁棍往这里面敲，那人正好对上她的视线……

"啊——让开让开——"周围一片尖叫声，耳膜阵痛。

苏可西几乎要喘不过气来，反射性地往后退，脚后跟碰到了后边的椅子，一时不察被绊倒。

背后突如其来一只手，扣住她的手腕，用力地将她直接拽到了一边。两个人都倒在了地上。

苏可西的后背抵上地面，冰凉的触感顺着薄薄的衣服传到心里去，心跳都差点停了。

她睁眼，就看到旁边眉头紧皱的陆宇。

"快抓住他！"

"别让他跑了！"

愣怔间，保安已经赶了过来，拿着电击棍围住了那个男人，花了点工夫才将他制服。

门外终于安静下来，唯留小护士的啜泣声。

苏可西的指尖碰到黏腻的东西，偏头一看，是血，陆宇的脸色也不太好看。

苏可西脱口而出："陆宇。"她变了调的声音带着惊慌。

陆宇皱眉："喊什么喊？我还没死。"

护士回过神，惊讶地叫道："快，玻璃都进去了，陆宇，你赶紧过来处理一下！"

陆宇径直站起来，面不改色，仿佛刚刚发生的不过是一件平常事而已。

转身的瞬间，苏可西看到了他衣服后扎进去的玻璃碎片，伤口处渗出了点点血迹，令人头皮发麻。手肘处的痂脱落，露出裂开的粉红色伤口。

苏可西反应过来，从地上爬起来，将杨琦扶起。还好杨琦只是摔在边上，没出事，就是被吓了一跳。她安抚好妈妈后，目光落在替她承了伤的陆宇身上。

许是察觉到了，陆宇转过脸，盯着她，冷淡地哼了一声："看什么看？没见过我这么帅的小哥哥啊！"

苏可西一愣。她想到自己刚刚故意瞎编的一句话，一下子乐了。

"是啊,没见过。"眼里是藏不住的狡黠。

她凑过去一点,恭维道:"这位小哥哥,你真是太厉害了。"

科室里的医生和护士都是一愣。

陆宇耳朵动了动,哼了一声:"我才没你这么大的妹妹。"

说话的时候牵扯到了伤口,疼得他龇牙咧嘴的,帅气的脸也跟着扭曲了。

苏可西悄悄地"啧"了一声。

护士赶紧走过来,把他押去检查。

医生剪开了陆宇的上衣,光裸的后背上插着几块玻璃碎片,染着血,看上去触目惊心。

他松了口气:"还好没有进去太深,这次回家后好好养养。"

医生姓陈,被调到这边才几个月,就这几个月,他几乎每个星期都能见到陆宇,也算是知道他的性情,才如此叮嘱。

苏可西看着他用小镊子夹出碎片,然后迅速止血。因为是碎玻璃,所以伤口很小。

也许是消毒水的缘故,陆宇一直皱着眉。

她悄无声息地走到一旁,盯着托盘上浸了血的纱布,又将视线转移到他的后背上。

两个月不见,上面多了几道伤口。苏可西不知道他经历了什么,但这样明显的变化,显然对他来说打击非常大。

最后一块玻璃扎得有点深,陈医生小心地往外夹,陆宇疼得脸色发白,依旧没有吭声。

医生给他上药包扎好后道:"好了,动作小点,晚上回去记着千万不要碰水。"

陆宇问:"洗澡怎么办?"

陈医生说:"要实在不行,你就洗澡,不过我劝你还是忍忍,家里有大人吧,让他帮你擦擦后背。"

不知道哪句话触到了陆宇的霉头,他唰地站了起来,表情异常难看。

  陈医生做这行这么多年，自然会看眼色，瞬间就猜到了点什么，恐怕陆宇现在这吊儿郎当的模样，和家里脱不了干系，他也不好再说什么。

  他不动声色地看向前方："小姑娘，你脸色都白了，还在那儿看着做什么？"

  陆宇转过身："有什么好看的？"

  苏可西怔了怔，毕竟这伤是替她受的，她一时不知道怎么回答。

  樱桃色的唇瓣被雪白的牙齿咬着，染了胭脂一般，唇珠明显。

  陆宇生硬道："我去洗手间。"说罢，大步离开了科室。

  这边科室里病人不多，大多数上午来过就走了。杨琦看着女儿的表情，有点猜到了什么，琢磨了半晌。

  她低声问："你们两个认识？"

  苏可西的神情顿住。她自然是认识的。

  苏可西突然想起去年第一次看见陆宇的时候。

  那时高二上学期开学没多久，学校组织去邻市旅游，统一租的大巴车，每个班一辆，长得都是一个样儿。到景区后，大家都去玩了，她有点头晕，上了洗手间就回了停车场。

  惨的是，她完全忘了自己班的车在哪儿，最后找了一辆看着有点像的，噌噌噌就上了车。车上一个人都没有，她坐在那里，准备等有人回来了再问问，然后就等来了陆宇。

  他才高二，个子就已经相当高了，身形清瘦挺拔，略短的黑发搭在额上。

  他穿着一件白衬衫，领口微张，露出锁骨，袖子挽起，卷在小臂上，明明很普通的白衬衣愣是穿出了矜贵感。橘白相间的校服挂在肘弯处，手中握着一瓶矿泉水，十指修长，指节分明。他眉头微皱，漆黑的眼眸盯着她，带着生人勿扰的意味。

  这么好看的人，她以前居然没见过。

在她出神间,陆宇已经开了口:"同学,你坐的是我的位置。"

声音微哑,可依旧能听得出声线清冽,犹如山泉。

苏可西的心口都震了一下。

良久没得到反应,他已经有些不耐烦。

苏可西回神,笑了笑:"不好意思,我上错车了。"

她从座位上离开,站在过道边,问道:"同学,哪个班的啊?"

陆宇掀了掀眼皮,黑漆漆的眸子打量着她。

眼前的少女巴掌大的脸有些白,更衬得眼睛乌溜溜的,及肩发柔顺地搭在肩膀上,随着动作微微晃动。大概是身形过于娇小,校服在她身上倒是宽松许多,空荡荡的。

他居高临下地看着她,她的唇形很美,樱桃小口微张,露出来的牙齿雪白紧凑,像石榴子似的。

也许是生病了,她脸上毫无血色,本应该红润亮泽才对。

陆宇忽然冒出来这么个想法,而后默默摇了摇头。

苏可西让开了一条道,又问道:"这是哪个班的车,离十四班的远吗?"

陆宇伸出一根手指,指了指不远处的一辆车。

苏可西有些懊恼。话这么少,连班级都不肯说,也真是小气。

"谢谢了。"她抬了抬肩膀上的包带子,越过他往前面走。

嘉水私立中学,一个班也就三十多人,学校租的大巴自然不是很大,所以过道很狭窄,一个人可以,两个人就非常挤。

对面那椅子上的背包带垂了下来,她猝不及防地抬脚,一不注意勾了上去,瞬间整个人控制不住地往前倾。

苏可西以为自己要摔得惨不忍睹,没想到自己被一个人拉住了。

他的掌心冰凉,倒是和他现在的模样挺符合的。

"可以起来了吗?"冷淡的声音从头顶响起。

苏可西站好,低头的时候龇牙咧嘴了一番。

从这个角度看去,陆宇的身材线条美感十足,精致漂亮,整个人有种老干部的感觉。

她冲他露出一个非常灿烂的笑容，指了指外面："那是不是你班主任啊？"

陆宇顺着手指的方向往外看，苏可西趁机靠近。陆宇猛地转回头来，后退半步，眉毛皱成了一团，脸色十分难看。

他抿着唇，声调陡然下降一个度："你走不走？"

语气比刚刚那句"你看什么看"还要差上几分。

时隔两个月，医院再重逢。

苏可西怎么也没想到陆宇变成了现在的模样，当初多高冷矜持啊，现在倒好，自己天天生事，貌似还不想承认和她认识的样子。

正想着，陆宇推门进来。

与以前雷打不动的橘白色校服搭衬衣的衣着相比，仅仅两个月，变化极大，不过人依旧还有当初的模样。

他大剌剌地坐下来："这伤什么时候能好？"

陈医生说："最少也要等半个月，好的话也要十来天，急不得。我给你开药，你要是能自己上药就自己上，不行就过来这里。"

陆宇点头，另外一只完好的手臂撑在桌上。

苏可西盯着那边，回答了杨琦一开始的问题，还特意扬高了声调："这个小哥哥，我是见过的。"

杨琦：女儿，你这声音也有点太大了……

见那边没什么反应，杨琦叹了口气，小声开口："西西，你去外边接点热水，人家都帮你了。"

苏可西"哦"了一声。她看向斜对面，拖长了声音问："超级厉害的小哥哥，你现在喝不喝水？"

陆宇心想：就不喝。

他面无表情，一点也没被她的称呼吓到。

"不喝。"

苏可西也就意思一下，看他一副嘴硬的模样，也不找话了，径直出了门。

"人都走了，还看。"抹药的护士突然提醒道。

陆宇脸色一僵，指尖微动。他扯了扯嘴角，嘟囔道："我才没看。"看护士一脸心知肚明的笑容，想到刚刚的事情，语气又有些冷淡，"长得又没我好看。"

空气中弥漫着消毒水的味道，外面已经打扫好医闹留下来的烂摊子。

饮水机在走廊尽头的水房，离这边还有点距离。

苏可西过去用一次性水杯接了热水，又兑上些冷水，端着回了科室。科室里已经没了陆宇的身影。她端着水杯，站在过道中央，有点不知所措。

杨琦眨眨眼，主动说："刚走。"

苏可西终于回神，将杯子往桌上一放就跑出了诊室，直直地往楼梯那边走。才下二楼，就在取药处看见了他的背影，窗口处的工作人员正递给他一个塑料袋。陆宇接过拎着，修长的手指可见血管与纹路，他面无表情，转过身就走。

苏可西一直跟着，直到走到楼梯口，他忽然回头，不耐烦地说："别跟着我！"

她挑了挑眉，一步步往前走过去："我还没来得及感谢你。"

陆宇不为所动，不接话，径直朝楼梯下走。苏可西三两步冲上去，用了有史以来最大的力气，一把拽住了他。

"陆宇！"

苏可西生生刹住了力气。他还有伤呢，她不能这么粗鲁，万一伤上加伤就不好了。

幸好她的力气对陆宇而言不值一提，他脚步后退了一点，定在那里。

他语气不佳:"你干什么?"

苏可西个子不高,只能仰着头:"你猜。"

她眨眨眼,鸦羽似的睫毛如蝴蝶翅膀,扇来扇去。

陆宇伸手推开她,没好气地道:"猜个屁。"转身就想走。

苏可西知道他想做什么,心思微动,再次张开手拦住了他。

陆宇的身体明显地僵了一下。

还没等他再次躲开,苏可西已经凑上来,对上他的眼睛,一脸无辜地问:"你喜欢什么样的感谢方式?"

陆宇动了动嘴:"都不喜欢。"

"同学,你可不能这样啊。"她说。

有脚步声伴随着说话声传来。

苏可西后退几步,整理了一下自己的衣服。才刚弄好,一个护士搀扶着老人就走了过来:"小心,下楼梯的时候一定要慢点,不要急。"

两个人站在那里,让开一条道。

护士没察觉不对,只当是两个小年轻站在这边聊天,还好意提醒道:"这袋子怎么扔地上了?"

陆宇拎起袋子,面不改色:"没拿稳。"

护士不疑有他,扶着眼神不好的老奶奶下了楼。

直到脚步声消失,苏可西歪着头看了眼陆宇,质问:"你刚刚干吗装不认识我?"

陆宇睨她一眼:"我喜欢。"

苏可西混沌的脑袋因为这句话突然变得清明。

她冷笑一声。

一声不吭地转学,一个暑假不联系,还换了联系方式,现在还装作不认识她,真没良心。

两个月不见,和上学期的他相比,眼前的陆宇变得更清瘦了,个子还抽条了不少,但线条逐渐硬朗起来。他身姿修长,站在那里动也不动,看上去骄傲得不得了。

苏可西心中咬牙切齿,面上却露出一个灿烂的笑容,掩下了汹涌的情绪:"好久不见啊。"

她之前一整个暑假都为他开脱找借口。

也许是回了老家,进了深山老林里,没网,又或者是家长把手机、电脑等没收了。到后来,她自己都觉得很敷衍,心里面就已经有了猜测。

半个月前,学校开学后,她去了八班。

当时不少学生正在捧着书整理桌子,班主任还没来,她赶紧抓着机会推开了后面的窗户,张望了一下,里面没有陆宇的身影。

两个学期以来,她出现在八班的频率很高,他们都知道她。

那天八班的同学怎么说的来着?

"你不知道吗?陆宇他转学了。上学期期末的时候,考试也没参加。"

那个人似乎有些不敢相信。

苏可西当时站在那里半天没有动,说不出一句话。

火上浇油的是,他的同桌还补了一句:"西西,陆宇没和你说吗?我们一开始也以为他是请假了,后来才听班主任说转学了,好像提到过一次,是去了三中,我也不太确定,你要不去问问别人?"

她不知道,一点也不知道。

医院的消毒水依旧味道浓厚。

苏可西深吸一口气,抬头看着他,语气放平静了一点:"你为什么要转学去三中?"

如果不是因为暑假没联系上人,不知道他在哪里,苏可西早就过去暴揍他一顿了。

开学到现在,学校没放假,她也不能出学校,也一直没能见到他。

这边的三所高中都在一条线路上,只是中间距离长短的问题。

三中的师资力量和硬件条件等比不上嘉水私立中学,陆宇一个年级排名前几的好学生,老师眼里的宠儿,苏可西不明白他为什么转去那里。

陆宇在她出神的片刻,忽然说:"你以后不要再找我了。"

留下一句简单的没头没脑的话,他头也不回地离开了。

苏可西蒙头蒙脑的:"什么叫不要找你?"

她连忙下楼去追,可她的脚步实在比不上陆宇的大长腿,等她到达大厅的时候,他已经拉开了计程车的门。

她急道:"陆宇,你敢做不敢认!"

陆宇的动作停顿了一下,但还是进了车里。

医院门口人来人往,有不少年轻人都听到她刚刚的声音了,目光都盯着她看。

苏可西气得要死,连连骂了好几句,这才沮丧地转过身朝医院里头走。

没过多久,一个小孩子拽着自己妈妈的手,疑惑地问:"那个大哥哥为什么又回来了?"

年轻的妈妈拽住他,小声道:"我跟你说,这样人模狗样的人,以后千万不能信。"

小孩子懵懵懂懂地点头。

人模狗样的陆宇一阵沉默……

陆宇发现苏可西的时候,她正缩在楼梯间的角落里,背对着他,肩膀一耸一耸的。

外面走廊的灯大亮,这边却有些暗。楼梯间的窗户透着夕阳红,暖暖地照在地面上,铺了一层金光。

苏可西抱着膝盖坐在那里,她听得出,身后有脚步声,且刻意放轻了,越靠近她身后,声音越轻。

医院的地面干净得能映出人来。苏可西垂眼,在地面上看到了一个模糊的影子,就站在她后面不远处,倚在门边。

猥琐男？医院里也太不安全了，她才划过这个想法，另一个答案就在脑海中闪现出来。

苏可西猛地站起来转过身，在身后人没反应过来的时候，直接伸手扯住了他："你不是走了吗？不是跑了吗？"

陆宇皱着眉："你没哭？"

苏可西愣神。敢情刚才是以为她在哭，所以才又绕道回来了。

"我没哭你是不是很失望啊？！"她伸脚踹过去，不过没用太大力，放声叫道，"陆宇，你没良心！"

外面走廊有护士经过，听见这里的吵闹，脸色一变，以为又是医闹，赶紧快步走过来。

陆宇眼疾手快，将她往旁边一带，沉着声说："叫什么叫？不知道这里是医院吗？外面都有人过来了。"

话音刚落，护士就走了进来，看到他们，语气温温柔柔地道："不好意思，这里是医院，可以安静一点吗？"

陆宇点头后，护士才满意地离开。

苏可西一巴掌打上去，眼尾发红，声音也放冷了："你放开我。"

陆宇松开手。

苏可西不理他，转过身就朝外面走，现在这么个情况，她是什么话都不想说了。

陆宇跟在后面，始终保持着一臂的距离。上楼转弯的时候，他还能瞧见她的脸气鼓鼓的。

苏可西心里头那个气啊！看陆宇这模样，是不是琢磨着，别人都不会演戏？！

她冷冷地说："你别跟着我。"

苏可西原本脸上就有婴儿肥，这么一气，瞬间鼓起来了，再配上小个子，看着软萌软萌的。

陆宇嘴硬："这路又不是你家开的。"

话里话外态度依旧十分欠扁。

想到之前两个月的惴惴不安，苏可西忍不住瘪嘴，突如其来的委屈填满了胸腔，喷涌而出。那时她又担心又委屈，还害怕他出事，什么样的猜测她都想过，又被她自己否决掉。此刻，眼眶里的泪珠忍不住顺着脸颊往下掉。

陆宇没料到会这样，有些不知所措。他面上没点表情，眼睛里却满是慌张，半晌抿着唇道歉："对不起。"

这句话才说完，苏可西就从无声落泪进化到了小声抽噎，头跟着一点一点地，看得陆宇又急又躁。

两人认识的一年里，他从没见苏可西哭过，这是头一次。

他抽出纸巾，胡乱地擦上去："不要哭了。"

苏可西就是不理他，转过脸去。陆宇跟着转到她眼前，抬起一只胳膊继续给她擦眼泪："我不是故意的，你别哭了，好不好？"

她一哭，他就招架不住。

陆宇放低了声音，就像是在哄小孩子一样。他的声音原本就好听，如此压低声线，可见是真的慌了。

看她脸上也哭得乱七八糟的，眼角还有点发红，微微张着嘴，一副抽噎不止的模样。

陆宇揉了揉头发，待在那儿站了一会儿，又凶巴巴地开口："你再哭我揍你了啊。"

苏可西用手一抹脸，站起身又踹了他一脚，委屈巴巴地质问："你怎么那么坏？居然还想揍我！浑蛋浑蛋浑蛋！"

她一连说了好几个"浑蛋"，气得脸颊通红。

陆宇琢磨了半晌，觉得自己的脑子可能有点毛病，才会这么任她骂。

"啊！"面前的苏可西叫了一声，随后她两只手扒上来，"快把两手中指勾住！"

"搞什么？"陆宇一阵莫名其妙，随后被她抓着自己的手摸了摸鼻子。

指尖碰到了不明液体,苏可西嫌弃地松开他的手,陆宇低头看了一眼。他流鼻血了!

经过流鼻血这么一遭,两个人哪还有心情去想其他的。

苏可西第一次见陆宇流鼻血,吓得不行:"赶紧去那边让护士处理一下吧。"

陆宇硬撑:"不用,马上就停了。"才说完,鼻腔里的血又是哗啦啦地往下流。

苏可西愣了一下,差点笑出声来,这打脸速度真快啊!

陆宇捏着鼻子,垂眼看到她一脸戏谑,当即表情就不太好看了:"你都多大了,还记着勾手指?"

苏可西脸一红:"你管我!"

这方法是她妈妈教的,她一直用着,没想到今天被嘲笑了。

陆宇哼了一声没说话。

苏可西拿纸替他擦了擦血,两个人磨蹭了几分钟,还是决定让护士处理一下。直到十几分钟后,陆宇的鼻血才算真正止住。

苏可西回到诊室已经是半个多小时后了。

杨琦还等在那里,正在和医生唠嗑,看她表情一会儿高兴一会儿咬牙切齿的,问道:"找没找到人?"

苏可西也不敢说刚才发生的事,扯了个谎:"没,我出去的时候他早走了。"

"那你出去那么久,到现在才回来?!"

她随口说:"我随便逛了逛。"

杨琦狐疑:"医院这么点地方,有什么好逛的?"

她说着站起来,苏可西赶紧过去扶她。

护士将东西递给她们,叮嘱道:"半个月后还要过来再看一下,回去后不要用力。虽然不是太大伤,总要注意的。"

直到站在医院的大门口,苏可西的心还没平静下来。

升入高三后,嘉水私立中学就变成了半个月一放假,每周五晚上第三节课后才可以回家,今天正好放假,所以考完试后苏可西才能直接离开学校到这边来。

她和杨琦回到家的时候,阿姨刚刚做好一桌饭,饭菜的香味传进鼻子里。

杨琦被她扶着坐到椅子上,说道:"你爸爸今晚有事,不回来吃了,就剩咱们娘俩儿了。"

苏可西点点头。

苏可西上小学时,妈妈杨琦给她过生日,请了全班同学,玩得很尽兴。第二天杨琦就被举报了。

举报信上写得有理有据,说她家境过于富裕,怀疑她爸妈作风有问题,不然怎么买得起一个那么大的豪华别墅。

最后自然是什么都没查出来,因为实际情况压根就不是那么回事。

外公家是开房地产公司的,家里现在这套房子还是外公给妈妈杨琦的嫁妆,和唐茵家正好是邻居,要搁别人自然是买不起的。

苏可西对当时的事情至今记忆深刻,只觉得人心可怕。连她家什么样都知道,举报人只可能是她的某个同学,这种隐藏在背后的小人,实在让人打心底发怵。所以从那以后,苏可西再没请过唐茵以外的人来家里,别人问父母的职业她也是糊弄过去。

饭桌上除了一些红烧菜,还有骨头汤。

阿姨拿了一把勺子过来,笑着说:"这是给太太喝的,缺哪里补哪里,喝点汤,好早点养好身体。"

苏可西早就饿得不行了,拿过筷子就埋头开始吃,不过动作还是挺斯文的。

等阿姨走后,杨琦才开口,语气随和:"西西,妈妈有件事要问你。"

苏可西头也不抬地回道:"问吧。"

杨琦夹了一只鸡腿放在她碗里,状若无意地问:"今天在医院,那个叫陆宇的男生……和你什么关系?"

苏可西停住筷子,戳了戳米饭:"就同学关系。"

"同学关系?"

"嗯,他以前是嘉水私立中学的。"苏可西垂眸,"妈,你放心好了,我不会乱来的,你还不信我吗?"

杨琦本来也没有怪她的意思:"我看他还挺仗义的。不过话说在前头,你一定要自爱,不要把自己置于危险里面。"

这才是重中之重。

就凭陆宇给西西挡了伤,她对这个孩子就很有好感。和医生唠嗑的时候,她也打探了一下消息。虽然他的性子桀骜不驯了点,但总的来说,还算可靠。

苏可西抿着嘴笑,撒娇道:"妈,我知道啦。"

"你知道就好。"杨琦叹了口气,"我就你这么一个女儿。"

这么明理的态度,苏可西早有预料。

当初,妈妈和爸爸很早就恋爱了。那时候,杨琦是一个娇娇大小姐,每天考虑的都是去听什么音乐会,看什么画展,去哪个国家旅游多少天,认识的人都是一个圈里的。她性格比较好,说话柔柔的,眼睛看着人的时候里面就像是盛了一片湖,直把人溺死才行。

而爸爸苏建明还只是个毛头小子,什么都没有,每天除了想着怎么干大事,就剩下那张好看的脸了。

当时不少人都在追杨琦,杨琦偏偏就看上了一穷二白的苏建明,恋爱、结婚水到渠成。

苏可西的外公虽然生气,但又舍不得唯一的宝贝女儿受罪,这才同意,还办了场盛大的婚礼。但结婚当晚,外公派人把苏建明押去狠狠教训了一顿。

没想到的是,苏建明从一个小职员一路走到了现在的地位,这期间,杨琦一直陪在他身边。

几年普普通通的生活,两个人过得甜甜蜜蜜的,还有了苏可西这个爱情结晶。

杨琦在家被爸爸疼,嫁人后被苏建明疼,一点苦都没吃过。受点疼,苏建明夜里都想着怎么去弄糖给她吃,省着工资给她买漂亮衣服。杨琦就是要天上的星星,他也去摘给她。

十几年的时光一闪而过,岁月在杨琦身上没有留下多少痕迹,反而让其增添了魅力,气质也从娇嫩变得愈加慵懒,每每让苏建明移不开眼。

苏可西咬着筷子尖,心想,她什么时候也能这样啊?

回到房间后,她躺在床上,困得不行,给唐茵发了条消息,然后倒床就睡。

朦胧中,她感觉自己做了个梦。

梦中是炎热的夏季,她在大巴车里遇到了一个男生。后来,苏可西得知了男生的名字。

陆宇,学霸,高冷,这描述和她在车上看到的样子倒是挺像的。

苏可西回头对着窗户看去。陆宇已经坐了下来,正看着外面。

窗户半开,璀璨的阳光映着眼睛,墨色的眼瞳里日光熠熠生辉。随后,他漫不经心地收回视线,用手拧开了矿泉水瓶盖,白皙修长的手指捏着瓶身,仰头喝了一口。

然后,她回到十四班的车上,问唐茵:"八班好看的也就陆宇一个了,上学期有人提过他,你当时怎么说的来着?"

唐茵眯着眼想了想,给出一个答案:"像个吃软饭的——"

尾音拖长,逐渐模糊,忽然就成了梦的尽头。

苏可西翻了个身,揉了揉眼睛,看向窗外。天已经快黑了,房间后面的一条路上,路灯已经亮起,光亮微微透进房间。

手机上显示六点。没想到刚刚眯一小会儿,就梦到不久前的事情了,肯定是今天碰见陆宇的原因。

虽然陆宇替她挡了灾,但某些事情依旧过不去。

她打开自己的备忘录,记录下一句话——

早晚有一天,虐死你。

CHAPTER

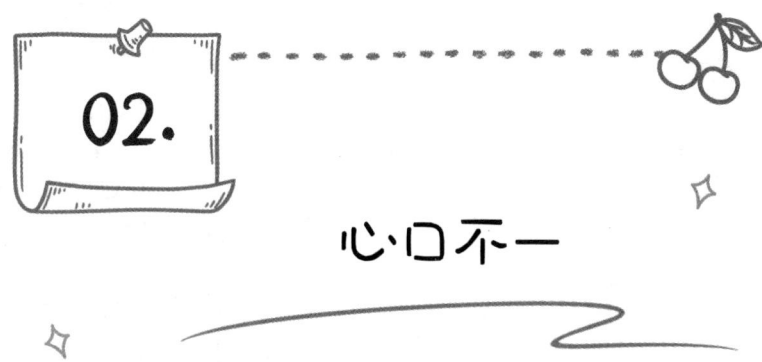

02.

心口不一

If love is truth, then let it break my heart.
If love is fear, lead me to the dark.

If love is a game, I'm playing all my cards.

  三中的大门建在一条巷子里。
  校门口对面是一个十几平方米的小院子，里面开了家商店，平时大家都喜欢往这里去。
  陆宇一进院子就被秦升看到了，自然也被瞅到了背后包扎的痕迹。
  秦升哇哇大叫："哥，你不是去医院上药的吗？怎么去了一趟回来伤更重了？"
  旁边的林远生比较聪明，戳了戳他，嘀咕道："陆哥现在怕是魂不守舍呢。"
  秦升这才注意到，不确定道："哥还有魂不守舍这种情绪？"
  林远生跟着笑："哈哈哈，没有。"
  陆宇漫不经心地看过来，两个人瞬间噤声。
  秦升迅速转移了话题："哥，那个……你不在的时候，我把你桌子里的零食都吃了……"
  原来的三中经常有学生闹事，上学期期末陆宇转过来后，只能用一个字形容他：狠。
  当时眼看要到暑假了，结果学校通知暑假集体补课，学生们闹来闹去，最后集体被陆宇收拾了。
  不过说起来，他最羡慕的还是陆宇的脸和人气。

每天去上课都能看到陆宇桌子里全是别人送的吃的,班上的女生议论的也都是他,还有专门来他们班看他的。

陆宇从来没给过别人好脸色,东西要么扔了,要么进了秦升和林远生的肚子。

外边的天色渐渐暗下来,教学楼的灯已经亮起,连带着这边都有朦胧的光。

气氛突然沉默下来,秦升正琢磨着说点啥好话活跃活跃气氛,就听见陆宇问:"我看起来厉害吗?"

"那必须厉害啊,哥不厉害谁厉害?"秦升立刻说,"谁敢说哥不厉害,我第一个上去跟他杠。"

陆宇转过头看他,慢条斯理地说:"以后不准叫我哥。"

这话题转得太快,秦升一时没反应过来,呆呆地问:"怎么了?"

"难听。"陆宇顿了顿,声音微低。

"那我叫啥好?"秦升问。

这声"哥"他都叫了两个月了,怎么突然就要改?而且哪里难听了?好听得不得了。

灯光昏黄,陆宇的黑发细碎利落,眼窝深邃,面部的线条轮廓精致漂亮,绷起一个弧度,神色隐隐带着不耐烦。

秦升再一次觉得,怪不得那些小姑娘不要命似的往他桌子里塞礼物,就冲这脸,他也想塞。

陆宇忽然笑了。

可不知为何,秦升莫名觉得后背发凉。

旁边的林远生已经凑了过来:"是不是有人在我脖子上吹气,怎么有点冷……"

陆宇唇角弯了弯,抬高了下巴:"管你叫什么,就是不准叫哥。"他丢下这句话,大步进了对面的校园。

秦升从乱七八糟的想法里回过神,静默半晌,扭过头:"他今天吃火药了啊?"

林远生幸灾乐祸地笑了一声："幸好我每次只喊陆哥，你看，到现在都安然无恙。"

"滚蛋！"秦升估摸着陆宇今天去医院时肯定有事发生，自己不在场，不知道什么情况，但瞧着他刚刚那表情，好像还挺开心啊。

秦升忽然觉得，自己可能真相了："是不是外面有人在哥面前给我上眼药了？"

秦升左思右想，也想不到那个人是谁。

陆宇出了名的高冷，怎么可能有人在他面前说话超过五句？

林远生直截了当地开口："你怕是傻了。要是能成功上眼药，你就应该换称呼了。"

话音刚落，身后就有一道清脆的声音响起："什么称呼？"

秦升不用回头都知道是庄月来了。

庄月是三中的校花，温柔大方，长相娴静淡雅，说话轻声细语，很少生气，可以说是脾气非常好了。不过和他们不在同一个班级。

庄月和一个女生手挽着手走了过来。

"刚刚……你们说的是陆宇吗？"庄月问，脸上带着温婉的笑容。

秦升正要说话，被林远生从后面偷偷戳了一下。

"你听错了。"林远生面不改色地敷衍道，"我们在讨论吃的。"

"是吗？可能是吧。"庄月眼神闪了闪，点点头，"马上要上晚自习了，今晚有领导抽查，你们快点进去比较好。"她轻声细语地叮嘱，又闲话了几句，便转身进了学校，身姿袅袅。

她身旁的女生嘀嘀咕咕道："我明明听见他们在说陆宇，就是故意骗你的……"

庄月渐行渐远的声音传过来："没有吧，你听错啦……他们不会这样的……"

林远生收回视线，没好气地道："你是不是蠢？就她那态度，就差直接说了，你还不明白？"

拐着弯儿地打听消息，可以说是十分直白了。

秦升喃喃道:"我还真不知道……"

嘉水私立中学两个星期放假一次。回校后,苏可西每天面对着书本,两个星期后终于又到了放假时间。她一向和唐茵一起回家,可今天左思右想,犹豫了一下,还是拒绝了。

唐茵看着她,也猜到她想干什么:"注意安全,有事给我打电话。"

苏可西被看破,脸颊红红的:"嗯。"

看她可怜兮兮的,唐茵忍不住笑,捏着她的脸说:"还不赶紧收拾准备离校?!"

"干吗?!"苏可西拍开她的手,"我的脸都是被你捏大的,你看这两边的肉。"

唐茵说:"你那是婴儿肥,别赖我身上。"

"你走,走走走!离开我的视线!"苏可西气急。

两个人打打闹闹地出了校门,外面都是来接孩子的家长,私家车和小摊子排了老长一串,一眼看不到头。

司机在三中那边将苏可西放下。一下车,层层热气就扑面而来,即使太阳已经下山许久,空气还是闷热不堪。

三中也是奇怪,学校的正门居然设在胡同巷里。如果不是还担着个省示范高中的名头,恐怕都没人知道这还是个高中,比初中的位置都要差。学校斥巨资建教学楼、建操场、篮球场,给奖学金,一顿操作猛如虎,也没吸引来多少优质生源。

公办学校不像私立学校放假时间可以自己定,他们放学迟,晚上还有晚自习。

她以前和唐茵来过这里,所以还算熟悉。才到三中校门口那边,就有两个男生吹着口哨围了上来,嬉皮笑脸的,不怀好意:"过来找谁的?不如和我们一起玩?"

苏可西直接无视,径直朝校门口走去。

两个男生见她不理会自己,撸起袖子就要上手。

校门口的动静吸引了校内的人,几个男生走出来。

两个男生扭头去看,脸色瞬间一变,暗暗骂了声:"他今天怎么在?"

两人齐齐瞪了苏可西一眼,直接跑了。苏可西被这转变弄得一阵纳闷,顺着他们刚刚的视线朝校内望去。

天色昏暗,那边也没点灯,只能看到人影。

手机铃声突然响起来。她低头,是班里的于春来的电话。

"唐茵被人举报了,被罚在家反省一星期。"

苏可西连忙问:"什么情况?"

于春大致说了一下。

嘉水私立中学是新建的民办学校,名气蒸蒸日上,嘉河对面的老二中原本也是省示范高中,被一中夺了名头后生源大大减少。二中与嘉水私立中学的人经常碰见,碰见多了事情就多了,一多事就开始闹矛盾。

"就刚刚,没多久前,六班的一个女生在回家路上被二中的学生找麻烦了,正巧唐茵从那儿路过,就路见不平了,结果对方回去就投诉举报了。"于春气道,"干不过就来这招。"

苏可西听着放下了心,反倒是笑了:"没什么大事,你不知道她多喜欢放假呢。"

反省一星期而已,唐茵不知道多开心呢。

她挂了电话,看到校门口两个正看着她的男生,刚刚那两个想对她动手的男生应该就是看见他们才溜走的。

苏可西走过去,想了想,礼貌地询问:"请问高三的陆宇在吗?"

以陆宇的性子,学校里应该有不少人认识他。

林远生和秦升对视一眼。来找陆宇的……听刚刚的电话内容,还是从嘉水私立中学来的。陆宇最不喜欢女生找她,基本就没给过好脸色。

秦升看了眼面前长得挺不错的女生,撩了撩头发,装作正经道:

"陆宇？谁啊？小姐姐找错人了吧。"

林远生默默翻了个白眼。

"是吗？"苏可西犹疑了一下。

上次在医院忘了要陆宇新的联系方式，有点失策，也许明天可以再过来找找人。

秦升站直了："我骗你干吗呀？"

苏可西看了眼通向教学楼的大道，里面亮着两排昏黄的灯，隐隐约约有几个人影。她点点头："谢谢，打扰了。"

秦升立刻笑眯眯地回道："不客气不客气，小姐姐这么漂亮，欢迎下次再来玩啊。"

他说的是实话。

刚刚这女生离得有点远，没看清楚，现在近了，他才终于看清她的模样。

和三中的大多数人都不一样，她一看就是家里头娇生惯养长大的人，但能看出来脾气不差。

整个人灵动娇俏，皮肤如象牙洁白，虽然不是巴掌脸，却刚刚好适合她，眼里水光潋潋，黑色长发如锦缎披在背后，个子娇小可爱。说话的时候，樱桃唇开开合合，跟染了上好的胭脂似的，十分好看。

等秦升回过神，那小姐姐已经离开了校门口，正往巷子外走，走路姿势漂亮得让他想鼓掌。

林远生盯着前面，突然对秦升说："我有种不好的预感，你有可能要被打。"

秦升没好气地道："能不能说点好话？"正说着，后面走过来一人，他赶紧喊了声，"陆宇。"

陆宇从黑暗里走过来，看两个人站在那儿，问："在校门口等着喝西北风？"

"你来得迟，刚刚有女生在咱校门口被两个人找麻烦了。"秦升说，"然后那女生又接了电话，你猜发生什么了……二中和嘉水私立中学又出事了,唐茵救了个小姑娘,结果被举报了。可真阴险。"秦升兴致勃勃。

"就她一个?"

秦升讲了一堆都没得到回答,忽然听到陆宇出声,还有点没反应过来。

林远生替他回答:"就她一个。"

秦升又提了一嘴:"刚刚那个女生是过来找你的,我怕你生气就把她打发走了。"

话音才落,陆宇猛地伸手捶向了铁门,铁门发出沉闷的声音。没过几秒,听见他沉声道:"刚才的两个人哪个班的?"

林远生道:"三班的。"

才说完,陆宇就冷笑了一声。

他和秦升对视一眼,都觉得今晚的陆宇有点不对劲,应该是从刚刚开始就有点反常。

秦升犹豫着问:"那个女生……"

话说到一半,林远生忽然感慨了一句:"唉,那么个娇滴滴的小姑娘,三中附近还挺乱的。"

说话间,两个人看见陆宇的眉紧紧皱着,然后转身就追着往巷子口去了,背影沉沉,脚步飞快,俨然已经跑起来了。

秦升看到前面那个女生小小的身影在路灯下越走越远,陆宇眨眼间就追到了那边,只不过没有上前,又躲又藏地跟在那女生后面。

秦升问:"这咋办……他为什么躲躲藏藏地跟在后头?也不上去打招呼。"

要看就光明正大嘛。

藏在电线杆后偷窥,太不符合他心目中陆哥伟岸的形象了。

"他害羞吧。"林远生盯着电线杆后的陆宇,半响,高深莫测地来了一句,"你以为人人都像你这么傻不棱登的。"

"这话我可不爱听。此情此景,让我想到一首歌。"秦升慢悠悠地起调子,"让我送你回家,让我送你回家,一辈子都让我……让我送你回家。"

秦升是学校里出了名的跑调大王,校门口有人正要回教室,听到这声音,立马跑得不见人影。

看着远处的两个人消失在巷子口,林远生挤眉弄眼道:"你还记不记得我刚刚说的?"

秦升问:"说了啥?"

林远生目含同情:"你今晚可能要被打。"

出了巷子口,路灯已经大亮,不时有几辆车经过。

苏可西停在边上的一个水果摊和报亭中间,捏着手机想了想,给唐茵发去了一条消息。

唐茵很快回了电话:"待那儿别动,我去接你。"

挂了电话,苏可西就站在水果摊边上玩手机,等着唐茵过来。

"小姑娘,买点水果?"水果摊的老板娘主动说。

她在三中巷子口摆摊,顾客都是这里的学生,每天人来人往,赚钱不多,但够用。她瞅着这姑娘在这儿站了好几分钟,都没个反应。

苏可西摆摆手:"不用了阿姨,我在这儿等人。"

老板娘看了一眼,也没说什么。不过等她看向不远处时,犹豫了一下,提醒道:"小姑娘,那后头的人你认不认识?跟了你一路了。"

这么娇滴滴的小姑娘,三中这附近乱得很,以前出过事,这小姑娘万一出啥事就不好了。

苏可西一愣,警惕地回过头。

巷子口这边只有路旁边有路灯,光照到那边就比较昏暗了,大片都在黑暗里隐着。她看不到那后面的人,只是心提了起来。

苏可西小声地问:"阿姨,您刚刚看到他的样子了吗?"

老板娘摇摇头:"没有,我就看到了个影子,躲那儿好久了,一直没动,肯定是在等着你。"

她指了指一个方向。

那里有根电线杆，上半截在灯光下，下半截在黑暗里。

"老板娘，借把刀。"

苏可西从水果摊上借了把水果刀，握在手里。她放低了脚步声往那边走，渐渐能看到前面拉长的影子，但看不出本人的模样。

这边老房子多，外面那条路也正在翻新，所以很多老旧设施都没拆，电线杆上还贴着各式各样难以入眼的小广告。

苏可西走过去，问："谁？"她将水果刀举在前面，猛地伸手将里面的人衣服揪住，"再不出来不要怪我不客气了。"

里头的人没回应，苏可西又问了一遍。

正当她准备做什么的时候，里面的人突然反手一拽，将她扯了过去。

苏可西被捂住了嘴。带着微微凉意的手指触着唇，这种熟悉得不能再熟悉的感觉，除了陆宇还能是谁？

怕弄伤人，她连忙收了水果刀。

不远处的老板娘听到动静，赶紧跑过来询问："小姑娘，你没事吧？"

她从摊上拿了一把用来切西瓜的大刀，刀刃上反着光，看上去就像是收人命的。

苏可西赶紧咬了他一口挣脱开，陆宇佯装"嘶"了一声，松开她："别咬。"

老板娘冲过来，凶神恶煞："光天化日，居然敢跟踪小姑娘，我已经报警了！"

苏可西连忙拦住她，解释道："阿姨，您误会了，这是我哥，和我闹别扭呢。"

老板娘将信将疑。

苏可西把陆宇从黑暗里拽出来："误会一场。"

陆宇满脸不情愿，脸黑了一片，唇角下压，僵硬地站在她旁边，也不说话。

老板娘上上下下地打量了他好几遍,才收了刀,怀疑地开口:"小伙子长得怪俊的,不要做那些偷鸡摸狗的事啊。"

她刚刚说报警只是说来吓人的。确定没事以后,她把苏可西手里的水果刀也拿了回去。

苏可西看他单手插在兜里,一副跩上天的样子,有点想笑:"你是不是在校门口见到我了,没出来?一直跟着?"

陆宇:"别自恋。"

口是心非这样的事,苏可西又不是第一次遇见了,哪里还信他说的话。

她翻了个白眼,伸手戳了戳他的肩膀:"伤好了没?"

陆宇松了手,低头看她紧张的脸,低低地"嗯"了一声。都两个星期了,要是还不好,他怕是要砸了那医院了。伤口已经结了痂,硬硬的,怕是很快就会掉落了。

确定已好苏可西就放心了。

口袋里的手机突然振动起来,苏可西掏出来,是唐茵发的消息,快到巷子口了,让她过去等着。她瞅了眼往这边瞄的陆宇,回了条消息——

我有人送了,你直接回家吧,晚上见。

唐茵发来了张看戏的表情包。

苏可西收了手机,故作担忧道:"家里司机有事不能来接我了,我一个小女生走夜路多危险啊。"

陆宇动了动耳朵,不为所动。

苏可西又说:"刚刚不晓得谁偷偷跟踪我来着……"

"送你送你!"陆宇皱巴着脸。

跟踪被发现了,丢脸不说,还被水果摊老板娘拿着刀追,幸好这边晚上没什么人。

陆宇居高临下地睨她一眼:"看你顺眼才送的。"

苏可西憋着笑,说:"能入你眼可是不容易。"

陆宇又是一哼,双手插进校服裤子的口袋里,迈着大长腿就往前面走。半天没听到后面的声音,回头看:"你怎么走这么慢?"

苏可西不急不慢地走着,一点也没慌,回道:"这位同学,我的腿哪有你的腿长啊?!"

陆宇冷笑:"呵。"

不过速度还是放慢了很多。

两个人一前一后地走着,保持着不到一臂的距离。

苏可西盯着陆宇的背影,脑海里全是以前的事情。

他穿着三中灰白相间的校服,和穿着嘉水私立中学橘白色活力十足的校服时很不一样,似乎更加内敛了。

苏可西想,以前到底发生了什么事?

时间渐晚,周边很多店铺的彩灯亮了起来,一家自行车铺外头摆了不少自行车。

陆宇走到边上看了会儿。

里面走出来一个男生,原本正吃着冰棍儿,看到他立刻喊道:"你想买自行车啊?"

陆宇应了声。

罗杰震惊,陆宇居然来自家店里买自行车……

他呆了会儿,立刻推销起来,把店里最好的那辆山地自行车推了出来:"这个,镇店之宝,肯定适合你骑,骑起来贼爽!"

车子的确很炫酷,车身绚丽,苏可西都觉得帅气。

自家一个小侄子就喜欢这样的自行车,不过家里觉得危险,没人给他买。

陆宇看都没看,指向门口:"不要,就门口那个。"

罗杰顺着他视线的方向看过去,脸上闪过疑惑。

那可是最普通的自行车，而且长得也不酷，功能也很普通，男生们压根就不会想碰。

见他没动静，陆宇踢了一脚："付账。"

"哦，好好好。"罗杰连忙回过神，把自行车推出来，摸着头说，"就两百，不贵。"

他知道陆宇的性格，兄弟是兄弟，但生意该怎么做还是怎么做。

罗杰偷偷看了眼陆宇身后的女生，琢磨了半晌也没猜出来那是谁，他应该没见过才对。

陆宇又踢了一脚："看什么看？！"

话说得咬牙切齿的，罗杰哪里还敢再多看一眼，嘀嘀咕咕地说着，倒是长得好看。

他贼兮兮地偷拍了一张，准备明天去问问别人这是谁，以后长眼别得罪了。拍完后，罗杰才拿着单子出来。

陆宇付完账，径直推着自行车上了人行道，心情挺好。

苏可西也不说话，就跟在他后面。

陆宇侧着脸，看苏可西低着头不知道在想什么，直接拉过来，让她上了后座。

她个子小，体重也轻，猝不及防间，半天没稳住身子，吓得挥着手叫了声。

陆宇比她高出很多，苏可西坐在后座上也只到他下巴处。

苏可西看到他黑黑的眼睛，还有漂亮的唇线，脸上光暗分明。

"真笨。"陆宇嘲笑一句，而后叮嘱道，"坐好，不许动，不然我揍你。"

他转到座位上，看她忙不迭地扶好，勾唇笑了笑。

这辆自行车后座高，苏可西的脚尖将将能碰到地，她半天才缓过神来，忍不住腹诽：这是瞅她个子矮，故意选的吧。

没等上路，陆宇又皱着眉，从座位上下来。

苏可西疑惑道："你怎么了？"

"待在这儿,别乱跑。"

陆宇将她拉下来,丢下这句话就跑远了,在苏可西的目光下又进了那个自行车铺。

罗杰正在翻着手机,群里人一听说他有照片,全部都在私聊,群里面也乱糟糟的。他纠结着要不要发图,肩膀就被拍了一下。

"谁啊?"罗杰语气不好地回过头。

这一看,差点半条命都给吓没了,连忙按键收了手机,心里面"咯噔"一声,生怕自己做的事被发现了。

陆宇见他惊慌似的收了手机,眼神晃过去扫了一眼,屏幕已经变黑了。

"后坐垫。"

罗杰松了口气,挂上笑容:"有有有。"他进旁边的房间拿了一个,用袋子装好递过去,"这是免费的。"

陆宇"嗯"了一声,接过就走。

罗杰正要转过身,就听到门口传来毫无情绪的声音:"照片删了。"

罗杰只得默默地删了照片。真可怕,连照片都不许有。

站在原地等着的苏可西百无聊赖,看到陆宇拎着一个袋子走出来,伸着头去看:"你去拿什么了?"

陆宇说:"话怎么那么多?"

苏可西嘻嘻笑:"我话一直很多,你不是早就知道了吗?"

陆宇没反驳她的话,三两下将后坐垫安上,手按上去试了试,很软,坐着不会疼。

这么细心啊,苏可西心里头暖乎乎的,就知道陆宇肯定是死鸭子嘴硬,嘴上说说,身体还是很诚实的。

晚上人行道上人不多,车子骑起来比较方便。

但是陆宇多年没骑自行车了,又带了个人,上车时看着挺利落的,一上路就歪歪扭扭的不像话。

苏可西才刚回过神,小命又吓没了半条。她皱着眉:"你会不会骑啊？"

陆宇脸色一僵，这么丢脸的事情能就这么说出来吗？他语气不太好："我不会你会？"

苏可西说："我还真会。你下来，我来。"

"想都别想。"说着，他又颤颤巍巍地往边上骑了点。

苏可西拗不过他，提心吊胆地拽着后座前端，心里头对他猛然怀疑了好几分。

几分钟过来了，两个人才出店门口几十米远。她回过头，还能看到自行车店铺的那小男生的眼神，怕是都惊了。

苏可西忍不住了："陆宇，你下来。"

这么歪歪扭扭地骑下去，她什么时候才能到家？！

这话一出口，陆宇就冷笑了一声。正巧边上一辆车飞速驶过，他当下就说："你再叽叽歪歪，把你放路中央。"

苏可西不说话了。

好在陆宇熟悉得很快，没过一会儿总算是骑得像模像样了，速度开始放快了点。

这边没人，没什么大问题。

晚间有风，又是骑自行车，苏可西的头发都飘了起来。她听着呼呼的风声，不自觉就想远了。

苏可西不知道陆宇为什么转学，也不知道他现在在三中的生活是什么样的，是好还是坏，还是不好不坏。但有一点可以肯定，他与她已经没了交集。

他们之间间隔了两个月未联系，在她面前重新出现的陆宇已经变了一个样。从矜贵高冷到玩世不恭，如此大的变化，是她从没想过的。

但苏可西觉得自己就这么放过他真是太便宜他了，明明就是个不告而别的浑蛋。心里头不得劲，坐在后座上也开始不老实。

车头不稳，陆宇差点一脚蹬歪。偏偏身后的人还不自知，他咬着牙威胁："你再乱动我揍你。"

苏可西非但没有收回手,反而还变本加厉了:"那我就报警,说你打我。"

陆宇:"……"

CHAPTER

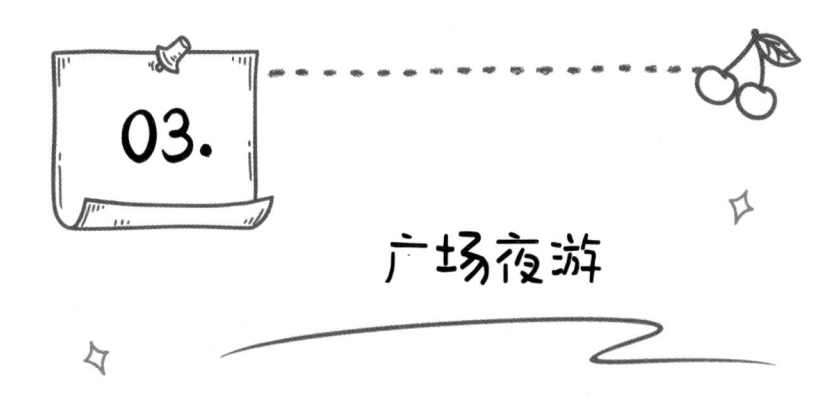

03.

广场夜游

If love is truth, then let it break my heart.
If love is fear, lead me to the dark.

If love is a game, I'm playing all my cards.

晚自习，其他人唰唰地写着作业，教室里除了翻书没有其他声音。

秦升对着题目瞅了半天，最终扔了笔，嘀嘀咕咕地抱怨："陆宇啥时候回来啊？"

百无聊赖，他索性从桌子里掏出手机和林远生玩游戏，玩得高兴了一连被杀三次，跑都没跑掉。看到屏幕再次灰下去，开始复活倒计时，秦升猛地拍了下桌子。

讲台上，数学老师的视线迅速锐利地锁定最后一排，声音浑厚："秦升！上晚自习呢，你在干什么？"

秦升一慌，手下的游戏角色刚复活就结束了战斗，他心情不好地站起来。

数学老师看了眼后面，就知道缺了个人，询问："陆宇人呢？没来晚自习？"

"上厕所。"秦升随口答。

瞧他这吊儿郎当的模样，数学老师就一身火，但知道说也没用，只让他站着。

半小时后，第一节晚自习下课铃声响起。

数学老师收起书本，站起来就要走，临出门又回头说："进厕所半小时，怕是忘带纸了吧。"

班级里的同学们都愣愣的,忍不住偷笑。

"笑什么笑?!"秦升环视一圈。

林远生自个儿哈哈哈地笑了半天:"别的我不知道,我就知道,陆宇回来又要收拾你了,哈哈哈!"

居然造谣他上厕所,还被说没带纸。

秦升气得要死,抓了抓头发:"不上自习了,出去玩吧。"

"那边新开了一个广场,挺漂亮的,去那边逛逛。"林远生立刻说。

"那赶紧走。"

三中的晚自习很是自由,全凭自愿,根本没人管,于是两人又叫上了隔壁几个班人,一群人浩浩荡荡地去了广场。

这才七八点,才过马路就能看到广场上的人特别多。

秦升和林远生一群人直奔马路对面,心忍不住一阵躁动,只可惜红灯已经亮了。

一行人百无聊赖地说着话。突然,有个男生揉了揉眼睛看向对面,有点不敢相信地推了推旁边的人:"你看……那是陆宇吗?"

被推的人瞅了眼:"是啊!"

声音不小,边上的人听见了,都顺着方向往那儿看。

被秦升撒谎说在厕所里待了半小时的陆宇,此刻正骑着自行车晃悠,后座上还有一个女生!

众人惊掉了一地的眼珠子。

"那是陆宇?是不是他双胞胎兄弟啊……"有人戳了戳秦升,有点不可置信地说。

秦升没好气地翻白眼:"陆宇哪来的双胞胎兄弟?!"

林远生眯着眼睛看了会儿,拍了拍秦升的肩膀,语重心长地道:"看看那姑娘熟悉不?说你要被打你还不信。"

对面广场的灯照过来,陆宇背着光,黑发细碎利落,依旧能看到他精致的面部轮廓和熠熠生辉的眉眼。

陆宇那性格谁不知道,就没和女生多说过几句话,连校花庄月都当瞅不见，现在却心甘情愿地载着个小姑娘晃晃悠悠地在马路上逛，怕是两人早就认识了吧。

秦升脸上一红："谁知道这女生和陆宇真认识啊？！"

他忽悠姑娘的时候，她可一点没说两个人认识。不过要是说了，他恐怕也不会信。

一行人正七嘴八舌地讨论着，趁着绿灯过了马路。

陆宇刚好骑到他们跟前，斜着一条大长腿站在地上，半撑着自行车，面无表情。一时间一群人都傻眼了。

苏可西看到秦升和林远生，打了个招呼："又见面了。"

"你好你好。"秦升机械地笑了笑。

可千万别提自己忽悠她的事，万一提醒陆宇又想起来了，那他就真要被教育了……

陆宇扫了他一眼："你们不上晚自习出来干什么？"

林远生搭上秦升的肩膀，凑过来说："这儿开了新广场，准备来玩玩……没想到看到了你们。"

林远生一开口，后头有人就跟着叫了句："陆宇。"又转向后座的苏可西，乖乖问好。

陆宇还没说话，苏可西已经明白一群人都是认识的，尤其是面前这个人，傍晚还骗过她。

她从车上跳下来，笑意盈盈，声音娇俏："你认识陆宇啊？"

秦升：别啊姑奶奶！

虽然语气挺轻松的，但秦升却如临大敌，他看了眼陆宇，尴尬地笑了笑："你别放心上，我就是瞎说的……"他比画了一下，"我怕别人去打扰陆宇嘛。"

"说得挺有道理的。"苏可西摸着下巴，打算放过他了，"你们现在过去玩吗？带我和陆宇呗。"

林远生抖抖腿："就怕陆宇不来。"

"他来。"苏可西说，扭过头问，"你去不去？"

合着是你自个儿应了才问的？一伙人默默吐槽。

"不去。"陆宇说这话的时候，一点表情都没有，往常林远生他们这时候都不会多嘴。

苏可西拍拍手："行了，他去，走吧。"

秦升目瞪口呆，他明明听见的是一声"不去"，怎么到她嘴里就成了去了？

几个人都不敢说话，三三两两地从楼梯往下走，下面就是广场，过了广场就是一个购物大厦。

一伙人到了路中央，忍不住回头，又惊掉了一地眼珠子——陆宇真乖乖地跟着下来了。

陆宇双手插着口袋，慢悠悠地跟在苏可西后面，一言不发，冷淡的样子倒是吸引了周围不少女生的注意力。

广场上各种各样的活动很多，最前方的舞台上正在表演唱歌，周围有跳广场舞的，也有卖东西摆摊的，旁边还有卖烤串的。

一行人浩浩荡荡地进了大厦里头，男生们直奔游戏厅而去，走到一半又停下来了。

秦升退到最后："陆宇，你们去哪儿玩？"

陆宇没心情回答。

苏可西："你们自己想去就去，是不是那个游戏厅？就去那儿呗。"

秦升乐呵呵地应了："小姐姐英明！"

看他要宝的样子，苏可西忍不住被逗笑。

二楼最里面一大块地方全是玩游戏的，一进去就听到各种各样的声音，嘈杂得厉害，偏偏男生最爱这样的地方。

苏可西虽然觉得吵，但也没出声，这第一次见面，总得给对方留下点好印象，也不能丢了陆宇的面子。

苏可西还真没想到，陆宇竟然从一个乖乖好学生变成了这群人中的核心，而且听上去还挺厉害的。

两个人窝在犄角旮旯里，苏可西捣了捣他胳膊，恭维道："厉害啊，同学。"

陆宇斜着眼看她:"就不能安静点?"

"不能。"

窝那儿啰唆了半天,苏可西受不了游戏厅里的声音,还有人抽烟,气味难闻得不得了。她借口去了洗手间,准备待会儿等他们出来了再进去。

从洗手间出来后,苏可西对着镜子抹唇膏。

这还是和唐茵一起逛街出去买的,当时的导购小姐姐极力推荐,她也确实挺喜欢,唇膏水润润的,涂上去显得嘴唇还挺饱满。她最喜欢的就是这张遗传了妈妈的唇,可好看了。

苏可西收了东西朝外面走,她只顾着低头整理小包,没想到才刚到外面走廊就撞上一堵墙,往后退了退,差点摔倒。

"谁啊,不长眼?"头顶响起一个不耐烦的声音。

苏可西抬头,看他皱着眉的模样,道歉说:"对不起,刚刚没注意,不好意思。"

她往旁边让了点,准备离开这里。

"嘿,我认得你。"男生忽地腿一迈,挡在她面前。

苏可西指了指自己,想了想,她还真没见过这男生,一点印象也没有:"我不认识你。"

程北洋嬉皮笑脸道:"现在就认识了,我是程北洋,你哥哥是杨路吧?"

苏可西这才停了下来。

杨路是她舅舅的小儿子,比她大了几个月,同上高三,和她一样,是学渣中的学渣。

她问:"你和杨路什么关系?"

程北洋说:"铁哥们。"

他收回腿,见是熟人就不再为难,笑着说:"杨路把你夸上天了,照片也晒过,今天终于得见真人了。一起喝杯茶呗。"

苏可西摇摇头:"还有人等着我,先走了,下次再聊。"

"就这么走了?留个微信呗。"程北洋一把拉住她手腕。

苏可西定定地看着他。

程北洋长得挺好看的,阳光帅气,眉眼上挑的时候一副勾人模样。

"好啊。"

反正同不同意还看她自己。回去后先问问杨路,这程北洋是什么人。

秦升和林远生站在对面,盯着前方那个叽叽歪歪的男生,再看看陆宇面无表情的脸,直觉可能要不妙了。

那张扬的声音听得清清楚楚的,就差在他们耳边叫嚣了。

刚刚他们都被陆宇叫了出来,才知道苏可西去了洗手间还没回来,也不打算在那边玩儿了,谁知道正好撞上这一幕。

陆宇舌尖抵了抵上颚,看到拿着手机还在笑得开心的人,黑黑的眼睛里闪着莫名的光,格外幽森。目光瞥到往这边走的苏可西,漫不经心道:"走了。"

苏可西还没回到游戏厅,就在门口看到了以各种姿势站在那儿的一群人,看样子是等她的。

她走过去,总感觉气氛哪里不对劲。陆宇的表情似乎也挺正常的,和之前没什么区别。

秦升也不敢多说话,怕出了什么错。

一伙人出了大厦,在外面逛了逛,便看到一个射击气球的摊子,后面摆着不少毛绒玩具,前面人还挺多。

看实在有点尴尬,秦升转了转眼珠子,走到后面,问:"小姐姐,要不要来一把?"

苏可西看了眼:"你要和我比啊?"

"比?不不不,就是意思意思。"秦升连忙回答。

万一他全中,她一个子都没中,岂不是会伤害到小女生脆弱的心灵？回去陆宇不说他才怪。看他把最大的赢回去，送她当礼物，将功补过。

摊子面前的老板在吆喝着。

苏可西拉着陆宇准备过去，却没想到手被拨拉开了，再看他的脸色，也是不好看的。她心生疑惑，歪着头问："你怎么了？"

陆宇没回答，只是拿眼冷冷地瞧了她一眼。

苏可西这下更疑惑了，索性直接问："你玩不玩？"

陆宇扭头不看她："不玩。"

老板还在吆喝着。

秦升过去询问："多少钱？"

"十块钱十五支镖，中了八个就有小玩具，中十二个就能拿走旁边那个大点的玩具，十五支全中，最后这个最大的玩偶就是你的了，来试试？"

他一起付了两个人的，老板将放着镖的笔筒递过去。

苏可西看了眼边上的陆宇。即使这边灯光不是非常亮，也能看到他微微沉下去脸色，绷着下巴，唇角下压——不高兴了。

她琢磨着今晚也没怎么样，怎么就生气了呢？

苏可西扯了扯他校服衣角，小声喊了句："陆宇……"

剩下的话还没讲完，陆宇就已经出了声，语气还挺硬的："你玩你的。"

苏可西被他拉到了摊子面前，秦升递上来一筒镖，嘻嘻哈哈地开口："小姐姐，我不客气啦。"

旁边有看热闹的，也有大人带着小孩子的，都围了过来。

这种碰运气的东西，一晚上下来还真看不到几个全中的，也不知道这次行不行。

秦升玩过不少次，这次也是手到擒来，一连中了十次，旁边的人都开始鼓起掌来。

老板做这行有好几年了，几个月也才碰见一两个全中的，大多数都是中十二三个。

直到最后一支扔出去，秦升足足中了十二支。

"喏，这是你的。"老板递过去一个半人高的玩偶。

秦升眉开眼笑地接过去，对着苏可西一弯腰，伸胳膊，嬉皮笑脸道："请吧。"

陆宇冷笑了一声。

林远生离得近，自然听到了这一声，只是闪了闪眼神，没提醒秦升。

苏可西晃了晃筒，镖在里面咣里咣当地响，她笑了笑："指不定我全中呢。"

她瞄准一个，扔了出去，气球爆破的声音非常明显。

周围人都鼓励地鼓掌，秦升看她这架势，也有点怀疑，这小姐姐不会是江湖中隐藏的高手吧？

谁知，第二个扔出去，空了。第三个，又空了。

苏可西收了笑容，绷着脸盯着那边的气球，又扔了一个出去，结果卡在了两个气球中间的空隙里。

筒里的镖越来越少，旁边人散了不少。

最后，老板乐呵呵地收回了筒，故作叹息道："哎呀，手气不好，要不要再来一把？"

苏可西站那儿默默地盯着气球。

怎么那么一面墙似的气球，她就中了第一个呢？后面的十四个居然全落空了，她还放出豪言要全中呢。

秦升憋着笑，捏了捏脸做好安慰的表情，重新买了一筒走过去："小姐姐，不要灰心，刚刚肯定是运气不好，下一把指定就行了，喏，再来试试。"

苏可西脸气鼓鼓的，看得让人直想捏一捏，只是没人敢动手。

真是尴尬！她接过镖筒，随手摸出一根镖就准备往对面的气球上扔。谁知旁边横空插过来一只手，拿走了她手中的镖。

苏可西扭过头,看到陆宇冷淡着脸捏着镖,往气球那边一扔,瞬间扎破了一个。

她惊喜地问:"你要帮我啊?"

陆宇扭过头瞥了她一眼:"嗯哼。"

虽然声音比较小,苏可西还是听见了,笑嘻嘻地把镖筒捧到他面前:"大佬,我就是你的小弟了。"

陆宇眉眼上挑,舔了舔唇。

接下来的一切就比较刺激了。一个接一个,准得不得了。

原本被她只扔中了一个的手法吓跑了的群众又都跑了回来,瞪着眼睛看陆宇扎气球。

一直到第十三支时,旁边看热闹的小孩子们都忍不住挥着手叫起来:"大哥哥加油!"

苏可西抿着唇笑,在他旁边小声喊道:"小哥哥,加油!"

陆宇的手顿了顿,随后快速地将飞镖扔了出去。

飞镖直入对面,又破了一个气球。

"看来你要完蛋了,哈哈哈。"林远生迫不及待地嘲笑秦升,"宇哥发威了。"

秦升伸着脖子:"唉。"

这主动出头的自己,待会儿是不是又要遭殃了?

第十四个,依旧中了。陆宇侧过脸,没说话,但对苏可西挑了挑眉。

苏可西超级捧场地鼓掌:"厉害厉害,超级厉害!还有最后一支,赢了就可以拿到最终奖励了。"

陆宇说:"你这话很违心。"

"你想多了,我是真心的!"苏可西连忙说,"不过……你要是不中也没事。"

陆宇伸手去拿最后一支镖,没想到,和另外一只手碰到了,两个人都顿在那里。

秦升正看得起劲，看到那只手，一抬头就道："哪个不长眼的啊？没看到我们在玩儿啊？"

映入眼帘的是刚刚洗手间对面看到的那个人，他心里当即就是咯噔一下。

他扭过头看向陆宇，果然看到一张黑了一片的脸，那情绪……怕是要爆炸了吧？

苏可西自己也没反应过来，她扭过头，看到旁边挤过来的程北洋一张脸笑嘻嘻的，眯着眼睛朝她眨眼。

程北洋说："让我试试呗。"

他扬着懒洋洋的调子，不知道是和苏可西说，还是和对面的陆宇说。

"苏可西。"陆宇忽然叫了一句，声音低沉得可怕。

苏可西的手歪了歪，程北洋挪开了手，她自己伸手拿出来那最后一支镖，递给陆宇："喏，给你。"

没想到，陆宇没有接过去。他直接从旁边的筒里抽出来一支镖，老板都还没反应过来，就扔了出去。旁边的围观群众的视线都跟着镖移动。

爆破声响起，小孩子激动得欢呼起来："哇，大哥哥又中了！"

大人们也跟着鼓掌。

程北洋拿起苏可西放在摊子上的镖，忽然心情差得很，猛地将飞镖扔了出去，扎破了旁边的一个气球。

老板看了看他，又看看陆宇，出声询问："这……怎么算？"

陆宇收回视线，淡淡道："不认识。"

反应过来的秦升也连忙出声道："我们玩自己的，他拿错了，那根不算。"

老板没再问什么，走到后面把那个一人多高的大玩偶抱了出来，递过去："这是你们的奖品。"

陆宇一只手拽过来。

老板憋着一口气，郁闷道："新广场开放这段时间，你们还是第一个全中的。"

几百块钱就这么送出去了，真心疼。

程北洋则是站在边上，脸上依旧带着笑，似乎一点都没有被刚才的事情影响到。

"程北洋。"苏可西将他拽到一边，狐疑道，"我和你不熟吧？"

"我和你哥哥熟，那不就是和你熟？"他笑眯眯地回复。

苏可西正了正脸色："你和我哥熟就和他熟，我跟你可没什么交情。"

刚才他突然插过来一手，怎么看怎么不对劲。

程北洋没搭话。过了会儿，他看向对面的人，做了个口型。

苏可西已经转过了身，没有看见他的动作。

秦升和林远生虽然没看懂他的意思，但也知道不是什么好话，当即就要撸起袖子冲过去，最后还是忍住了。

陆宇站在原地，没表情地回道：滚远点。

他看了眼正往这边走的苏可西："过来。"

就这么简单的一句话，不自觉带了沉色，他自己一点没感觉出来，旁边的人却一清二楚。

秦升他们都知道陆宇生气了。往常他只有特别生气的时候才会是这样的语气，漂亮的眉宇紧皱着，就差黑成包公脸了。

这个小白脸不知道从哪儿冒出来的，真是平日里日子过得太舒坦了。

苏可西走过去小声解释道："他是我哥哥的同学。"

以前她和陆宇还在嘉水私立中学的时候，她提过杨路，陆宇应当是知道的。

陆宇黑黑的眼睛盯着她，把苏可西看得心里发毛。

下一刻，苏可西直接被陆宇一把拉走，动作迅速。

"陆宇！"她叫道。

这是在广场上,周边的人被这边的动静吸引,目光全集中在她和陆宇的身上,三三两两地小声地讨论着。

陆宇没搭理她,径直往前面走。

这一幕生生震惊到了秦升他们,几个人缓过来,小声说:"宇哥……小姐姐是咱三中的吗?怎么感觉没见过?"

林远生笑嘻嘻地答:"嘉水私立中学的。"他扭过头,"唐茵知道吧?"

"知道。"

三中虽然和嘉水私立中学距离较远,但几个高中的事都是共通的,鸡毛蒜皮的事儿都有人关注。

林远生说:"这位就是她的小姐妹。"

以他傍晚听到的对话,应该是这关系没错了。

男生们不禁感慨道:"厉害了……"

秦升一只手抱着自己的半人高玩偶,一只手抱着陆宇刚刚塞给他的那只几乎和他一样高的毛绒玩偶,默默地赞同他们的话。

于春正在和唐茵吃烤串,看着对面的身影,觉得怎么就那么熟呢?

他挠了挠脑袋,最终还是问出口:"那个穿裙子的……是不是苏可西啊?"

唐茵扭过头,眯着眼。

对面不远处一个男生正拉着一姑娘,冷着一张脸往人群外走。

苏可西一张小脸憋得通红,眼睛动来动去,漂亮的樱桃唇正开开合合,不知道在说什么。

也许是有感应,两个人的视线正好对上。

苏可西脸色又暴红一片,喊了声:"唐茵!"她拽了拽陆宇,"你放开我,这里这么多人,唐茵还在那边。"

陆宇力气大得很,苏可西根本挣脱不开。

"你们劝劝他啊！"她又扭向秦升他们。

"不不不。"林远生他们连连摆手，往后退了好几步，"宇哥生气起来，我们哪敢说话。"

都气成了这个样子，他们再触霉头，倒霉的就是他们了。

秦升从玩偶中挤出脑袋，目含同情："你就受点累。"

话才说完，就听到那边吃着烤串的漂亮女生忽然扬声问道："西西，今晚要我和阿姨说吗？"

秦升没见过唐茵，但知道她的名字。

苏可西皱巴着一张脸。唐茵这话绝对是故意的，自己要是回去迟了，肯定要她帮忙打马虎眼，也就她能让杨琦放点心。

苏可西喊道："我马上回去——"

剩下的半句话没说完，整个人就被陆宇直接拉走了。

广场上的人虽然都比较喜欢看热闹，但还是让出了一条道。

苏可西憋着气，低着头不敢看大家的表情，就这么一言不发地出了广场。

一直到出了广场的包围圈，也没人了，她才终于回过神："快放开我！陆宇你干啥呢？！"

陆宇终于停住，微微侧过脸。

苏可西扭过头对他说："你再不松开，我咬你了！"

陆宇沉思了下，回道："哦。"

语气淡淡的，却压根没有松开她的意思，反而往前走了走。直到到了人行道，等红绿灯的时候，他才放开了。

苏可西赶紧离他一米远，谨慎地盯着他。

秦升从后面冒出来，抱着两个大型玩偶，说："小姐姐，别气啊，宇哥这是太激动了。"

他可是第一次见陆宇这么发火呢。

陆宇将玩偶从秦升怀里拽了出来，直接扔给了一旁的苏可西。

"不要了。"

"不要？"

苏可西忙不迭接住，玩偶直接挡住了她整个人，闷闷的声音从后面传出来："陆宇，我要回家了。"

秦升飞快地看了眼旁边人的脸色，委婉地开口："这么早啊？不多留一会儿吗？"

她的脸从玩偶的脖子处露出来一小半，有些严肃，表情微微绷着。

良久，陆宇颔首。

苏可西一直抱着个大玩偶，还挺吸引人注意的。大玩偶与小个子形成了鲜明对比，从后面看怎么看怎么好笑。

秦升和林远生他们一直跟在陆宇身后，看他一言不发地跟在她后面不远处，心里面又有了数。

这绝对是不放心啊，不然哪会这样。

一路相安无事。看到苏可西径直进了骊南苑，秦升已经说不出话来了。

骊南苑是有名的富豪小区，里面的房子有价无市，买都买不到。据说在当年刚开盘就卖完了，市里好几个有名的人都住这里。

"没想到小姐姐是个大小姐啊。"秦升感慨。

从目前知道的脾气上来看，一点骄纵的感觉都没有，反倒挺能和他们玩到一起的。

林远生道："看都看出来了。"

两个人叽叽歪歪小声地说了一阵儿，一抬头就看到陆宇已经在他们面前站着，眯着眼，就差黑脸了。

他不耐烦道："走了。"

秦升落在后面，和林远生面面相觑。

晚上吃完饭后，几个人又去了最近的奶茶店。已经是深夜了，就这家店还开着门，看到他们几个人进来，店员眼睛一亮，温柔道："请问需要点什么？"

陆宇随手要了杯柠檬水。

单调的柠檬水看上去倒是挺好的,就是太素了。秦升嬉皮笑脸道:"宇哥,很清心寡欲啊。"

陆宇敛眉看他,冷笑了一声:"废话真多。"

"不说不说了。"秦升连忙在嘴巴上做出拉链的动作,往旁边一让。他又从口袋里掏出小瓜子,耐不住无聊地说:"班上小妹妹给的,来来来,吃瓜子。"

旁边有男生正在和林远生插科打诨,提了一嘴:"宇哥,明天班长生日请客,去不去?"

这班长人还可以。

陆宇抬了抬眼:"嗯。"

男生赶紧给班长回了消息,附带着别让不相干的人过来,免得到时候难堪。

外面天已经黑透了,旁边的店全都关了门,一条马路寂静得有点可怕。

苏可西回到家里已经是深夜了。

她先溜去了唐茵家里,准备从她家顺点东西,好装模作样一下,免得被戳破。千挑万选,最后选了一袋水果。

唐茵"呦呦呦"了好几声,送她出门,又说道:"你的兔子!"

陆宇赢来的玩偶是只大白兔,足有一米六高,耳朵大大的,垂下来特别可爱。

苏可西一把抱住,心里是很喜欢的。

两个人又说了几句话,刚要下楼,对面的门就开了。唐妈妈穿着睡衣,询问道:"西西来了吗?"

苏可西一呆,还没有反应过来。

唐茵已经回神,连忙说:"妈,她一直在我房间,你不知道而已。"

"是吗?"唐妈妈感到疑惑,丝毫不记得什么,又说,"今晚在这里睡吧,都这么晚了。"

苏可西连忙摆手:"不了不了,妈妈还在等我,我先回去了,明天再来,阿姨晚安。"

她急急忙忙地跑下楼去。

唐妈妈还在纳闷中,被唐茵推进了房间:"你快睡觉,晚安。"

从唐茵家里出来,苏可西长长地呼出一口气。

差点就被发现了,幸好阿姨现在睡蒙了,压根不记得什么。

苏可西踮着脚,小心翼翼地推门进了家里,看到客厅黑漆漆的一片,心里又松了一口气。没想到才刚走出几步,灯就突然亮了。

杨琦正在沙发上坐着,披着件外套,看见她手里的大白兔也没说什么,起身进厨房端了一直温着的汤。

"你怎么这么晚才回来?"她接过大白兔,"这个还要洗洗才行。"

苏可西刚刚在唐茵家里吃了小饼干,现在正渴,接过就喝:"没事啊,就多玩了会儿。"她将水果递过去,"这是唐茵要我带给你吃的。"

杨琦笑了笑:"那你明天也带点东西过去,正好你外公今天下午让人送了点过来。"

苏可西乖乖巧巧地应了一声。

她喝完汤,噔噔噔地上楼回房,看手机里的微信好友申请已经通过了,立刻发去了一条消息——

明天出来玩吗?

奶茶店里,陆宇看秦升他们闲聊,心里面烦得很。

手机振动,收到了苏可西发来的消息,想了想,回道——

没空。

他猛地吸了口柠檬水,冰冰凉凉的,直入心里。他决定以后不能太靠近她。

刚刚不小心被她弄到了微信号,现在麻烦了。

苏可西盯着手机,惋惜地叹了口气,看时间已经不早了,赶紧进洗手间洗澡,将这件事抛到了脑后。

一直到深夜,秦升一伙人终于决定各回各家,各找各妈。

"宇哥刚刚是不是一直在摆弄手机?"秦升忽然问。

林远生点点头,斜着眼看过去:"你才知道啊,就这半小时里,他每隔半分钟就要看一次手机。"

秦升看着前面陆宇的背影,有点纳闷。

"关心国家大事也没这么勤快吧?"

CHAPTER

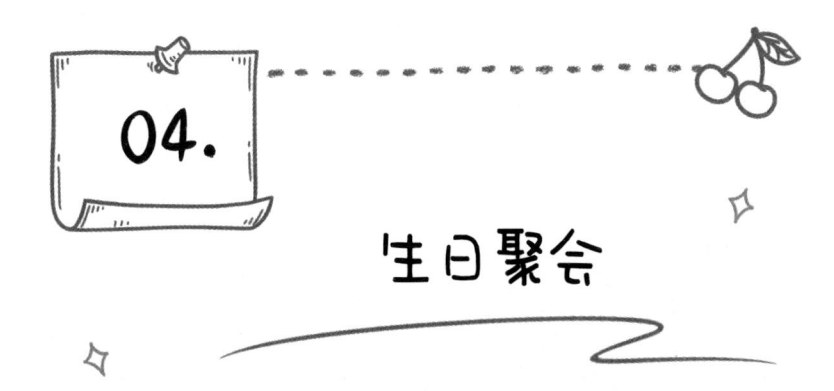

04.

生日聚会

If love is truth, then let it break my heart.
If love is fear, lead me to the dark.

If love is a game, I'm playing all my cards.

第二天，苏可西一直睡到中午才醒过来。

手机微信已经炸了，班群里正在说于春生日的事情，他请客去最近的皇家里吃东西，都定好了。

> 那边离得都比较近，正好。
> 唐茵同意了吗？苏可西估计还在睡觉吧，应该就这么定了。

苏可西回了一句，洗漱一番下了楼。

昨晚回来后在客厅里撞上老妈，被捉个现场，现在看着还有点尴尬，幸好没发现什么。不过她想着，恐怕发现了也不会说出来。

下午吃完饭，她就径直去了于春订的地方。

苏可西推门进去，里面都是起哄吵闹的声音。

"我生日，你们就不能让我一把吗？"

"能啊……"

结果最后还是对方赢了游戏，于春嘴上念念叨叨："你赶紧圆润地离开我的视线！呀，你来了，来来来，这边请。"

苏可西在一旁坐下来："你们玩你们自己的。"

于春也没强求，又扭过头去。

她和女生们聊了会儿，借着上洗手间又出了门。

这边洗手间挺亮堂的，苏可西找了间中间的，才进去就听见了里面的说话声，言谈间提到了陆宇。

右手边隔间女生说："我看陆宇今天好像有点沉默呢，我待会儿去问问原因吧。"

"得了吧，你以为他会搭理你啊？别自找没趣了。"左手边女生回答。

右手边女生发了声很小的"哼"一声，苏可西听得有趣。

左手边女生怕是没听到，还在说："陆宇的性子你又不是不清楚。我回去了，你快点。"

两个人出了隔间。

苏可西也连忙出去，与她们隔了点距离，看到她们拐进了于春订的包厢的隔壁那间。

门被推开的时候，里面很暗，倒是什么都看不出来。但是可以确定，隔壁有陆宇。

她忽然来了兴趣。

陆宇以前的性格非常正经，自制力很好。

以前八班有个男生生日，他比较爱玩，选的地方和这里差不多，甚至还要安静一点。但是让陆宇去他都不去，最后两人差点闹掰了。所以她听到议论的时候，才那么吃惊。

回到包厢，里面还在吵吵闹闹，一群男生围在一起玩转盘。

唐茵看她兴奋得脸红，好奇地问："怎么了？"

苏可西摇头，偷偷摸摸回答说："没怎么，我就是太激动了，刚刚听到外面有人说陆宇在隔壁。"她歪了歪身子，"我要去偷窥一下。"

万一在里面有不可告人的秘密呢？

唐茵看着她："哦——"拖长的调子，很有调侃的意味。

苏可西推了推她："我过去了，待会儿要是没回来，你就说一声，我应该会给你发消息的。"

唐茵应道:"好的,我的西西小仙女。"

苏可西假意娇羞了一下,从包厢里溜了出来。

这家店并没有多高档,不过装修得很金碧辉煌,是现在学生们都爱去的地方。她来过好几次,熟门熟路。

对面刚好走过来一个小哥送水果,也认识苏可西,看到她在门口转,好奇地问:"你是这个包厢的?"

苏可西转了转眼珠子:"是啊。"她接过他手中的托盘,笑着说,"给我吧,我拿进去。"

这个小哥和她还算熟,也没怀疑她的用意,点点头说:"那你小心点,不够了再上。"

等他走了,苏可西才转过身盯着包厢门。

外面走廊有很吵的音乐声,里面的声音就一点也听不见了。

苏可西敲了敲门,没人回应,就径直推开一条缝,低着头进去。今天出门前她理了理头发,正好弄了个小刘海,可以遮挡一点。

这个包厢还挺大,有一半人都在那边唱歌,少数几个靠在沙发这边闲聊。

苏可西用余光打量了一下,看到角落里的陆宇。他正低着头看手机,细碎的黑发,加上光线,遮住了脸。旁边人插科打诨,完全没有影响到他。

"水果来了!"有谁叫了声。

玩闹的一群人都转过身来,看到端盘子的人都愣了一下。

女生穿着简单的 T 恤衫,高腰短裤,虽然个子不高,但比例正好,皮肤在灯光下愈加白皙,看着就觉得舒服。就是脸被刘海遮住了,看不见。

有个男生当即说:"哟,新来的?"

苏可西一抬头,便被眼尖的人瞅到了。

她脸颊上带着些微婴儿肥,眼睛灵活有光,饱满鲜润的唇瓣尤其引人注意。她眨了眨眼睛,看向那边男生旁边的几个女生。

就这么一会儿的时间,女生们的目光都频频往陆宇身上送,一点也不含糊。

见她看着自己,有个女生便皱着眉出声了:"不好意思,你是不是走错包厢了?"

苏可西不紧不慢地放下托盘,眼尾往沙发后扫了一眼。

陆宇已经抬起了头,捏着手机,正饶有兴趣地盯着她看,一点也没有要说话的意思。

苏可西往那边走。

旁边的秦升正瞠目结舌地看着她,被她往旁边挤开了,委屈地说:"哎——"

话还没说完,苏可西已经坐在了陆宇的身边,言笑晏晏地回答:"没走错,我是来找他的呀。"

面前的一群人没来得及说话,陆宇却歪着头看她:"你谁啊?"

简短三个字让包厢里突然莫名安静了下来,没关掉的音乐声传入每个人耳朵里。

苏可西没想到他会这么说,一时间还真没反应过来。等她回过神,看那边几个人都盯着她,表情诡异,尤其是最开头的那个女生,皱着眉幸灾乐祸。

苏可西在心里冷笑,若无其事地佯装惊讶道:"不好意思,包厢太黑,认错人了。"

她径直往秦升边上挪了挪。

"秦升。"她叫道。

被这么公式化地喊,秦升反射性地答道:"到。"

林远生"扑哧"一声笑了出来。

秦升现在都蒙了,苏可西刚刚把他挤到边上的时候,他还委屈了一下,结果现在就出现了这情况。

啥情况啊，陆宇哪里又不开心了？

苏可西往他边上坐了坐的动作，意思已经足够明了。原本敌视她的女生也都松了一口气，重新挂上笑容。

包厢里又恢复了气氛。

对面的一群男生们被这个突如其来的转变惊到了，半天才将清楚到底是什么情况，这下子齐齐打趣道："可以啊，秦升，不介绍一下？"

"不是啊！"秦升急忙连连摆手，话都说不全了，"不是……她……"

这……他会被打死的吧。

几个男生听到他这句话也只当成了是他不好意思，纷纷出声调侃："小姑娘都过来找你了，还有什么不好意思的？"

"秦升，你小子可以啊。"

话还没说完，门被推开，走进来一个穿着白裙子的女生，身材窈窕，长发扎成了马尾，看上去轻巧又好看。

苏可西几乎在她进来的一瞬间就知道这人绝对有问题。

女生的直觉总是对的。

下一刻，那个女生就走了过来，说话轻声细语、温温柔柔的："陆宇，你也在这里啊。"

原本注意力在苏可西和秦升身上的人全转移了。

秦升也顾不得苏可西的事情，猛地扭过头问："庄月怎么来了？谁让她来的？"

林远生自己也不清楚："我怎么知道？谁让她来的！"

都提前说了，别告诉不相干的人，哪个不要命的又说了。

陆宇没回答庄月的话，悠闲地吃着瓜子。他的手很好看，暗色的五颜六色灯光下，越发衬得十指修长，指节分明，就连剥瓜子的动作都变得赏心悦目。

女生们默默地盯着，心跳加快，脸色不经意地红了。

庄月看了会儿，移开了目光："我来不打扰吧？"

真人面前，谁情商也没低到那个程度，男生们对相貌好的女生总是会有点恻隐心的。

"没什么……"

"既然来了，就到那边坐坐吧。"

女生们虽然不太欢迎，但都聪明地笑着说："到这边来一起唱歌吧。"

庄月温婉地笑了笑："不了，我坐坐就可以了。"

坐坐？秦升都已经开始想着怎么把她弄走了，心里面烦得很。

没想到，陆宇不客气地问："谁让你来的？"

这句话的意思很明显。

庄月脸色也白了一下，没想到他这么不给她面子，当着这么多人的面给她难堪。她捏了捏自己的手心，露出一个笑容："我听人说的，所以就……"

"多嘴。碍眼。"

饶是庄月再淡定，也被这四个字弄得生气了。再看旁边那群人正盯着她看，表情诡异，脸色更是一阵白一阵红。她深吸一口气，依旧保持着得体的笑容："不好意思，我还有事，就先走了。"

一直到她离开包厢，也没人敢出声。

苏可西看了半天，捣了捣旁边的人："她谁啊？你也太不给女生面子了。"

陆宇坐直身子，掀起眼皮看了她一眼，语气慢悠悠地道："不和不认识的人说话。"

苏可西：那你可真是厉害了哦。

陆宇哼了一声。

秦升拿出自己口袋里的打火机把玩着。

还没冒火，打火机就被苏可西拿走，她熟练地打开，很快冒出了一簇火焰，照亮了她的小脸。

陆宇的动作顿住。

苏可西皱了皱眉，没说话，过了一会儿，道："我去洗手间。"然后径直推开门出了包厢。

苏可西站在门口待了会儿,然后才进洗手间洗了把脸,盯着镜子里的自己出神。出来后,她碰见了秦升。

"小姐姐,你刚才……"

苏可西摇头,然后说:"没什么,我同学的包厢在你们隔壁,待会儿再去你们那儿。"

秦升点点头:"好。"

他看她进了隔壁的包厢后,转身进了旁边的门里。

那边的人已经嗨了起来,响声震天,也不时有女生在唱着调子软软的情歌。秦升嗤笑了一下,没说什么,径直坐回了自己的位置。

秦升眼睛一瞥,看到桌上自己的打火机,伸手去拿,只是还没有碰到,旁边的陆宇已经伸手拿了过去,动作自然地放进了自己的口袋里。他半天没反应过来。

直到陆宇说:"我的了。"

秦升:好好好,你的就你的。

不就是被小姐姐碰了一下嘛,这就不给别人碰了,这要是以后别人不小心碰到了小姐姐,那还了得?

秦升已经想象到未来的画面了。

他突然想起昨天在商场里见到的那一幕。当时他们看到的时候,小姐姐已经推开了那个男生,不过看两个人的动作,怕是留了联系方式。

他注意到,陆宇的表情不好看。

然后那个小白脸就摸出了手机,嚼着笑,应该是在给人打电话。

"杨路,你妹妹长得挺可爱啊,有男朋友没有?"

不知道电话对面说了什么,那男生眼神闪了闪,回道:"没有?"良久,他才出声,"你妹妹这么萌一妹子,刚刚碰到,居然才到我胸口。"

男生勾了勾唇角,双手插着口袋看着前方来来往往的人。

秦升至今都记得当时陆宇的神情——冷冷的，盯着对方，虽然没有出声，但根据他认识陆宇这几个月以来的相处，他知道，陆宇已经到了盛怒的边缘。

再看现在的自己，指不定就已经成了眼中钉。

秦升叹了口气，就听见旁边人不耐烦的声音："五分钟。"

五分钟？秦升回过神，纳闷了半天，什么五分钟？正想问，就听见门被敲响了几下。

随后门被从外推开，苏可西走进来，她带了几罐饮料过来，笑着说："算是我请你们的。"

男生们先是看了眼陆宇的表情，见他没有阻止的意思，立马起哄着上来，一人一罐。

苏可西放下袋子，坐到了一开始的位置上。

有个和秦升关系好的男生不由走得近了点，好奇地问道："小姐姐是在哪里上学啊，今年也是高三吗？什么时候和秦升认识——"

他的话还没有说完，就被一声杯子摔在地上的爆裂声吓得止住了声音。一时间，包厢里又是只剩下了音乐声。

陆宇面前的矮桌被他往外蹬了一点距离，歪歪扭扭地停在他们面前，上面的瓜子乱了一桌，原本装着饮料的玻璃杯就碎在地上——他亲手扔的。

秦升率先反应过来，推了推林远生，让他赶紧出声打破安静。

他现在肯定是被记恨的，要是再说话，今天指不定连这道门都出不了了！

苏可西坐在边上，心扑通扑通跳，刚才她也被吓了一跳。她微微抿着唇，樱桃色的唇色变得有点白，没有出声，只是用余光看了眼陆宇的神情。

陆宇依旧靠在那儿，转着手腕，低着头，细碎的头发遮住了眼睛，再加上黑，看不太出来他的表情。

对面的人都不敢出声。

生气起来的陆宇还是非常可怕的,他们也不是第一次见了。

如此安静了一分钟左右,林远生才默默出声:"呃——"

苏可西却猛地站起来,垂在身侧的手攥了攥,打断他的话:"不好意思,我有事就先走了,打扰了。"

女生们都不由得想,肯定是被吓到了。

没想到,下一刻,角落里转着手腕的陆宇忽然伸手,拽住了她的衣角,出声道:"不许走。"

三个字,很短,声音也不大,但包厢里的每个人都听得清清楚楚,一时间完全没反应过来,脑子都顿住了。

他们刚刚没听错吧?

苏可西才刚转过身,陆宇就已经站了起来,沉着声音说:"不准走。"

这声要比刚刚大多了,就连最外围的人都听得清清楚楚。

刚刚那动静将苏可西吓了一跳,所以才想着离开。

两个月未见,陆宇的确不是她当初见到的那个人了,她需要好好想清楚,而不是一味地跟在他身边,却没想到陆宇会主动伸手拉住她。

想到这里,苏可西扭过头:"你谁啊?"她想要抽出自己的手,"我不认识你,你也不认识我。"

凭什么都要按照他的意思来?

苏可西有那么一瞬间的委屈,吸了吸鼻子,发出了小小的声音,几乎被嘈杂的音乐声掩盖掉。可陆宇依旧听到了,他有点慌了神,又怕她忍不住哭出来,抿着唇没说话。

她的力道对他来说是非常小的,没有任何作用。

弄了半天没把手抽出来,苏可西也不动了,甩了甩:"你放不放啊?"

陆宇皱着眉:"不放。"

秦升看得津津有味。

这俨然已经无视了他们的存在，但对他们来说，看得真的是很爽啊。

"你不放我喊人了。"苏可西气急，口不择言道，"我跟你说，唐茵就在隔壁。"

这什么怪脾气？动不动就乱生气。

陆宇挑了挑眉："那你让她过来。"

苏可西踢了他一脚。

有男生忍不住小声叫出声。这人居然敢踢陆宇，怕不是活腻歪了吧……等等，好像眼前的这女生和其他不长眼的还是有区别的。

果不其然，下一刻，所有在场的人都看到陆宇只是哼唧了一声，没其他的反应了。

有个女生揪着衣服，忍不住出声："你是不是有点过分了？陆宇也没做什么，干什么踢人？"

旁边的人拽了拽她。

苏可西的注意力得到转移，她看向那女生，忽然笑了："你以什么身份质问我？"

女生哑口无言，整张脸都红了。

一直不怎么说话的林远生忽然捅了捅秦升，亮着眼睛："突然感觉小姐姐好帅！"

苏可西不再理会她，而是盯着陆宇，一字一句说："我要回去了，你放不放？"

陆宇没说话。

就在所有人都以为两个人要这么僵持下去的时候，陆宇直接拉开门，拉着苏可西消失在众人的视线内。

门口有人经过，好奇地往里看，又莫名地离开。

秦升反应过来，跑出去张望了一下，发现走廊里已经没有了人，两个人也不知道去了哪里。

"宇哥真悍……"

"小姐姐到底是谁啊……"

两个人一走,看热闹的看八卦的也想跟着去,最后还是胆子小,怕被打,就留在了包厢里叹气。

几个女生暗自咬牙。

有男生走过来,犹豫着询问道:"秦升,那真是你朋友吗?"

秦升觉得他看向自己的目光有点奇怪。他看过去:"你觉得可能吗?"

"不可能。"

"那不就结了。小姐姐和宇哥闹别扭呢。"

对面一个男生出声道:"那庄校花一直在宇哥跟前套近乎,要是让她知道……"

庄月今晚过来是他们没想到的。她最没想到的还是陆宇当时的反应,够直接,一点也没留面子。

自从陆宇转到三中来,庄月就时不时地过来刷个脸,偏偏语气都比较温柔,他们也不好意思直接开口。今晚陆宇没给她面子,直接撕破脸了。

提到庄月,秦升不由得看向班长:"说好的不能让不相干的人来,结果人还跑来是怎么一回事?"

特意叮嘱了,还出了这事。

班长也委屈:"我真不知道庄月是怎么知道我们在这儿的,我压根没和她说这件事。"

"算了,反正都发生了。"

一伙人同班长出去结账,正巧遇到隔壁包厢的人也走了出来,为首的正是秦升昨晚上在广场上见到的撸串的那女生。

唐茵看了他们一眼,没瞅到苏可西,心里有了数,对走过来的服务员小哥说:"西西回来了和她说一声。"

小哥点头:"好,我知道了。"

等一群人走了,秦升才拉住面前要走的小哥,状似无意地问道:

"你认识她们啊？"

小哥先警惕地盯着他们，确定他们是常客，没什么大问题，才回答："都是来过不少次的客人了。"

最边上的女生忽然问："今天进我们包厢的那个女生，你知道她叫什么名字吗？"

众人好奇心旺盛，也没怀疑她为什么突然这么问。

"她呀。"小哥笑了笑，"就刚刚走过去的那个女生的好朋友，她们经常过来的，叫苏可西。"

两方都不是生人，他也不怕告诉他们。

苏可西？所以刚刚被那个唐茵称为西西的就是小姐姐了。

秦升倒是第一次听到完整的名字，还挺好听的。

小哥说完又突然想到了什么，问："今天晚上她不是进你们包厢了，难道你们不认识？"

明明她说认识，还拿走了托盘。

林远生立刻机智地回答："她只和我们其中一个人认识，我们其他人就比较好奇来着。

"那你刚刚看到她和一个男生去哪儿了吗？"

"好像往对面去了。"

几个人看向外面，不巧的是在下雨，还挺大的。

女生们都愁眉苦脸的，出来时天气还挺好的，谁都没预料到会突然下雨，压根没带伞。现在要么打车回家，要么就只能等雨停。

就在这时，要离开的小哥突然指向对面，惊讶道："那不就是他们俩？"

这皇家的地理位置还是相当不错的，交通便利，周围什么样的店面都有，是出来玩的好地方。

对面有好几家奶茶店，还有吃东西的地方。往常他们从这里出来后，都会兴致满满地去对面狠狠撮一顿，聊到半夜再各自回家。今晚倒是不行了。

秦升看得清楚，对面那家奶茶店门口站着的，正是陆宇和苏可西。

雨势渐大，哗啦啦的。

苏可西站在奶茶店外，皱着一张脸，给唐茵发出去一条消息，没得到回复，可能是没看见。

视线里出现一杯奶茶。

苏可西往上看，陆宇的衣服落了点雨，微微有些湿，额前的碎发沾在皮肤上，眼睛依旧黑黑的。

"喝。"

"不喝。"

"你不喝就别想走。"

苏可西气冲冲地夺过他手里的奶茶，猛地吸了一口，又重新塞进他的手心里。

陆宇皱着眉，把碎发直接揉了上去，乱糟糟的。

苏可西看着他，心里想着自己千万要忍住，不然多丢脸。

"我要回家了。"半晌，她又开口。说完，她便起身要走，还没走出一步又收了回来，表情也变得不好看，气鼓鼓的。

陆宇看着她变来变去的脸色觉得稀奇。

苏可西一抬头就看到他幸灾乐祸的表情，差点气得要爹毛，瞪他一眼："有什么好笑的？"

陆宇张嘴，他明明没笑。

苏可西不管他，动了动脚，有点难受，自顾自地嘀咕道："鞋湿了，烦人。"

刚刚跑的时候不小心踩到了那个水洼里，水一下子就漫了进去，而且还都是脏水。

她特别讨厌穿着湿鞋，和洗完澡湿着穿拖鞋不一样，这种穿着袜子泡在鞋里的感觉十分难受，让她止不住地烦躁。

陆宇握着一杯奶茶，低头去看。

苏可西今天穿的小白鞋现在脏兮兮的,和干净白皙的小腿一比,就更显眼了。

他问:"难受?"

"嗯。"苏可西回答,"我要回家洗澡了。"

话音刚落,面前的陆宇就已经弯下腰,将她按在了高脚凳上,伸手脱下了她的鞋。

精致的脚背露在船袜外,白色已经染上了污黄色。

苏可西捏着被塞进手里的奶茶,动了动脚指头,扯到湿湿的棉袜,有点难为情。

陆宇脱了她的袜子。

她个子小,自然脚也小,在他手里就那么一点点大,白白嫩嫩的,脚指头还动来动去的,脚背弓起,亮起一个漂亮的弧度,小巧漂亮。就是碰了水,摸起来湿湿的。

陆宇盯了半天,转开了视线,将袜子塞进鞋里,拎着站起来:"扔了。"

闻言,苏可西晃了晃腿,看傻子一样的眼神:"不穿鞋我怎么走?难道要我飞回去?"

说是扔,陆宇还是自个儿拎着的。

她伸手要去够他手里的鞋。陆宇手臂往后一摆,直接让她扑了个空。高脚凳上不稳,她拽着他的衣服,还没站稳就被直接背了起来。

陆宇评价道:"娇气。"

还从来没人说过她娇气呢,苏可西伸手勒住他的脖子,咬着牙说:"放我下去。"

陆宇不听,反倒恶狠狠地说:"不许动。"

他猛地起身往前一步,吓得苏可西连忙搂住他的脖子不敢动,半天没说出话来。

"有本事你跳下去。"陆宇随口道。

就算不回头,他也知道,她肯定气红了一张脸。

不远处,皇家大厅里发出不可置信的叫声。

"这是不是我眼花了?"秦升差点把眼珠子给揉掉下来,激动地叫道,"这也太细心了吧?"

无怪乎他们这么激动,实在是头一次见到陆宇这么细心的模样。

虽然带上这个月才认识三个月,但一些该熟悉的还是熟悉的,该知道的还是知道的。只是面前这一幕,打死也没想过。

大家都有点纳闷,这才见面几次啊?而且刚刚在包厢里,一开始还说不认识……别扭到这个程度,也只有他们陆宇做得出来了。

秦升"啧啧"几声,看着陆宇将苏可西背起。

奶茶店那边有可以借用的雨伞,两个人拿了一把,苏可西趴在陆宇的背上,撑着伞,最后消失在雨帘中。

有人出声打破沉默:"刚刚是谁调侃她和秦升的,你完了。"

林远生忽然碰了碰秦升,贼兮兮地问:"还记不记得在包厢里的时候,宇哥说了句五分钟?"

"记得。"秦升回忆了一下,当时他还觉得纳闷来着,陆宇突然没头没脑的一句话。

林远生盯着他们离开的方向:"我可记得清楚,小姐姐出去的时间不多不少,刚好五分钟。"

秦升瞪大眼:"哇,不会吧。"

女生上洗手间哪个不是好几分钟的,小姐姐出去个五分钟都记得清清楚楚,还记挂着。

认识这么久,陆宇这么口不对心,还是头一次。真有点好奇。

苏可西最后还是被陆宇送回了家。她从陆宇手里夺过小白鞋就跑回了家里,也没注意到他哑然失笑的表情。

她从二楼往下看的时候,陆宇已经离开了。

国庆假期嘉水私立中学只放三天假,所以她回校的时候,唐茵还在家里继续反省,直到整整一星期后才回校正常上课。结果才回校,考试时就遇上了被诬赖作弊的事情。

苏可西考完英语，才出教室门就听说了这事儿，差点笑死。

嘉水私立中学高中部这边的人基本都认识唐茵，长得又好，成绩又好，而且校长办公室就摆着她的照片。昨天那考试监考老师绝对是新来的。

高中这边教学楼有点像四合院的形式，后面和实验楼又是一个四合院，中间的那块区域则是公共区域，还有个圆形大花坛，现在正开着海棠花。

这节是物理课，唐茵去了隔壁班。

隔壁实验班新来了一个转学生陆迟，长得挺好看，身形清瘦，戴黑框眼镜，衬衫永远系到第一个扣子，一丝不苟的，两耳不闻窗外事，去哪儿都带着本书。

苏可西对他的印象几个词就可以形容：话少、正经、易害羞，说话还有点小结巴。

虽然她不清楚怎么回事，但唐茵对他很是关注。今天早上演讲更是直接放话要护着陆迟。这不，现在又去隔壁蹭课了。

陆宇以前也这样，不过脾气要差多了。

唐茵这段时间没来上学所以不知道，她也算是有个了解，陆迟这个人话很少，非常正经，和个性潇洒的唐茵几乎是两个极端。而且，她总觉得陆迟看着有点眼熟。但仔细去看的时候，又不知道哪里眼熟。也许是因为他和陆宇同一个姓的缘故，苏可西对他的印象还不错。

下课铃声响起，唐茵一阵风似的从实验班回来。

"他一直假装正经，不和我说话，心里头压根不是那个意思，你看。"

她腰上还系着陆迟的校服。

苏可西狐疑了半天，解开后果然看到唐茵裤子上晕出的一点血迹，只好给她借了一片卫生巾。

"没想到小结巴这么体贴。"

唐茵捏着她的脸："你这表情看起来有点猥琐。被陆宇见着会嘲笑你的，听你说的，他性格变了不少啊。"

苏可西悻悻的："对。"

何止是不少，简直是大变样。她还不知道他不告而别转学离开的原因。

唐茵想了想，说："你可以自己问他。"

苏可西摇摇头："他不会和我说的，除非等到他愿意说的时候，不然也是白问。"

唐茵"咕"了一声："这总要知道的，就算离开，也可以说一声，但他一句话都没和你提过。"

两节课后正好就是大课间，苏可西去小超市买零食，顺便给唐茵带了包卫生巾。

嘉水私立中学身为民办的寄宿学校，各方面的条件都是这边几个高中里面最好的。高中部、初中部加起来好几千人，出不了校，就只能在学校的小超市买，好歹东西齐全，零食够多，每天都十分拥挤。

"西西姐！"

苏可西拎着袋子出门，被人从后面喊住。

女生欣喜地看着她："西西姐，这是文月昨天让我给你和茵茵姐带的东西，我昨天实在没时间过去。"她递过来一个袋子。

苏可西接过："里面是什么？文月呢？"

"文月昨天生病了，请了几天假，和她妈妈一起走的，临走前就把这个交给我了，下星期才能来上课。"

苏可西皱着眉："好端端的怎么生病了？"

"这个我也不是很清楚，昨天考试我和她不在一个考场。"女生挠挠头，"西西姐，我先回去上课啦。"

袋子里的小吃包装虽然不精美，但看得出来很用心。苏可西叹了口气，文月这小姑娘真的是心地好到一定程度了。

她是转学过来的，文科生，说话轻声细语的，虽然开朗，但看着柔柔弱弱的，生病似乎也没什么奇怪的。

苏可西和她认识还是因为一个意外。

文月家住三中边儿上，她妈妈倒是在二中那里工作，而且还是晚班，她因为生病办了走读。

恰巧高一下学期期末期间，她去给她妈妈送东西，结果路上被人找了麻烦。

她长得文静清秀，柔柔弱弱的，好学生一个，很容易激起那些流里流气的混混的蹂躏感。唐茵从那儿经过，凑巧救了她。

事后，那几个人偷偷向嘉水私立中学举报，唐茵愣是背了个口头警告，再严重点就要留校察看了。不过从那之后，文月就经常过来找唐茵，和她也算是认识了。

她喜欢动手做小点心一类的，每次总是会多带两份，大课间跑到楼下给她们吃。

苏可西回了教室，把遇到的事跟唐茵提了一下。

唐茵坐直："那就星期五去看看。"

苏可西点点头。她对着自己偷放在书上的镜子照了照，长发被扎成了马尾，在后面直直地垂着。

苏可西扭过头："茵茵小宝贝，我要剪短发！"

唐茵侧脸看她："不问问陆宇？"

苏可西冷笑一声，似乎是想到了什么，说："问什么？要是他嫌弃，那就直接暴揍一顿呗。"

星期五放假的时候，苏可西先去了理发店。等剪完头发出来的时候，外面已经擦黑了，她摸了摸及肩短发，感觉自己好像变了个样子。

苏可西问："我好看吗？"

唐茵掰着她的脸，捧着看了好几遍："好看，小仙女一样。"

"我就喜欢你这么实诚的人。"苏可西喜滋滋的，"走吧走吧，我们去找文月。"

她以前头发比现在还短来着,后来才决定留起来,一留就是一年。

苏可西和唐茵目不斜视地进了三中。因为上课时间不同步,她们才到校门口,里面刚好晚自习打铃。

院子里出来几个人。

"今晚不上晚自习了,反正宇哥也不在。"秦升嚼着口香糖,突然一顿,"咦,那个人是不是小姐姐?"

瞧走过去的背影挺像的,发型倒是不怎么像。

身旁人跟着说:"对,我也觉得特别像,她旁边的是不是唐茵?我见过的!"

两个人说得像模像样的,林远生也跟着看过去:"好像是的,不过这次应该不是来找宇哥的。"

陆宇下午放学没多久和一个男生出去了,现在还没回来,也不知道什么情况。

苏可西和唐茵才敲开门,就被文月妈妈迎了进去:"过来坐吧,来吃柚子,月月在床上睡着呢。"

三中这边都是老房子,再过不久就会统一拆迁,到时候补偿会很丰富,他们也不会觉得不划算。

文月性格温婉,家里的环境也极为温馨。

对唐茵,文月妈妈也是十分感激。自己女儿要是没遇上她,不知道会碰到什么情况呢,还连累唐茵被警告,幸好唐茵没怪罪她。

两个人进了房间。电视机开着,文月拿着遥控器不停地换台,一脸无聊的表情,看到她们进来,面露欣喜。

唐茵捏着一瓣柚子,放进文月嘴里。

苏可西坐在一边,看着窗外往学校里走的学生人影:"这些人居然还记得去上自习,我还以为每天都在院子里玩儿呢。"

文月惊疑了一声:"西西姐你不知道,三中几个月前来了一个叫陆宇的男生,现在这边安静了不少。"

嘉水私立中学周五放假，她晚上在房间里，窗户对着外面，经常看到三中学生过来，很乱。最近两个月来反而基本见不到了，就算有，也是口舌之争比较多。

她来了兴趣，小声地说着八卦："我也是上次趴窗子看到的。"文月想起那次还有点心惊胆战。

苏可西也是"啧啧"几声："后来呢？"

"后来突然来了一个人，个子高高的，长得很好看。他一到，两伙人都停了，还喊他'宇哥'。我在三中有个好朋友，她跟我说叫陆宇，三中的人都怕他。"

文月说着还心有余悸，没想到最后陆宇来了，什么事也没发生。

她抿着唇笑，嘴边两个小酒窝，显得娇俏可爱："我听说，他是上学期末转到三中的，不到一天，他的桌子底下就被小点心堆满了。"

她虽然性子柔，但八卦起来也不弱。

文月说："我听说陆宇可讨厌女生了，都不和人搭话的。"

她好奇地猜测道："茵茵姐，西西姐，你们说会不会他以后恋爱的时候，也是两个人坐那儿什么都不说，沉默一整天？"

苏可西眼角抽了抽。

文月八卦起来是真不含糊。

三个女生总是话多的，一直到太阳落山，天色擦黑，苏可西和唐茵才准备离开回家。

"要走了吗？"文妈妈问。

苏可西说："嗯，外面天黑了，再迟就不太好了。"

文妈妈也理解，热情地送人出门，说："下次可以再来玩的，我去买点菜，留你们吃顿饭。"

她今晚去超市都没看到什么新鲜菜，就买了点家常的，没想到两个人不在这边吃晚饭。

苏可西连忙回道："阿姨您回去吧，不用送的。"

"那你们小心点，路上注意安全。"文妈妈叮嘱道。

她知道两个女孩都是家里有司机的，也用不着她送，不过口头上还是要叮嘱一番的。

外面已经亮了灯，昏暗昏暗的。上一次来也是差不多这时候，苏可西还记得自己被陆宇偷偷跟踪了呢，想到那个窘迫场景，她就觉得好笑。

三中正在上晚自习，教学楼一层层地都亮着，晚上看倒是很有氛围。不过很多人还是逃了晚自习在外面晃，偶尔还能看到慢悠悠晃进学校的身影。

突然想到了什么，苏可西扭过头问唐茵："哎，你今天上课的时候给陆迟写了什么？"

她上课的时候看到唐茵在借来的陆迟的卷子上写了几行字，也不知道内容是什么。

"不能说。"唐茵眨了眨眼，"倒是陆宇是怎么回事？"

她上次在广场看到他们，还以为陆宇只是和她一起的，谁知道今天晚上从文月这得到这么多消息。

一个乖乖好学生变成了不良少年？饶是她也觉得不可思议。

苏可西伸手摸了摸自己的及肩短发，很柔顺。

她和陆宇现在的关系不好说。

说不熟吧，两个人明显不是那个状态；说熟吧，陆宇又不告而别，转学后和她好几个月不见面不联系。

唐茵也没再追问，让她自己一个人想。

这边路上很安静，除了个别几个在路灯阴影那边偷偷接吻的小情侣没别人。谁知道才走几步，苏可西就停住了脚步。她眯着眼，努力地想要看清对面的人，心里面还有点不确定。

如果没错的话，不远处的两个人，其中一个是陆宇，另一个正是新转学生陆迟。两个人八竿子打不着，怎么会在一起？

苏可西拽了拽唐茵的手："陆迟认识陆宇？"

唐茵摇头，想了想回答说："这个不清楚，我没问过他家里的事情。"

她和陆迟也才认识两个星期，根本还没能知道隐私方面的。

三中正好在巷子头和巷子尾的中间处，巷子尾那边分叉了几条小巷子，都通向后面的一条大马路。

陆宇被陆迟拽着，路灯昏暗，看不清两个人的表情，他们一前一后地进了其中的一条小巷子。

苏可西有点纳闷。陆迟是个小结巴，容易害羞，和陆宇恰好完全相反，他拽着陆宇？怎么看都反了。

陆宇也不反抗，被拽进了旁边的小巷子里，终于忍无可忍，大力甩开了陆迟的手。

看到对方戴着眼镜皱着眉的样子，陆宇眼睛盯着他，轻轻说："你以什么身份管我？"

声音低沉喑哑，带着怒意。

面前的陆迟仿佛又成了以前的那个小结巴，磕磕巴巴道："我是、是你的——"

闻言，陆宇一声嗤笑，打断了他的话。

想到几个月前得知的事情，他眼底深处泛出难以言明的情绪，压着声音道："你妈知道你连小三的儿子都认吗？"

他在心底嘲笑自己。

对面的陆迟微微一僵。

两个人原本都是毫不相识的，直到上个学期，大人之间的事情曝出来，他才清楚是怎么一回事。

陆宇比他大两个月，但陆宇的母亲和自己父亲没有婚姻关系，反而他自己才是婚生子。没过多久，他就得知在嘉水私立中学成绩每次都在前几名的陆宇，原本好学生一个，却突然转学，还学坏了。

说到底，错的是大人，而不是他。

陆宇睨他一眼:"说不出话了?想当好人?不如回去照顾你妈。"

这话的意思明显。

陆迟摇头,抿着唇认真解释:"这不是、你的、的错。"

陆宇揉了揉乱糟糟的头发,半晌,皱着眉说:"陆迟,你能不能有点良心,别再跟着我?不然别怪我不客气。"

说完,也不管陆迟,径直转过身朝前面走。

苏可西和唐茵跑过来的时候,两个人已经分开了。

见陆迟站在那里不动,唐茵扬声冲着他喊道:"书呆子。"

没想到陆迟听见她的声音,手上推了推眼镜,径直往前走,步伐还快得很。

唐茵说:"你再走一步试试!"

倒是很管用,前面的陆迟自己停了下来,站在原地。

陆宇似乎也听见了声音,他回头看了一眼,恰好对上苏可西的视线,顿了顿,迅速地转身往远处跑。

苏可西瞬间反应过来:"陆宇,你跑什么?"

两个星期前还送她回家呢,现在又这样子是干什么?

他们之间的距离不算特别远。陆宇转过身,苏可西还能看到他面上嚣张可怕的气势,又听见他恶狠狠地说:"苏可西,你再过来一步试试!"

苏可西回过神来,大步朝前面跑去。

她和唐茵一样,身体素质挺好,跑起步来虽说不是特别快,但也不含糊,但再好还是比不上男生。

一直追到巷子的尽头,陆宇还是丝毫没有停下来的意思,偶尔回头让她回去。

巷子的尽头是一个小公园的一侧。边上是个小池塘,以前种满了荷花,一到夏天就全开了,还有不少人特意过来看荷花。不过近两年因为要拆迁的缘故,就逐渐荒废了,也就环卫工会过来打扫一下,保持清洁。

两个人站在那里对峙。

苏可西双手放在唇侧，喊道："陆宇！"

陆宇忍着，就是不出声，一直往前走，仿佛前面有吸引他的什么东西似的。

路灯照得水面黑漆漆的。苏可西摸着起伏不定的胸口，看着脚下，忽然心里面跳出来一个想法，像荒草一样猛地生满整个草原。

她喊道："陆宇，你站住！"

如她所料的，没得到一点反应。

苏可西冷笑一声，靠近了水边，用手碰了碰，水面还挺干净的，旁边一根树枝正插在那儿。抽出来，捣了捣，发现水不深。

想到这儿，她站起来，冲着不远处停下来走路的人威胁道："你再不停下来，我就跳河了！"

有什么事非得躲着她，就不能直接说吗？

这次依旧没有回应。

后面的这条路没有前面繁华，而且旁边是小区，路灯依旧亮，车却一点也不多，半天才过去一辆。

眼见陆宇的背影就要消失在黑暗里。

苏可西想到之前的那一幕——昏暗的路灯下，陆宇的身影很好看、利落，可也显得孤寂。

她纠结了一小会儿，看着旁边的树枝一大半还在外面，从旁边抱起一块大石头，直接扔进了河里，然后迅速躲在了一边。

如今初秋，夜里的水微微带着凉意，溅在皮肤上，凉意顺着皮肤往里钻。

"扑通"声清脆可闻。陆宇耳朵动了动，立刻转过身。

眼见不远处的池塘边已经没了人，刚刚叽叽喳喳叫他不许走的女孩没了踪影，他眉心一皱："苏可西？"

没人回答他。

陆宇抬脚就往池塘那边跑，不消片刻就到了那边。

人不见了。想到刚才的那句话,他暗骂一声。

陆宇没有迟疑,三两下脱了校服,一个猛子扎进池塘里。浮出水面后,他抹了把脸,借着路灯下看到岸上的角落处有衣服露出来,他快速地游过去上了岸。

当手触碰到温热的身体时,他微不可察地松了口气,但随即更加恼怒:"苏可西,你居然骗我!"

苏可西没想到这么快就被发现了,看着他生气的样子,一时有些尴尬。

苏可西拽住正准备站起来的他,声音低低地喊他:"陆宇……"脸色还有点白。

"不许再叫,别跟着我,自己回家。"陆宇沉声道。

闻言,苏可西皱巴成了一团:"难道要我真跳湖吗?你的良心不会痛吗?"

陆宇嘲讽道:"没有良心这东西。"

苏可西在心里叹气,动了动手,捂住嘴轻咳两声。

空气都安静了一瞬。

陆宇忽然看向她,黑黑的眼睛盯着她:"真是受够你了。"

苏可西心想,那你以后还有的受的。

两个人走在路上,偶尔过去一辆车。

苏可西看着他绷起的下巴,忽然小声说:"其实就算真跳了也没事,我会游泳。"

闻言,陆宇收紧了胳膊,口不择言:"苏可西,你是不是脑子进水了?你知不知道淹死的都是会水的?"

他骂得停不下来,倒是一个脏字没带。

苏可西听了半天,校服搭在她的身上,她伸出手,放在他的胸膛上感受着心跳。

强劲,有力,是少年人独有的生机勃勃。

她喃喃道:"陆宇,你承不承认,你还是关心我的?"

CHAPTER

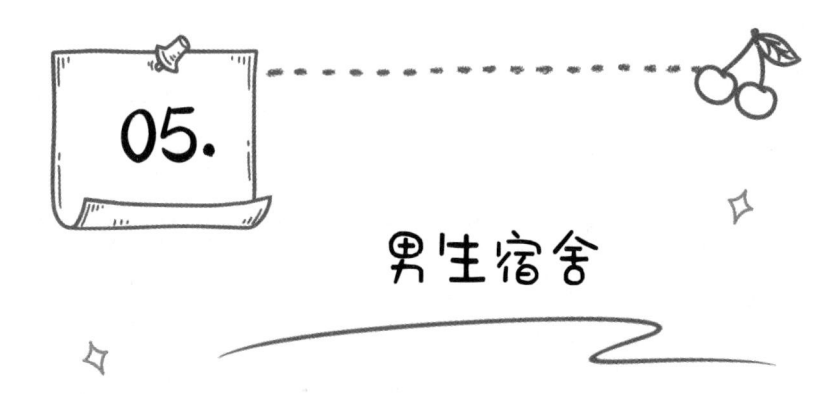

05.

男生宿舍

If love is truth, then let it break my heart.
If love is fear, lead me to the dark.

If love is a game, I'm playing all my cards.

大概是被苏可西这个回答堵住了，陆宇那声疑似很无奈的单字过后就没了声音。

苏可西自己也没再开口。

秦升和林远生两个人又逃了晚自习。

今天晚自习又是数学，两个人不想听老师讲试卷的事，索性直接跑路了。

路上人少，两个也不得劲，秦升无聊地问："宇哥去哪儿了，怎么还不回来？"

自从晚自习前，有个男生过来找陆宇后，他就直接跟着走了，就一直到现在也没回来。

那个男生看着还挺像学霸的，戴着副眼镜。

林远生踢了一脚小石子："比起这个，我更好奇之前碰见的小姐姐来这儿做什么。"

他们回校后就把苏可西查了个底朝天，当然是瞒着陆宇的。

其实也不算是查，不过了解了才知道，他们这位小姐姐还挺自在的。

"哎哎，那个是宇哥吗？"秦升忽然往对面瞅了一眼，感觉自己受到了伤害。

秦升装了一肚子的问题，看到陆宇过来，东说一句西说一句，简直停不下来了。还没等几分钟，他就被陆宇踢了一脚。

秦升停了下来："怎么了？"

陆宇沉着声："别说话。"

秦升感觉很委屈："为什么啊？我没瞎说什么。"

陆宇冷冷地看他一眼："再叽叽歪歪，你可以回家睡觉了。"

秦升虽然闭嘴了，可心里的吐槽还是一波一波的。

这也太苛刻了吧，不就说两句话，就不许了，这以前怎么没发现陆宇事儿这么多，之前还说不认识小姐姐呢。

两个人就这么看着陆宇和苏可西一直往前走，压根不把他们放眼里。

"唉，我们被抛弃了。"秦升不禁感慨道，"宇哥多久没和我们开黑了？"

"很久了。"

"唉。"

大晚上浸了水，身上还冷着，走到三中门口的时候，苏可西忍不住打了个哆嗦。看要往巷子头走，她问："你送我回家吗？"

陆宇回答："嗯。"

苏可西有点不相信，毕竟前段时间可还是死不要脸才能得到回应呢，她又问了一遍。

陆宇不耐烦地说："你再问你自己回去。"

苏可西撇了撇嘴，小声说："要不我先带你去把衣服烘干吧，不然会生病的。"

烘干衣服也要不了多久。

"我自己去就行。"

"不行，我一定要跟你一起，谁知道我走了你还会不会去。"

陆宇没说话。

虽然三中这边的条件比不上嘉水私立中学，但也有住宿生，那边条件各方面也还行。

他站在原地想了会儿，记得不久前查宿舍，有个宿舍集体偷偷藏了烘干器的，差点被查了出来。

随手拨通了秦升的电话，直截了当地开口："哪个宿舍有烘干器？"

秦升路上碰见一个高一学妹，聊得正开心，乍一听到这问题，还没缓过神："烘干器？要那玩意儿干吗用？"

说完他倒是想到刚刚自己看到的，好像陆宇身上有点湿。

他连忙说："那个烘干器就在林远生同桌的宿舍里。"

经过林远生同桌的同意后，陆宇才带苏可西去了那边。

三中的宿舍其实就在他们学校对面，入口就是那些小巷子，从大院里也能进去。

晚自习还没下，宿舍楼里基本都是乌漆麻黑一片。

陆宇平时不住校，对这儿的环境也第一次见，皱着眉。

直到进了林远生同桌的宿舍，看到还算干净，而且烘干器也在那儿，表情才好了点。

陆宇拨弄了一下烘干器，去卫生间换了衣服才出来。

苏可西随口问道："你为什么转学？"

陆宇随口答："没什么。"

那样的理由，和她说了，感觉自己整个人都恶心了。

苏可西仰着头，看他表情不太好，柔声道："这有什么不可说的，我又不会吃了你。"

良久，陆宇才出声："有什么好说的呢？"

苏可西没再追问。她隐约觉得陆宇和陆迟应当是兄弟关系，就算不是兄弟，也是有其他什么关系的。

当初陆迟刚转进嘉水私立中学，她就觉得很熟悉，却一直没找到原因，现在是发现了。但看陆宇的模样，她很难把"私生子"这三个字安在他身上。

当初他在嘉水私立中学成绩常居年级前几,再加之长得又好,几乎是每个女生寝室晚上议论的中心。

苏可西知道他的性格,骨子里很骄傲,有自己的想法,而且待人方面也有礼,与现在的样子截然相反。

苏可西从宿舍里出来的时候,天已经完全黑透了。

陆宇强硬道:"回家回家,不是要送你回家?"

苏可西惊讶地看着他:"刚刚不是不想送吗?"

陆宇哼了一声,扭过头不说话。

正走着,忽然一下子走廊的灯黑了下来。

苏可西差点把魂吓掉,她摸上旁边的陆宇:"是陆宇吧?"

她生怕黑夜里碰到鬼。

热度源源不断地传到苏可西的身体上,让她感觉到十分地安心。

两个人摸黑走路。一直到陆宇打开了手机的手电筒,一束光照进楼梯间。

黑漆漆的宿舍楼里,什么声音都没有,苏可西小声嘀咕道:"我害怕。"

陆宇:害怕个鬼啊。

"那就别乱看。"

一直到出了宿舍楼,外面的路灯大亮。

时间不容许多浪费,两个人打了辆车直接去了骊南苑,陆宇最后停在了她家楼下,没有说话。

家里还亮着灯,想必是家里人还没睡。

下车后,苏可西把自己的校服套在外面,免得回去后让杨琦产生怀疑,还以为她怎么了。

她的校服要小上很多,套在外面压根遮不住陆宇的校服,反倒显得有点滑稽。

陆宇站在她对面，看她走神的样子，忽然鬼使神差地开口："你往这边过来点儿。"

苏可西不明所以，不过还是听话地往他边上走了点，问道："干什么？我要回家了。"

路灯下，陆宇抿着唇，看她短发飞扬，偶尔遮住脸颊，衬得嘴唇若隐若现，又想起不久前看到的那个场景。

"你再过来点儿。"

苏可西犹疑，没动："老让我过去干吗？"

该听话的时候不听话。

虽然好像她基本什么时候都没听过他的话。

这么一想，陆宇有点气急败坏："我走了。"

苏可西从发愣中回过神："不许。"

陆宇立刻瞪向苏可西，他直接回道："呵呵。"

苏可西没料到这个回答，翻了个白眼："有什么好嘲讽的？"

苏可西忽然上前一步，闷着声音问："你校服我什么时候还你？我明天就要回校了。"

嘉水私立中学周末下午必须要回校，还会有班主任去教室里巡查。

"不用还了。"

"西西还没回来？"苏建明的声音猛地从前方传出来。

杨琦的声音紧跟其后，温温婉婉的："没呢，估计又在外面玩儿吧，你今天又回来这么迟……"

两个人说话声由远及近。

苏可西微微睁大眼，心里面有点慌。

苏建明乐呵呵地和杨琦并肩回家，路过不远处两个年轻人时，女生几乎完全被男生挡住了，只能看到阴影下两只脚在那边。

他愣了一下，感慨道："当年我偷偷去找你被发现，可是直接被你哥哥打了一顿。"

杨琦抿着唇笑。

苏可西大气不敢出，差点憋死。

两个人进了院子，脚步声渐渐消失，苏可西赶紧往后退了一步，抬头说："我要回家了，等我下下个星期再去找你。"

陆宇明显不悦，然而也没说什么。

苏可西突然冲他笑了笑，轻快地跑回家了。

沙发上，苏建明和杨琦正在聊天，看到她回来，都随口问了一句："回来了？"

苏可西停顿几秒："嗯。我先上楼了。"

回到自己房间后，苏可西就推开窗往下看。路灯一直亮到前面，往那边的一条路上已经没了人，也不知道陆宇走路怎么这么快。

苏可西盯着刚刚的位置，记忆瞬间回到了上个学期刚开学没多久的时候。

过年期间，她一次也没和陆宇联系，开学后又是开学考，又是忙其他东西，最后晚自习还没结束就迫不及待地去八班找他了。

最后一节晚自习老师都在改试卷，压根没人注意班级里是不是少了一个人，尤其是他们还坐在最后一排。

天气还比较冷，白天下了雪，晚上停了，路面上还有一层积雪，雪地靴一踩上去就会发出咯吱咯吱的声音。

苏可西悄悄地跑到了八班的后门处，把陆宇从教室里拽了出来。

教学楼后面有一小块没有灯照的地方，那里基本没人过去，最适合谈话了，苏可西把陆宇拉进了那里面。

当时冬天冰天雪地，两个人就踩着雪有一搭没一搭地说着话。

外面的下课铃声，同学在走廊上奔跑、说话的声音，都成了背景。

周一开学，三中忽然流传起男生宿舍被女生偷偷进去的消息，一下子都炸了。

一下课，学生就三三两两地聚在一起讨论着。

三中以前男生宿舍是允许女生进入的，只是谁也没想过真的会有女生进去。

秦升一大早就听见这个议论,立刻就飞奔回了教室,拍了拍陆宇的桌子,压着声音说:"宇哥!你火了啊!"

那进宿舍的可不是苏可西嘛。

林远生白了他一眼,对他的大惊小怪感到无语:"宇哥什么时候不火?"

"你不懂。"秦升推开他,挤到陆宇边上。

陆宇斜靠在椅背上,面上神色淡淡,两条腿交叠地放在桌子下面,姿势悠闲。听见秦升的话,漆黑的眼扫过去。

这时,外面窗口出现一个女生,对着里面喊道:"陆宇,英语老师让你去办公室找他。"

秦升歪过头,想了半天,这不是上次班长生日请的外班女生吗?

"哦。"陆宇的调子没啥起伏。

才路过转角,就听见一道扬高的声音:"天哪,庄月,你的皮肤真白,是不是遗传的啊?"

"是吗?我感觉自己还挺黑的。"

"没有没有,你要是黑,那我就是非洲人了。"

几个人正说着,突然看到了从走廊那一边过来的陆宇,纷纷停下了刚刚的话题。

庄月侧过脸,眼里闪过惊喜:"陆宇。"

陆宇似没听见,从她们面前经过,一个眼神也没给。

几个女生都惊呆了,压根没想到庄月居然就这么被无视了,一时之间都有点尴尬,不知道怎么开口。

秦升从后面追上来,看到几个女生都盯着他们,面上表情也奇奇怪怪的,有点不解:"宇哥,刚刚有个快递!苏可西寄过来的。"

他拿出快递盒,上面还写着寄件人:苏可西。

陆宇直接伸手拿过,也不去办公室了,转过身就往教室的方向走。

秦升觉得自己被无视了,也不看被震到的几个女生,跟在后面走,边说:"宇哥,你就这么把我丢下了?"

陆宇看都不看他:"你管我。"

对于这句嚣张的话,秦升心想:那他可管不起。

快递盒上没有显示是什么东西,陆宇不动声色地晃了晃,还挺轻巧,也不知道是什么。等回了座位,他便拿刀给划开了。

几个男生虽然表面没有看,其实余光都在偷偷往这边瞥,等看到那么稍微一角,立刻憋红了脸。

再看陆宇的表情,顿时惊讶:"宇哥……"

旁边一人附和:"天哪,宇哥还会红耳朵……感觉自己知道了什么不可告人的秘密。"

CHAPTER

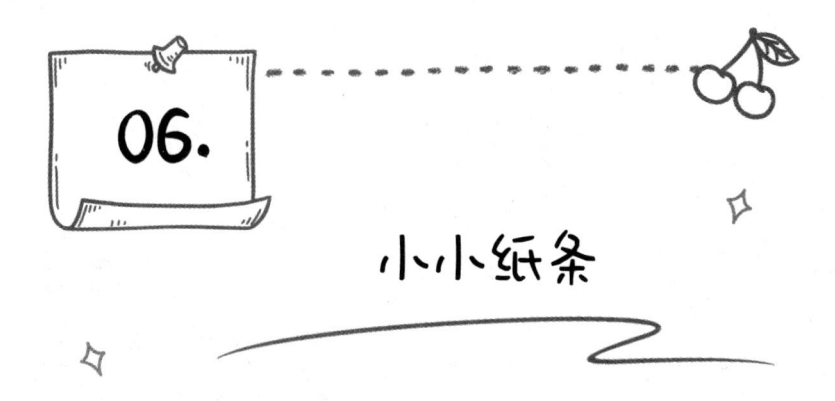

06.

小小纸条

If love is truth, then let it break my heart.
If love is fear, lead me to the dark.

If love is a game, I'm playing all my cards.

快递外面的袋子剪开是一个很漂亮的礼盒，一看就是女生送过来的。好奇的男生们都伸着脖子往盒子里看，想仔细地看清楚。没等他们再多看一点，陆宇已经直接盖上了盒子。

林远生眼疾手快，赶紧推了推还在望的秦升："都看过来了，赶紧坐好！"

一群人像在上课一样，老师一点名就缩成了鹌鹑，纷纷目不斜视，当着自己什么也没看到。

陆宇瞥了一眼便收回视线，随手将快递袋子扔进后面的垃圾桶，拿着盒子出了教室。

人一走，几个男生纷纷瘫在边上。

"刚刚就像是被我老爸逮到了一样，太恐怖了。"

"宇哥的眼神精进了不少。"

提到这个，秦升就想起三班那两个想要调戏小姐姐的混小子，心里蓦地升起同情。

他当时以为就随便收拾一下就行了，毕竟这样的事陆宇从来不管。

谁知道结果陆宇亲自来不说，还特地把他赶了出去，等他再回去看的时候，可以说是非常狠了。

果然苏可西不能得罪。

秦升歪着头心想,旁边的几个人已经聊了新话题:"我看到了,那是宇哥的校服!"

旁边人附和道:"不止不止,我看到了里面有一张纸条,上面有字!"

旁边人暧昧地笑:"难道两个人真有什么不可告人的秘密?"

一时间,苏可西在他们眼中的形象突然变得奇怪起来。

接下来的几天里,他们仿佛见证了陆宇的心情变化史。

星期一的时候,数学课上,他竟然自个儿盯着黑板笑了,把数学老师给吓得不轻,直接让他出去站着。

要是往常,陆宇肯定直接走人,等数学课结束了,下节课开始再回来。可那天,他却是乖乖在外面站了一节课。

教室里的人眼珠子都掉下来了。

所有人都知道,陆宇那天的心情非常非常好,好到难以说明。

星期二就更奇怪了。

二中有个男生来闹事,要是搁平常,陆宇肯定是不管的。可那天,他不仅管了,叮嘱了一句别生事。

就在大家准备好迎接未来每天的好日子时,星期三的时候,陆宇又黑了脸。

秦升和林远生不清楚怎么回事,唯一知道的是,陆宇晚自习前就离开了三中,目的地正是嘉水私立中学。

晚自习结束后,苏可西和唐茵随大部队回宿舍。

嘉水私立中学的女生宿舍在校园的最里面拐角处,两面都是背靠围墙的,围墙外是还未开发的地段,黑到令人发指。

民办学校的条件总是好点,而且唐校长也出手大方,宿舍里的设备应有尽有,除了网络和电子设备。

"我要去隔壁宿舍借东西,你们先洗澡吧。"

"我衣服还没找到呢,谁先去洗?不然浪费时间了。"

闻言，苏可西收了干衣服，边往里面走，边说："那我先洗吧，我不洗头速度很快的。"

现在已经十月份了，虽然白日里还有点热，夜里已经开始逐渐转凉，单穿短袖还会有点冷。

苏可西争分夺秒地洗了个澡，换上睡衣，又将衣服给洗了才出去。等她离开卫生间后，室友就直接进去了。

苏可西往阳台而去，才刚碰到阳台的门，外面突然发出"砰砰"的响声，把她直接吓了一跳。等准备推门的时候，声音又忽然停了。

在她们搬进来之前，学校就给阳台的门贴了磨砂纸，晚上是什么也看不到的。也许是没听到里面的反应，门又忽然发出一声响。

这边临近外面的围墙，她们又是在二楼，苏可西谨慎地往那边走过去，小心翼翼地开了门。外面黑漆漆的，苏可西眯着眼。

围栏缝隙里，陆宇的脸突然映入眼帘。两个人看了个正着，差点把苏可西给吓死。

陆宇贴在阳台的围栏上，碰了碰拇指粗的小柱子，黑黑的眼睛直勾勾地盯着她。

他以前在嘉水私立中学上学，自然是十分清楚这儿的作息时间，还有宿舍楼所在的方位。

苏可西急忙地回头关上了阳台门，问："这是二楼，你怎么上来的？赶紧下去！"

这也太惊悚了。

陆宇毫不在意道："搬个梯子不就成了。"

事实上，就这梯子他还花了不少功夫，因为这边有摄像头，他还得事先把摄像头给挡住，恐怕过不久就会被发现了。

苏可西连忙走到他面前："你快下去，我待会儿去楼下找你。"

陆宇又扭过来，催促道："快。"

刚说完，后面传来有人推阳台门的动静。

苏可西一听，立马慌里慌张地挡住陆宇的脸，装作收衣服的样子，拿着撑衣杆。

唐茵走进来:"收件衣服都要关门。"

苏可西尴尬地笑笑。

"你拿着撑衣杆不动是想干什么?"唐茵接过她手中的撑衣杆,往上面瞅了眼,"这都没你衣服了。"

苏可西应道:"是吗?我忘了吧。"

这实在有点反常,唐茵似乎察觉了什么,狐疑地往她身后看,最终意味深长地看了她几秒。

她没说什么,回了宿舍,还替她关上了阳台门。

里面还传出来室友疑惑的声音:"怎么又关上了?开着通通气吧,不然味道不好。"

唐茵紧跟其后说:"苏可西今天心情不好,在外面哭呢,别过去打扰她。"

"是吗……肯定是考试没考好……"

苏可西听得很无语。

陆宇在她背后深吸一口气,又凶巴巴地催促道:"快下去。"

苏可西红着脸说:"那你等我回去换衣服……还有,你下次别用梯子上来了。"

万一看见的是她室友,那可就糟糕了。

陆宇面无表情:"哦。"

然后慢条斯理地顺着梯子下去了。

苏可西看着他安全到最下面才放心地回了宿舍里。

拿外套的时候对上唐茵似笑非笑的表情,她抿了抿唇,索性也不隐瞒了,嘿嘿笑着飞奔去了外面。

陆宇正站在宿舍楼外,昏黄的灯光下,高大的背影加上帅气的脸倒是吸引了来来回回的女生们。

苏可西过去拉着他走到人少的一边,皱着眉问:"你怎么突然过来了?"

嘉水私立中学很严格的,出去需要班主任签字的请假条,如果不是回校时间进来,还需要报上姓名和班级。

陆宇定定地看了她会儿,从口袋里拿出那张纸条:"你自己写的,你这样不就是想要我过来?现在又这表情,你这人怎么这样?"

苏可西被他说得瞠目结舌。

她写纸条就是为了意思意思,怎么就成了想让他过来了……

苏可西盯着他:"我没有嫌弃你啊,我就是好奇一下你怎么突然来了,而且这都星期三,你不用上晚自习的吗?"

陆宇冷笑一声:"你管我。"

"不管你。"苏可西撇了撇嘴,"你过来就是要告诉我这件事呀,我把校服都洗干净了。"

其实也不算是快递,是她直接找人代送的,怕太引人注意,就弄了个快递袋的样式。

陆宇脸瞬间就黑了。

苏可西仔细地打量他。陆宇今天穿的依旧是校服,衬得他人高大挺拔,配上如今桀骜不驯的模样,有一种说不出来的魅力。

陆宇咳嗽一声,手插在兜里,冷淡又正经地教训她:"女生说话别这么大胆,谁知道对方是人是狗,下次不许这样了。"

苏可西愣愣地听着,这是说什么玩意儿呢?

"你听到没?"陆宇没好气地看她。

苏可西点点头:"听到了听到了,你是人又不是狗,我写给你当然知道是谁。"

陆宇眼一瞪:"难道你还想写给别人?"

"没啊,只写给你。"苏可西笑着回道。

显然这句话让陆宇很开心,他故作淡定地点头,声音放轻了点:"你要写给我没事……"

苏可西哑然失笑。搞半天绕了这么一大圈,想要的在这儿呢。

她露出一个笑容:"那我以后多写点给你啊,难道你要天天翻墙过来找我吗？"

陆宇说："呵呵，你想多了。"

他蓦地从口袋里掏出一支笔，又拿出一张空白纸条，唰唰地写上几个字，折成厚厚的一块，塞进她手里。

他扬眉道："回去再看。"

"哦。"

苏可西也没吵着要看，不过其实她还挺想知道里面写的是什么的。

陆宇垂眸看她，苏可西披了件校服过来的，拉链没拉，刚才塞纸条的动作让衣服开了点，露出里面的睡衣，他当即皱着眉说："穿好衣服。"

苏可西拢紧了外套："我穿好了。"

睡裙很短，露出白嫩嫩的腿。

陆宇移开视线，往回看了看，这边小路上还真有不少男生慢慢地回来，一拐角就能看到这里。他当即就拉下脸了，直接把自己的校服又脱了下来，盖在她身上，直接拖到了膝盖处。

苏可西不明所以，猝不及防地被盖住，伸手出去要把它拿掉。

陆宇皱着眉："不许脱。"

闻言，苏可西皱着眉，质问："你干吗呀？我又不冷，大晚上的才洗完澡还热得很呢。"

后面正巧有个男生经过，陆宇压根没想，往前一步，脱口而出："你腿都露外面了！"

看到苏可西不可置信的眼神，他才反应过来自己刚刚到底说了什么，耳根再度浮上红色。

陆宇别开脸："你刚刚听错了。"

苏可西压根不听他的："我怎么不知道你这么霸道。"

她就露个腿还叽叽歪歪一大堆。

"我知道啦。"

声音低低的、甜甜的，陆宇一时间完全没了其他的想法。

他正要开口说话,身后传来动静。

"是这边的摄像头坏了吗?"教导主任的声音急急匆匆的。

他身旁有人回复道:"我看应该是有人故意放上了遮挡的东西,大概在半个小时前。"

"那还不赶紧过去,我倒要看看是哪个兔崽子胆大包天,敢把摄像头都遮住,反了天了!"教导主任愤怒道。

眼前这个兔崽子真的很胆大包天。

苏可西十分赞同教导主任的话,陆宇自从转去三中后,气焰都开始嚣张了。

不过教导主任来势汹汹,她还是有点急:"主任来了,你先装作是回宿舍的学生。"

正说着,教导主任的身影就出现在不远处的路灯下,正扫视着来来回回的学生。

现在高三了,很多学生都会在教室里多上十几二十分钟自习,所以回来迟的人还挺多的。

教导主任目光如炬。

环视片刻,一下子就锁定了女生宿舍楼门口的一男一女身上。

这么大晚上的,男生在女生宿舍门口待着,肯定有什么不可告人的秘密。教导主任大步走过去。

苏可西连忙对陆宇使眼色:"教导主任真来了!"

陆宇也见过教导主任,面色不豫地跑到了围墙边,径直地翻上去,动作迅速敏捷又帅气,消失在围墙后。

教导主任的眼睛瞪得大大的,跑到苏可西面前,问:"刚刚和你说话的男生是哪个班的?"

苏可西拢紧了宽大的校服外套,装傻道:"不认识啊,他好像认错人了,我就提醒了一下,谁知道还跑到哪边去了。"她担忧地问,"主任,那是不是坏人偷偷进来的?"

她和唐茵两个人作乱的事情多了去了,教导主任一点也不信任她的说辞,打量了一下她此刻的着装,严厉地问:"这么晚了,你在这里做什么?"

苏可西停顿了一下,想了想,随口扯谎说:"我衣服掉下来了,正准备去捡呢。"

巧的是,二楼不高,唐茵正好在阳台,听见她的话,她就插着问了一句:"苏可西,你衣服找着没有啊?找不到就算了,先上来吧。"

大晚上的,教导主任也没注意楼上是谁在说话,这种情况,倒是有点信了,点点头,背着手教育道:"下次不要这么下来,危险。"

苏可西连忙点头:"好的主任,那我先去捡衣服啦。"

闻言,教导主任摆摆手,又转过身朝围墙那边走去,仔仔细细地探查了好几遍,确认后才再次离开。

大概后面太黑,他也没看见那边的梯子。

实际上,每个阳台都是有防盗栏的,不算危险。学校的围墙当时没想着弄上一些防范措施,就怕有学生叛逆翻墙出了事。

教导主任待了几分钟,径直往前走,朝远处的男生宿舍去了。

等他进了男生宿舍后,苏可西才跑到围墙那边,盯着黑漆漆的外面,小声地喊:"陆宇,你走了没?"

话音刚落,陆宇就蹿上了围墙上方,居高临下地看着她。

"我回去睡觉了。"

她丢下这句话,拽着肩膀上的校服,急匆匆地进了宿舍楼里,速度快得不可思议。

陆宇趴在墙头上,嘴角微咧,头发被风都吹乱了。

他正准备看她回没回宿舍,阳台有人没,不远处巡视的教导主任又向这边走过来,手指着:"那边的!趴在墙上做什么?叫什么名字?"

气势汹汹的。

陆宇准备翻身下去,就看到阳台角落,苏可西正伸着头悄悄地看他,像只偷东西的小松鼠。

唐茵从隔壁宿舍出来的时候，就看见苏可西坐在床上嘀嘀咕咕，压根没注意到她回来了。

　　唐茵拿着苹果坐下来，她觉得陆宇变了挺多的，居然翻墙过来，和以前压根不像。

　　苏可西赞同地点点头："对，好欠揍。"

　　她严重怀疑，上学期那个清冷的陆宇就是一层皮，一到三中就解放自我、放飞自我了。

　　越想越觉得挺对的。

　　这件事也就是个小插曲。

　　高三的生活总是十分紧张的，除了复习便是考试。没过多少天就是又一次放假。

　　这次临放假前，班主任林汝上课前插了一次话："下下个星期期中考，所以大家要好好准备，好好复习，要开家长会的。"

　　底下一片哀号。

　　"最讨厌开家长会，没有之一……我妈不会来的！"

　　"别说了我的天，怎么这么快就期中考了？这不才十月份吗？我以为要到下个月的。"

　　"我这段时间都好浪的，感觉可以预料到下下个星期的我是什么样的，大概会被男女混合双打吧……"

　　嘉水私立中学按成绩排名分班级，十四班是全校最差的一个班，而他们的隔壁却是最好的实验班，差别相当明显。

　　苏可西有点紧张。

　　虽然家里对她成绩的要求并不高，但也不能太低，不然她自己都觉得没面子，尤其是另外一个学校的哥哥杨路和她差不多，要是被超过了，自己都觉得不爽。

　　这次放假后，苏可西哪儿也没去，天天去唐茵家里请教问题，热情的心把杨琦都吓到了，每天给她煮好吃的。

　　有个学习好的邻居闺密就是好。

回校后，时间过得很快，期中考迎面而来。

期中考是几个学校联考，试卷不是本校出的，和往常的出题习惯不同，苏可西写得压根不顺手。

这一次为了家长会，老师们直接就在放假前就将试卷全部改完，成绩单也跟着出来了。

苏可西盯着下降的数学，狂躁地抓了抓头发。她虽然平时成绩一般般，但每门都属于平均水平，就数学偶尔会拉后腿，英语一般会弥补过来。结果这次月考，数学下降得太厉害，英语多出来的分数压根不够填，一下子年级排名下降了几十名。

她以前可是奋斗到过前八个考场之内的，这在十四班已经是比较好的成绩了。

实际上初中成绩不好，不代表高中成绩不好，十四班还是有很多成绩上升明显的同学。

明天星期五放假，今天星期四就出了成绩，苏可西情绪不太好。

唐茵替她补习了那么久，其他科的成绩单科排名都涨了很多，偏偏数学下降得弥补不过来。

看她这样子，唐茵都不太好受了："你别想太多啊，期中考，又不是高考，还有差不多一年呢。"

苏可西吸了吸鼻子："我知道。"

她也不是因为这个难受，就是突然心里发酸，鼻子发酸，想不出什么原因。

外面窗户忽然被人敲响，是文月。

她拿了两盒吃的东西，声音温婉："茵茵姐，西西姐，这是我昨晚才做的曲奇饼，你们快尝尝。"

一递进来，浓郁的香味就吸引了周围人的注意。

文月来过这么多次，大家早就熟悉了，都纷纷夸奖道："哇，文月又下厨了。"

"我也想尝尝。"

"看起来好好吃的样子，会做饭就是不一样。"

文月被夸得腼腆一笑，又转向苏可西："西西姐，刚刚有人来找你，好像是三中的。"

高三教学楼毗邻围墙，围墙外是一条马路。

她刚刚从小超市回来的时候，那个人直接从旁边翻墙过来，差点没把她吓坏。

也是因为见过才知道，那个人还是经常跟在陆宇旁边的。

大概恐怕是对她有印象，那个男生索性直接就让她去楼上找苏可西带句话。

苏可西吃饼干的动作一顿："那我下去看看。"

别是陆宇又跑过来了吧。

算一算，好像就上次陆宇翻墙过来时两个人见过面，到月末都快二十多天了，也没再见过。

苏可西下了楼，倒是没看见有外人。

她正准备往回走，旁边突然跳出来一个男生，直接将她往旁边拉："西姐。"

苏可西翻白眼："你这样我还以为是歹徒……"

秦升嘿嘿一笑："我不是故意的。"

"你来这里干吗？陆宇有事？"苏可西问。

提到这个，秦升皱眉："其实也不算有事，就是宇哥最近有点不对劲，好像心情很不好，我就担心是不是哪有问题，他也不和我们说。"

实际上，是真的非常不好。

平时相处的时间多，秦升完全知道陆宇心情好不好的表现，这一连两个星期了，完全低气压，话都不肯多说。

他觉得和苏可西上次放假没过去有关。

闻言，苏可西想了想，有点担忧："是真的吗？我明天下午放假，过去看看吧。"

秦升连忙点头："好好好。"

正说着，那边有老师过来了，一看就是冲着他过来的，他急急忙忙翻上墙，很快就不见了。

苏可西也回了教室。

第二天下午放假后，苏可西就直接在三中下车了。

三中并不太约束进校的人，苏可西轻而易举就走了进去。

秦升跟她说了，陆宇在一班。

也是，以他的成绩，嘉水私立中学年级前几名，全省也是有名的，在三中这样的一班，完全是屈才了。

这边教学楼排列很简单，苏可西很快就摸到了高三。不过她才上了三楼，就在走廊碰到了一个女生，正是上次在包厢里被陆宇下面子的那个。平心而论，长得挺漂亮的。

对方背对着她，没注意到，正在听她旁边的女生说话："庄月，你这个星期生日，你说可以用这个理由请陆宇过去吗？"

"肯定可以的，咱三中的女神，谁不喜欢。"

庄月笑着没说话，只有她心里知道，肯定是不可能的。

上次在皇家包厢里，陆宇直接没给她面子。她握紧了手心，一点都不甘心，她长得好看，成绩也挺好的，怎么就吸引不到一个人的注意力。

庄月沉了沉眼神，温柔开口："这都是还没定的事呢。"

苏可西听得撇了撇嘴，从另一边去了最尽头，一班的班级铭牌已经清晰可见。

三中的条件毕竟是比不上嘉水私立中学，桌椅都还挺破的，而且摆放得也比较乱。

窗边戴眼镜的女生看到不认识的女生，问："你找谁？"

她心想估计又是找陆宇的。

苏可西扫了一眼班级，没看到陆宇，也没看到秦升他们，就回答道："陆宇。"

果然。

女生随口道:"他不在。"

苏可西又问:"那秦升呢?"

"秦升?"女生正要说不知道去哪儿了,就看到她后面的人,"在你后面呢。"

话音刚落,苏可西的肩膀就被拍了一下,一转身秦升放大的笑脸很是欠揍:"你可来了。"

苏可西没废话:"陆宇呢?"

"楼下操场呢,你往下看。"秦升顺手指了指走廊的栏杆外,"就在那边。"

楼下往右就是操场,还有篮球场,现在不少人都在那边。

她一眯眼,就看到那边的陆宇坐在台阶上,两条腿长的,她离这么远都能看得很清楚,嫉妒使她面目全非。

秦升一无所知,在前面带路,还在给她介绍这边的情况:"我还没提这个星期你会过来。"

他贼兮兮地说:"你待会儿要给我多说点好话啊。"

苏可西笑:"好啊。"

他们到那边的时候,陆宇躺在台阶上,脸上盖着一件衣服,遮住了也看不到什么。

秦升已经下了篮球场,和林远生他们一起打球。

苏可西轻手轻脚地走过去,又往那边挪了挪,没发出声音。

他的校服还在她包里呢。

苏可西撑着下巴看球场上的男生们发呆,三中打篮球的机会比嘉水私立中学多多了,不过技术倒是比不上唐茵。

唐茵哥哥是省篮球队的,她也跟着在后面学过一点,虽然打得不好,不过看比赛毫无压力。

正想着,身边就一声哼。

陆宇已经坐了起来,衣服斜搭在肩膀上,眉眼冷淡,往各处看,就是一点不看她。

苏可西看着好笑，扬起一抹微笑，凑过去一点距离，叫道："陆宇。"

陆宇扭过头看她："不认识你。"

"哦，是吗？"苏可西说，"那我走了啊？"

她佯装站起来要走，还没等她踏出一步，就被直接拽倒了。

陆宇皱着眉看她，指责道："整整三个星期。"

苏可西懂他的意思，轻轻用手拍了拍他："我没说不来看你呀。"

大概这句话让他不满意了，陆宇虽然表情尚好，但还是幽幽地问："那你怎么没来？"

听到这句话，身后不远处的秦升直接一口奶茶喷了出来。

一时间，他脑海里全是这句饱含着抱怨的话。

他偷偷摸摸地往那边看。

谁也没告诉他，陆宇和苏可西在一块儿的时候是这样说话的，就差没直接指责她为什么不来看他了。

苏可西都被陆宇这句话吓了一跳。半天她才回过神来："你怎么像个深闺怨男啊？"

深闺怨男？陆宇眸色渐深。

苏可西刚要起身，又直接被他拽坐下去。连连几次，苏可西也知道他是故意的了。

她索性赖在那边不起来，歪着头看那边的人打篮球，时不时欢呼一下。听到女生的欢呼声，秦升还往那边看了眼。

果然是苏可西，就是不一样。

这要是搁别的女生，怕是走近一米都会被眼神杀走。

他还想着乱七八糟的，就看到陆宇冷不丁突然看着他，吓得赶紧转过头。

陆宇把苏可西的头扭过来："起。"

苏可西不管不顾，斜了他一眼："也不知道刚刚谁不让我起来的，我现在不想起来了。"

说归说，她还是起来了。

两个人坐在操场的台阶上。

时间已经到了傍晚，太阳已经完全下山了。

这边全是晚霞的红光，顺着那边铺在整个操场上，给每个人沐浴上一层暖光。

苏可西歪着头看陆宇。

黑发随着风乱散，却偏偏抓人眼球，一双眼眸黑漆漆的，五官精致漂亮。他从好学生变成了坏学生，连感觉都变了，原本的书生气陡然变成了漫不经心。

苏可西收回视线，从包里拿出试卷。

鲜红的分数还印在上面，亮眼夺目又刺人，雪白的试卷被染成了橘红色，拿着都感觉到热度。她一狠心，递到陆宇面前。

教学楼上不少女生都趴在尽头栏杆处，看着下面的操场，议论着。

"那个女生是谁啊？怎么坐在陆宇旁边？"

"是秦升他们认识的吧，我刚刚看到秦升带着她过去的。"

庄月站在侧面，盯着那边，眼神直直的。

她上次在包厢里被当着那么多人下了面子，这个女生当时还挽着陆宇的胳膊，她记得清楚。

陆宇从来不喜欢女生接近他。

"我们下去看看吧。"有女生提议道。

每周五的最后一节课是班会课，往常这节课班主任都是不来的，大家伙都自由活动，所以比较乱。

庄月扭过头说："都在打篮球，我们去看看也没事。"

几个女生都点头："好啊，正好可以去看看那人是谁。"

庄月在她们的簇拥中，向操场而去，那边已经来了不少人，她们也没引起多大的注意。

还没走到那边,她们就顿住了。

她们看得清楚,那个女生把自己包里的什么东西放到了陆宇腿上……

一时间,几个人都停住了,等着陆宇不耐烦地把东西扔掉,看看好戏再上前。

可谁知,等了好几分钟,也没看到。

苏可西歪着头,把试卷放到陆宇腿上。

陆宇长腿搭在台阶上,她瞄了一眼,声音变小了很多:"陆宇,我这次成绩下降了好多……好多好多。"

自从进入高三,她的成绩就不如高二下学期了。

陆宇扫一眼试卷。

腿上的这张是答题卷,上面都只是分数,错得还挺多的。

这次是市里全部高中都联考,三中的试卷和嘉水私立中学是一模一样的,他都能背下来题目是什么,自然连她错的是哪里一清二楚。

在苏可西愣神时,他忽然伸手指向某处:"我记得……以前和你说过这个题型。"

"啊?"苏可西急急忙忙地从包里抽出来试题,上面的那道填空题就是他指的那一道。

这么一提醒,她还真想起来了。

高二下学期,陆宇给她开了不少小灶,她成绩能进步那么多也有他的功劳。

苏可西面色尴尬地微红,嗫嚅道:"我不记得了……"

陆宇没说话。

她有点忐忑,每次最怕的就是他给她讲题目的时候出现这种表情了。

良久,陆宇才出声:"看这个答案,你肯定少算了一步。"

他说着，伸手在她包的外面直接抽出一支笔，熟门熟路地开始在试卷上写写画画。

周边的所有声音都成了背景。

苏可西愣愣地听着，直到后来完全沉浸其中。

一直到几分钟后，她再次知道了这个题型的解法，和以前一模一样。

陆宇的手又伸向下一道题。

苏可西连忙抽回试卷，不让他再看，歪着头看他："陆宇，你还记得你以前说的吗？"

陆宇皱着眉，显然是忘了。

那时候，苏可西还是一个学渣，陆宇还是一个三好学生学霸。

对于她的死皮赖脸，陆宇非常无奈。他能分去八班完全是中考出了点事，以他的成绩明明该进实验班才对，所以他特别不喜欢成绩差的人。八班很少有和他合得来的。

苏可西在十四班，纵然旁边有唐茵熏陶，还是不怎么样，偶尔两次成绩上升点，在年级也就是五六百的排名。

嘉水私立中学考完试后，会在公告栏贴上前五百名的名单，她只有那么几次进去过。陆宇每次看见她就皱眉，再看见考试后的放榜，那就皱得更厉害了。

苏可西觉得他长得好看，又不喜欢笑，一本正经的，皱着眉的样子实在很像老干部，但她就使劲地想要他换个表情。

后来被她缠得厉害，陆宇终于松了口，她只要考到前三百名，可以答应跟她试着做朋友。

苏可西相当开心。

那段日子，她特别积极，每天不是问唐茵就是问老师，大家都不知道她为什么突然爱上了学习。

功夫不负有心人，她在期末考的时候还真的一下子进了三百名，虽然在最后面，但已经足够了。

后来，陆宇开始变着法子让她好好学习。

苏可西回过神，低头看自己的卷子，想起那时候，抬头盯着他，又重复说了一遍："你自己说的，只要我进步了，我们就还是朋友。"

陆宇"昂"了一声。半晌，目光落在她手中的试卷上，漫不经心地说："但你也没进步啊。"

这戳到重点了。

苏可西感觉自己受到了伤害，抿着嘴把试卷随手卷了卷，塞进了旁边的包里。然后，她才扭过头看他，承诺道："我下次会进步的。"说完，又补充了一句，"你别说话不算话。"

现在陆宇变成这样子，谁知道他还会不会耍赖，要是真这样，那就白说了。

橘红色的晚霞照在两个人身上。

陆宇喑哑着声音说："你要好好学习。"

苏可西低着头，对他这句话不置可否。过了会儿，她抬头，重新挂上笑容，水润润的眼睛里似乎带上了无尽的光芒。

陆宇定在上面，回过神，不再看她的眼睛。

苏可西咧开嘴，收好试卷。

陆宇心情又烦躁起来，往旁边乱看。周围的所有人见他忽然看过来，立刻避无可避地转过头。

好险，这偷窥就这么被发现了。

庄月在操场最外面，指甲几乎要把手心掐出来一个血窟窿。庄月咬了咬唇，松开手，收回视线，平复好心情，轻声说："我还有事，先回去了。"

女生们都还没开口，她就转身离开了。

等她走开一段距离，其中一个人才开口："唉，肯定是被气到了。"

"我怕她会想歪，到时候做出什么伤害自己的事。"

"庄月不会吧，她还挺坚强的。"

女生们又看向操场那边，都忍不住叹气。

操场上的男生都不打球了，停在对面。

秦升灌了口水，连连在心里感叹。还没等他想多久，就被旁边的人推了一下："哎，我刚刚是眼花了吧？对面那人是谁啊？"

苏可西这件事还真没说出去呢。

秦升这才想起这个，当时被林远生拦下来了，就关系好的几个知道，怕有人去找麻烦，那就不好了。

他笑嘻嘻道："现在可以跟你说了，苏可西。"

男生震惊地瞪大眼："嘉水私立中学那个？"

"嗯哼！"秦升扔了瓶子进垃圾桶，转身离开了操场，结果还没离开多远就被几个女生围住了。

他一向脾气好，所以女生们开他的玩笑或者是其他的比较多，打听陆宇的都从这儿来，虽然他平时也不透露。被这么来势汹汹的几个人围住，秦升差点吓一跳，尤其是那眼神，浑身都起毛了。

他咳嗽一声："有什么事吗？"

女生毫不客气地问："那个女生和陆宇什么关系？"

"什么关系？"秦升几乎想都没想，"这个和你们有关系吗？"

女生们被他这句不客气的话气得脸色涨红，一人踢了他一脚，转身就走，毫不留情。

操场上少了一队打球的，突然安静了不少。

苏可西一转头，陆宇在玩手机，过了几分钟再转头，他还是在玩手机。

看他在手机上停了那么长时间，她不满意了，凑过去就要看："你这么无视我，我下次不来看你了。"

陆宇反手将手机盖下去，慢条斯理地站起来，又将她拉起来："去那里。"

他手指的方向，正是那边更好的看台。

虽然三中现在这个看台还在建设当中，但已经足够好了，操场的看台是新的，上面也没多少人。苏可西坐到看台上面的时候，不少目光都落在她身上。

这种感觉还真是有点奇怪。

看台那边视野更好，而且居高临下，感觉挺爽的。

苏可西认真地看了一场球赛，三中的学生看着吊儿郎当的，球技竟然还不错，比嘉水私立中学的好太多了。

随着时间加深，陆宇的脸色也越来越黑。

一直到天色渐晚，苏可西看了下时间，司机也恰好发来了定位。她想了想，扭过头说："我要回家了。"

陆宇侧过脸，黑压压一片瞬间恢复面无表情："嗯。"

苏可西也没发现什么不对劲，两个人并肩走在校园大道上。

三中的道路旁边有很多老树，也有银杏树，此刻道路上全是金黄色的树叶，铺成了一条银杏大道，非常漂亮。

她一路走，一路惊叹。

嘉水私立中学才刚建好几年，是没有这样的老树的，如果要买花费的金额数目太大，有这个费用还不如放在教室宿舍的设备上。所以有些公办学校的空调破破烂烂的时候，嘉水私立中学的都是业内最好的，宿舍教室全都有。

一直到三中门口，苏可西突然停了下来，她往旁边挪了挪，仰着头星星眼地看着他："我走了。"

"嗯。"

苏可西抿着唇笑，转身就往司机那边跑，直到一段远的时候，她又转过身，扬声道："再见啦！"

她的身影消失在巷子口。

陆宇目光盯着那边，直到很久以后，喉咙里溢出一丝声音。

外面天色已经黑透。三中的晚自习快要开始，学生们也都回来了，结着伴三三两两地往教学楼去。陆宇躺在操场的台阶上，衣服盖在脸上。

操场上已经没有了人,一阵阵风刮过,伴随着上课的清脆铃声。

良久,他撑起身,手指飞快,给秦升发过去一条消息——

帮带瓶水来操场。

"谁啊?"秦升正在游戏中,就差那么最后一步,看跳出来这么个对话框,一个技能放空,人跑了。

这谁这么扫兴?明摆着不让他好过。

讲台上的老师听到动静,锐利的目光直直看过来。

秦升赶紧闭了嘴巴,暂时关闭界面,气冲冲地点开对话框,看到备注和头像愣住了。

动漫小可爱头像是陆宇的?这不是人家小仙女才会用的吗?这种类型的头像他就只见过几个高一的新学妹用过。

哇,宇哥你头像咋那么可爱?

秦升回过去一条消息,不过没得到回复。

他连忙又退出游戏,点开这人的详细资料看了眼,确定是正主备注没错才放心。

怎么看怎么不对劲。

之前还是一个标点符号呢,怎么一眨眼就换了名字?而且陆宇不是一向对这些无感的吗?

过了会儿,秦升才从这震惊里回过神来,又像是想起了什么一样,突然点开了苏可西的资料。这还是他今天带她去操场的路上加的。

苏可西的头像是一个很可爱的手绘小姑娘,言笑晏晏,倒是很符合她的性格。

当时还没来得及注意上面写了什么,现在一看,瞬间明白了。

CHAPTER

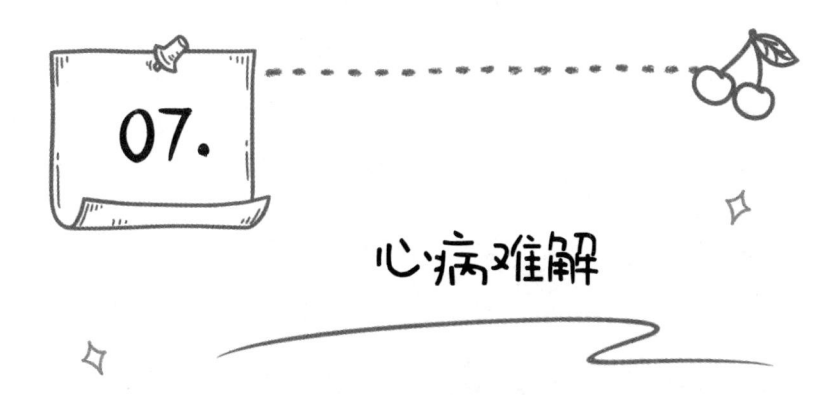

07.

心病难解

If love is truth, then let it break my heart.
If love is fear, lead me to the dark.

If love is a game, I'm playing all my cards.

回到嘉水私立中学后便是运动会。

嘉水私立中学的运动会做得还是比较好的,足足三天,气氛很足,可能和不允许学生出去有关。

在其他公办学校,到了这时候,基本都当放假了,没有比赛的就直接出去玩了,压根不回学校。

苏可西没参加比赛,倒是唐茵参加了八百米。

三天不用上课,她这次带了手机过来,准备没事干的时候玩玩,消磨消磨时间。

实际上开机第一件事就是刷陆宇的朋友圈。里面一干二净的,很好,没什么乱七八糟的。

苏可西又看秦升的,都已经泛滥成灾了,他一会儿来个鸡汤,一会儿感慨小学妹。两个人压根就不像是能玩到一起的。

正想着,巧的是秦升来了一条消息——

小姐姐,你和宇哥这微信昵称,很可以啊!

苏可西被他这莫名其妙的话说得不明不白的。

以前陆宇有号,后来转学后就没消息了。

她上次要到了新手机号码和新微信,然后弄了备注,记得那时候的昵称是个"。"才对。

她摸去了陆宇的头像点开,备注下面一行浅色的昵称——小仙女的魔法棒。

这个名字也太不符合陆宇的人设了……

> 你不如让宇哥把头像也换成可爱风的,看我!

秦升发来一张截图。

苏可西有点心动。

秦升看她久久没有回复,以为在纠结呢,赶紧发消息过去——

> 头像你去微博就能找了,有的比较特殊的就需要去要授权的,我这个是表情包。

主要是他很想知道陆宇会不会换小可爱的头像,毕竟苏可西一看就是比较少女心的女生。他突然莫名幸灾乐祸。

苏可西看了半天,回道——

> 了解,谢了。

她去逛了会儿微博,在学校里没有 Wi-Fi,用的都是流量。

微博上好看的头像的确很多,而且很多都非常可爱。她找了一个比较心仪的手绘情侣头,也比较符合自己的审美,向画手买到了授权。

这个还是比较独特的。苏可西喜滋滋地发了条朋友圈,换上新头像之后,感觉自己美美哒,然后把另一份发给了陆宇。

下午的时候,陆宇回复了——

丑。

苏可西傍晚才看到，当即就是冷笑，居然敢说她的头像丑，立刻回道——

这样啊，我下回不去三中了。

果然，晚上陆宇就换了头像。苏可西美滋滋地截图留作纪念。

运动会结束后依旧是紧锣密鼓的复习。

苏可西这次带手机就停不下来了，晚上回到宿舍没事干便掏出来逛逛微博，再逛逛微信。

室友拍着胸口关上门："宿管阿姨刚走，幸好你刚刚没拿出来，不然就被发现了。"

学校里不准带电子产品，宿舍里的插头也是没有通电的，吹头发都还得到外面的水房才行。

苏可西翻出那个头像来，递给唐茵："看，好不好看？"

唐茵伸头一看，屏幕里就是她的新头像，点点头，没说什么。

倒是对面男生宿舍里，同样带手机的于春仿佛隔着一栋楼听到了她的声音似的，突然冒了句出来："你这头像也太丑了吧。"

苏可西呆了一下。

她转向旁边吃水果的唐茵，惊恐地问："我这个头像……是不是真的很丑？"

唐茵停下手，想了想，还是回道："真的……可能不是我的审美，不过你喜欢就好。"

两个人都说她丑。

苏可西感觉到了这个世界对她的恶意，前几天的那种新鲜感已经完全过了，现在自己看也越来越觉得丑。

挣扎了几分钟，苏可西果断换了头像。她不能忍受自己的头像被人说很丑，这感觉很糟糕。

换完头像，整个人都惆怅了，手机又没电，苏可西直接关机，迅速投入到书本的海洋中。

晚自习结束，回了宿舍，苏可西拿出备好的充电宝，充了会电，然后开机。她一上微信就看到新收到的几条陆宇的消息。

你换头像了？

换什么换？

往下看，最新一条是几分钟前。

呵！

秦升看到两个人头像换了，顿时截图。

这么丑的头像，小姐姐的审美观到底是啥样的？配上小仙女这样的昵称，一点都不实际。

不过他还是没说出这话，万一陆宇要是因为这个不高兴了，那他就倒霉了。反正丑的又不是他。

晚自习最后一刻，林远生从外面回来，秦升就献宝似的把手机截图给他看："看看，这感情！"

"这和你有什么关系？"

秦升一抬头，装作睿智的模样："唉，都怪我，我换了头像，顺嘴和小姐姐提了一句。"

林远生摸了摸下巴："我怎么感觉有哪里不对劲？"

"不对劲个屁啊……"

"你提的？"陆宇的声音突然从后面传来，将秦升吓了一跳。

他连忙转头，邀功道："是啊是啊，小姐姐好激动来着，宇哥你不用谢我的。"

陆宇淡淡地看他一眼,笑了一下,而后翻开书本。

秦升莫名地抖了一下,摸了摸胳膊,嘀咕道:"这天都变冷了,我得加衣服了。"

林远生不动声色地瞥了一眼眉目低垂、安静如画的陆宇,总觉得山雨欲来风满楼,哪里有问题。

老师恰好进来。

他坐正,还是小声地和秦升说了一句:"你小心点。"

秦升不明所以地看着他,一脸茫然:"我最近又没得罪人,有什么好小心的。"

这节晚自习是老班的。

班主任教语文,最喜欢在课上找人回答问题,尤其是最近的试卷还没讲解,他就每次都找人讲选择题,答不上来就站着,还要被他说一顿。他一个选择题能讲半节课,几天了试卷还没讲完。

三中的学生除了个别几个想要认真学习,其他人都是老油条了,心思压根就不在课堂上。

为了早点讲解完试卷,最近的晚自习理所当然地被班主任拿出来当课用了。

秦升照例拿着手机玩游戏,班主任连连瞅了他好几次。

太张扬了,以前就睡睡觉而已,现在竟然公然在教室里玩游戏,声音他都能听到。

"秦升!"

"秦升!"

秦升被林远生撞了一下,急忙抬头,班主任已经走到他面前了,正温柔地盯着他:"刚刚我在讲哪一题?"

他哪里知道!

林远生虽然也在走神,但好歹听了一点课,顺口就准备小声说给秦升听,结果就听到后面一声清咳。他装作笔掉在地上,弯腰伸手去拿，余光便瞥到陆宇搭着腿靠在椅子上，漫不经心地转着笔。

林远生起身，没说话。

班主任又问了一句。

秦升压根就不知道，他在桌下的手推了推林远生，但对方只是摇了摇头，爱莫能助。他哭丧着脸，只能被班主任训了几句，站到教室后面的黑板前面去面壁思过了。

路过最后一张桌前，他看到陆宇对他轻轻笑了一下。

怎么那么瘆人……

晚自习结束，秦升终于可以回到自己的座位上了。

他长出一口气："唉，要不是老班和我家老头子认识，我早就不搭理他了。"

感慨几句后，他又觉得自己倒霉透顶，他转过头，看到林远生收拾东西，便问："我刚刚问你，你到底知不知道哪道题？"

林远生停下手："你真想知道？"

秦升点头，这不废话吗？

"好吧，让你死得明白点。"林远生止住秦升想要反驳的动作，补充道，"我知道哪道题，但我不能说，因为宇哥不准。"

"你瞎说！"

"没，是你自个儿没注意。"

被这么一提醒，秦升总算是知道刚刚觉得不对劲的地方在哪儿了，为什么那个笑容明明很正常，他却看出了一丝瘆人感。

这本来就是故意吓他的！

晚自习结束后，陆宇一直在外面晃到半夜才回家。

家里的灯开着，沙发上坐着人，显然是等了许久，听到他回来的动静，那人连忙起身："回来啦，我热了饭菜……"

陆宇放在口袋里的手捏紧，头也不抬地道："不吃。"

说完，便转身进了不远处的房间里，关上了门，再也没有发出任何声音。

邱华在原地站了几分钟，良久才转身进了厨房，将温热的饭菜扔进垃圾桶里。

说到底，都是她的不对。

正在这时，陆跃鸣的身影紧跟其后地进来，看到她，连忙走过来问："你怎么哭了？陆宇又惹你不高兴了？"

邱华抹抹脸："没有没有，我刚看了电视剧。"

这话一点说服力都没有，陆跃鸣自然是不信的。

他气急败坏地直接进了客厅，一脚猛地踹向里间的房门，邱华拦都没拦住："不要！和陆宇没关系！"

房门挺结实，愣是没踹开，里面也没有一点动静。

陆跃鸣又是一脚，这下房门都震动了一下，吓得邱华直接捂住了嘴："鸣哥，不关他的……"

话没说完，房门蓦地从里面打开了。

陆宇穿着衬衫站在屋里，领口的扣子已经解开了，头发乱糟糟的，他肩膀上搭着一条毛巾："有事？"

陆跃鸣指着邱华："你妈掏心掏肺地为你，你就这么对她？白养你这么多年了！就是养条狗也知道哄她开心！"

他脱口而出的话既尖锐又可怕，深深地扎着人心，偏偏他自己一无所知地说个不停。

陆宇冷笑一声："你又是以什么身份说我？"

"我是你老子！"

"我老子早死了。"

旁边柜子上的水杯被猛地砸碎，摔了一地的碎片，邱华瞪大眼，看到血迹顺着陆宇的额头往下流，一下子晕了过去。

陆宇刚才往旁边躲了一下，只是额角被砸伤了，尽管是这样，他眼前依旧模糊了几秒才恢复正常。

他摸了一把滴下来的血迹："满意了？"

声音又低又哑,像是在困境中折磨了数天,已经将希望泯灭于等待中。

陆跃鸣反应过来后,眼前的房门已经关上了。

他拍了无数遍门,但最后这扇门也没有打开,反倒是邱华自己先醒了过来:"鸣哥,你先回去吧。"

邱华也喊了很多遍,但陆宇也没开门,她知道,只要陆跃鸣在这儿,他再怎么敲门都是没有用的。

陆跃鸣气急:"有本事他就死在里面!"

都是他的孩子,怎么陆宇就不像陆迟那么乖巧,一股子桀骜不驯的劲,不知道和谁学的。

陆跃鸣走后,邱华又开始敲门,她心里担忧:"陆宇,你出来,妈妈陪你去医院看看……你别自己在房间里待着……"

刚刚流血的那一幕,着实吓到她了。

就在邱华以为陆宇今晚都开不了门的时候,门突然被打开了。

陆宇头上包着纱布,面色有点白,冷着脸对她说:"干什么?回去睡你的觉。"

邱华担忧地看向他的头:"你别撑着,自己弄不好,咱们去医院,别和妈妈犟气好不好?"

陆宇皱着眉,半晌才回答:"我自己去。"

"妈妈陪你去吧……"

"不用。"

一直到陆宇离开许久,邱华才终于进了他的房间里面,看到桌上的纱布,她又是一阵心疼。

作孽啊。

床脚的手机发出振动声,她伸手去拿,看到有人给陆宇发了微信,但她解不开屏保,自然也看不到任何消息。

医院的地理位置绝佳,就在嘉水私立中学对面。

出门后陆宇才发觉自己忘了带手机，他也不想回去拿。

他走的路上还能见到不少人，有人看到他白衬衫上的血迹，都以为有事，纷纷远离了他。

陆宇顶着所有人好奇的目光一路走到医院。

陈医生正好值夜班，又见到陆宇负伤，叹了口气："这大半夜的，你这一身血，不知道的还以为你杀人了。"

陆宇皱着眉："随便弄弄就行。"

"这可不行，你这是脑袋受伤。"陈医生温声道，经过一番仔细检查，他发现陆宇只是受了皮外伤后，松了口气，给陆宇消毒上药。

伤口倒不像是打架弄的。

陈医生看他的性格，一瞬间就想到了某种原因，家家有本难念的经，指不定他看着没什么事，家里的问题大了去了。他没再多嘴。

一切搞定后，陈医生收了东西，叮嘱道："这么多次你自己也清楚了，记得换药，别碰水了，还有，不要再受伤了，脸上会留疤的。"

"留疤？"陆宇搓了搓手指，笑了。

头还是有点疼的，他已经习惯了。以前还有比这更疼的时候，他都挺过来了。

顿了一会儿，他摸摸口袋，又想起自己忘了带手机了。

陆宇也没不好意思，抬眼看着医生，正经道："手机没带，没现金，能赊账吗？"

陈医生被他的样子逗笑了："你的信息都在我这儿，还怕你赖账不成，我给你付就是。"

"垫付，明天还。"

"行行行，你说什么就是什么。"

陆宇掀了掀眼皮："谢了，明天给你转账。"

陈医生还准备说什么，眼前的黑发少年已经推开科室的门，显然不想多逗留。他远去的背影，怎么看怎么孤单。

嘉水私立中学已经下了晚自习，教学楼已经没了亮光，校园里，唯有几栋宿舍楼还亮着。

陆宇盯着那边忽闪的灯光发呆。

他忽然想起来,上次那把梯子还在嘉水女生宿舍楼的围墙外,最后太高兴,走的时候没带上。

半晌,他朝那边而去。

十一点,宿管阿姨开始吹哨子要熄灯。见苏可西宿舍迟迟未熄灯,她过来便对苏可西她们一顿训,训完后她自己关了灯,这才离开。

苏可西等宿管阿姨走后又看了一眼手机,还是没等到回复。

从她回宿舍到现在已经有挺长一段时间了,按道理说,陆宇应该能看到她发的消息才对。难道是因为生气了?

这样一想还挺正常的,她自己主动要求的换头像,结果自己现在又不打招呼换了个新头像,是挺过分的。想到这里,苏可西抿了抿唇,准备去阳台打电话。

没有什么事,是一通电话解决不了的,实在不行,那就两通,再不行,那就去三中一次。

对面的宿舍楼已经黑了,只有楼下的路灯还亮着。

苏可西确定阳台这边没有巡查的老师后,拨通了号码,她听着听筒里的声音,无聊地往楼下看。

就在这时,一个身影忽然出现在她的视线内。

苏可西蓦地停住,眯着眼睛往围墙那边看,墙头上坐着一个人,两条腿晃在空气里,旁边依稀能看到露出的一点点梯子。

那人也往她这边看。

路灯不亮,看不清具体的景象,但她却能清楚地知道——那人是陆宇。

苏可西的心怦怦跳。

她紧张得差点把手机扔出去,朝围墙那边挥了挥手后,她连忙推开阳台门,套上校服。

心病难解

看到唐茵正好在吃香蕉，苏可西凑到她边上："陆宇过来了，我现在下去，待会儿替我掩护一下。"

唐茵还没来得及回应，苏可西已经跑了。

现在留在教室里延时上自习的人很多，因此宿舍门每天锁上的时间也会很晚，到了该关宿舍门的时间，宿管阿姨往往会看完一集电视剧才会出来关。

苏可西怕引起注意，摸着黑下楼。一出宿舍楼外，冷风就往脖子里灌。

苏可西往刚才看到的围墙处看了一眼，那边已经没了人，只有空荡荡的梯子放在那里。

她有一点犹豫，不知道人走了没。

想了想，她还是顺着宿舍楼旁边的小道往围墙那边走。

苏可西的宿舍楼离围墙并不近，走了好一阵，她走到转角，刚想踏出一步就被人一把拽住。

苏可西被拽得猝不及防，一时间各种社会新闻全从她的脑袋里冒了出来，吓得她当即准备抬脚就踢。

黑暗中，那人的长腿抵住了她的腿，欺身上前，凑在她耳边低声道："是我。"

苏可西顿住，不挣扎了。

等了一会儿，苏可西才出声："我给你发微信，你怎么没回我？"

陆宇侧着脸说："忘带手机了。"

他出来的时候压根没想到手机的事情，已经在路上了，又让他回去，那是万万不可能的。

苏可西很想问他到底怎么了，似乎状态很不好，但看到他这累极了的样子，又熄了心思。

两个人都沉默下来。

"谁在那边？"不远处突如其来传来一声男人的呵斥声。

苏可西一惊，知道是巡查的保安来了，手电筒刺眼的光束也往这边照。

她推了推陆宇:"有人来了,咱们赶紧跑。"

正说着,那边的保安已经往这边跑来了。

陆宇站直,平静地看她:"你回去。"

苏可西仰头:"不,我不回去。"

陆宇这模样,明显不太正常,她回去了指不定会发生什么,以防万一,还是自己跟在他身边安全。

保安离他们越来越近,陆宇扯了扯嘴角,拉着苏可西跑到了墙角下。

路灯的余光照到墙角,苏可西才发现陆宇的头部缠了纱布,她连忙问:"你怎么受伤了?"

陆宇眼睑微敛:"不小心摔的。"

这话一听就是假的,苏可西知道他是不想多说,就转移了话题:"去过医院了吗?"

"嗯。"

"严重吗?"

"不严重。"

今晚的陆宇好像格外听话,也格外不对劲……

苏可西站在他旁边,看到围墙外高楼大厦的灯光,听着后面保安的声音,她蓦地转头:"我们出去玩吧。"

陆宇侧过脸,看了一下她的衣着:"你这样能去哪儿玩?"

苏可西出来得急,还穿着睡衣,她上身套着一件校服,校服的长度就到臀部,她睡裤上龙猫的半截身体都能被看得一清二楚。

"那就找个地方坐坐嘛。"

陆宇想了想,点头:"好。"

他伸手将苏可西往围墙上托。

保安跑到围墙边的前一分钟,苏可西和陆宇两个人刚顺着梯子翻了下去。

学校对面的店基本都关了门,只有一两家还开着灯。

苏可西跟在陆宇后面,陆宇不说话,她也没说。偶尔她抬头看到陆宇额头上的纱布,生怕里面会渗出血迹来。等她回过神的时候,已经到了一家宾馆外。

宾馆的前台正在玩手机,看进来两个年轻人,又看到女生身上嘉水私立中学的校服,表情有点愣。

她见过二中的,还真没见过嘉水私立中学的女学生。而且这女生旁边的男生身上还带伤,不知道干什么弄的。她有点犹疑:"有身份证吗?"

陆宇把身份证扔在桌上:"一个标间。"

他的声音很好听,饶是见多了人的前台妹子也忍不住动了动耳朵,她赶紧开了一间房:"207,这是钥匙。"

房间在二楼,两个人走上去。

房间挺干净,味道也不难闻,开了窗户就能看到后面的嘉河,水面波光粼粼,泛着五颜六色的光。

唯一特殊的大概是房间亮的灯,昏昏黄黄中夹杂着一点微红,徒增了一点暧昧。

苏可西收回手,随口道:"刚刚肯定误会我们了。"

那前台的眼神似乎在说:大半夜的,两个学生过来,肯定是有什么不可告人的秘密。

陆宇将双手垫在头下,躺在床上,没吱声。

身上的血腥味还挺浓,衬衫也皱皱的,看上去不怎么好看,连带着他整个人都难受,他起身拿了一条毛巾,直接进了卫生间。

苏可西坐在床上,听见水声哗啦,忍不住往卫生间那边看,又想起什么,朝里面喊了一声:"陆宇,你没带衣服这怎么办?"

卫生间里面的水声停了一瞬。

苏可西没听到回答,皱着眉想了一会儿,摸了摸校服外套,外套口袋里装着从学校带出来的手机。

她想起陆宇好像没带手机,便从桌上拿了纸笔,写下一行字后,轻手轻脚地出了房间。

房间门关上的声音不明显。

苏可西出门后,楼下的前台还在。

苏可西也不含糊,走过去问:"请问这里有卖内衣的吗?"

前台妹子被她的言语惊了一下,呆呆地说:"出门右转有家服装店,里面应该有内衣的。"

"谢谢。"

宾馆右边的是一家男装店,还没关门。

苏可西出了宾馆门后直奔男装店,不过等她看到那些让人眼花缭乱的衣服时,当场就蒙了。

导购小姐走过来,也被她的造型惊了一下,而后转开视线,笑意盈盈地问:"有看中的款式吗?大概是多大尺码的呢?"

她一连列举了很多个。

苏可西被问得傻傻的。这要是自己买衣服,那肯定随口就能说出来。但到陆宇身上,她也不知道陆宇喜欢哪种……

苏可西捏了捏脸,指着其中一个在她眼里算是好看点的:"款式,那就这个吧。"

导购小姐又问:"尺码呢?"

苏可西犹豫起来。

见她不太清楚,导购小姐主动开口:"可以描述一下他的身材吗?我可以帮您估计。"

"一米八四,大概……"苏可西比画了一下,胳膊围成圈,"腰有这么宽吧。"

导购小姐思考片刻,还没回答,苏可西自己给出了答案:"就最大码的吧。"说完,她又犹豫了,"每个尺码都来一件吧。"

导购小姐被她这么个买衣服的方式吓了一跳,很快反应过来:"哦好,请您稍等。"

付完账,她便脚步飞快地出了店。

拎着纸袋往宾馆二楼走的路上,苏可西深吸一口气,她刚要拿钥匙开门就碰见了陆宇,他下身围着毛巾,身上还在滴水,显然才知道她刚出了门。

她居然在他不知道的时候偷偷出去,万一遇见变态……

陆宇面色难看,拽住她的手腕,咬着牙问:"你去哪儿了?"

苏可西急忙回道:"我去给你买衣服。"她的另一只手将纸袋放到陆宇面前。

陆宇站在门口,一把将她拉进房间里。

陆宇随手拿毛巾擦身体,哑着嗓子问:"你买什么了?"

苏可西听见这话,歪着头,飞快地把纸袋放在床角,这才小声说:"就这个。"

陆宇听见她的声音不对劲。往常她说话,哪次不是大着嗓门的,压根就不把他的话放在心上,这回声音这么弱,一看就是心虚了。

"这个?这个是什么?"他转过头,就看到苏可西转来转去的眼睛。

陆宇盯着她看了一会儿,将目光转到了旁边床角的纸袋上。

他伸手过去要打开。

苏可西偷偷看着,故作没事地坐在床上,想离他远点,看他打开了袋子,就解释道:"不知道……我就都买了点……"

里面的袋子一打开,几件外衣,以及贴身的衣服便露了出来。

陆宇愣在那里。

半晌,他的两只耳朵全红了,若不是灯光昏黄,苏可西此刻能看得一清二楚。

他拿着内衣的手收也不是,放也不是,顿在半空中。

苏可西忽然胆子又大了,出声说:"我就随便买的,你自己选。"

陆宇故作自然地将衣服塞回袋子,他抬头道:"你买得真多。"

苏可西捂着眼,没回答他的话。

见陆宇去洗澡了,苏可西便爬上床,拿被子盖住下半身,道:"我跟你讲,我要睡觉了。"她盖上被子,声音闷在里面,"我睡了,晚安。"

都凌晨了,苏可西也累极了,她躺在床上没多久,便真的就这么睡着了。

放在枕头下的手机振动了下。

苏可西从睡梦中醒过来,迷迷糊糊地看手机,发现只是手机没关Wi-Fi,日常更新新闻而已。

她正准备再睡,就看到卫生间透出来光。

再看旁边的床上,被子掀开一角,已经没了人。

苏可西清醒了不少,有点担心是不是他的伤口出了问题,下床穿鞋就往卫生间走。

还没到门口,便听到窸窣的声音。

她愣了下,听声音知道他应该没什么事,又不好直接敲门叫他,走也不是,留也不是。

卫生间里突然传出脚步声,苏可西猛然惊醒。

她猛地跑回自己床上,盖了被子蒙头就睡,耳朵却能清晰地听见门被推开,脚步声,还有隔壁那张床上的动静。

心差点要跳出胸腔。

一直到很久以后,苏可西才按捺不住自己,装作睡不安稳的样子转过身,眯着眼往那边看。

卫生间的灯还是没关,她能看到陆宇闭着眼。

头部被包扎着,精致的眉眼安静下来,在朦朦胧胧的黑暗里格外明显。

苏可西不敢再多看,轻轻地转过身。

天色朦胧亮时,陆宇醒了。

他平躺在床上迷蒙一会儿,扭过头看对面的床上,苏可西睡得正熟,半边脸隐在被子下,头发乱乱地搭在枕头上,模样是很少见到的恬静。

早上六点，苏可西醒过来。

她坐在床上揉了揉眼睛，就看到陆宇从卫生间出来，他正拿着纸巾擦脸。

陆宇见她醒了，说："你该回校了。"

嘉水私立中学早上六点半开始早读，到时候会有老师在，一旦少了人，老师肯定会询问的，夜不归宿是个很大的问题。

苏可西刚醒来还有点蒙，听到这个终于想起自己在什么地方了——她还和陆宇在宾馆里。

她连忙爬起来："等我洗洗脸。"

宾馆里也没什么洗面奶之类的，她看了一眼镜子里疯婆子一样的自己，动作飞快地刷牙洗脸。

从卫生间出来时，陆宇正坐在床边等她。

看到苏可西出来，陆宇将她的校服拿在手里，径直给她套上："下次不许跟着我乱来。"

就这么穿着睡衣，不雅观也不方便，也幸好现在才六点多，没什么人。

陆宇将苏可西校服的拉链一直拉到脖子处，没留下一点缝隙。

她的校服宽大，拉链这样一拉，她看上去就像是穿了大人衣服的孩子，一整个人更娇小了。

苏可西问："你要送我吗？"

陆宇翻着白眼："不送难道看你被人拐走？"

被人拐走？苏可西觉得自己的智商受到了怀疑，她"哼"了一声，没再说话。

退房的时候，前台依旧是那个妹子。

她打着哈欠，看是他们两个人，又多看了好几眼。

外面的天还没大亮，路灯一排排亮着。

清晨的风还是有点冷的，苏可西的小腿露在外面，吹着风感觉很不舒服。

陆宇突然把衬衫解开了。

苏可西眼睁睁地看着他的动作，往后退了点："你不要耍流氓啊，光天化日之下脱衣服，露肉不好。"

陆宇的动作一停，嘴皮子一翻："你整天脑子在想什么？"

"没想什么……"苏可西反驳。

陆宇将衬衣递给苏可西，示意她将衣服围在腿上。

苏可西亮晶晶的眼睛看着他，道："谢谢。"

苏可西随后把衬衫围在腿上，和陆宇并排继续往前走。

不远处便是嘉河，河上还有船，那些船亮着灯，光顺着小窗口透出来，远远看去，像是河上点着一盏盏的许愿灯一样。

等快走到了学校围墙那边，苏可西终于出声："你昨晚……"

憋了一晚上的话，还是没有说出来，苏可西沉默着，心里忐忑极了，她担心陆宇，却又害怕过分关心让对方不适。

陆宇没听懂她的话，侧头看了她一眼。

围墙那边的梯子还在，苏可西有些惊讶，没想到保安竟然没有丢掉这把梯子。

"待会儿你自己爬上去。"陆宇叮嘱道，穿上皱皱的衬衫，率先上墙，跳了下去。

苏可西随后爬上梯子，坐在墙上，下面的陆宇正示意她跳下来，他竟然还开口说："别怕。"

她真的很少听见陆宇说这样的话。

学校里不少女生都已经从宿舍里出来了，她们顺着小路走去食堂。

看到苏可西和陆宇，那些赶着去食堂的人都忍不住停下来，想看看这两个人到底想干什么。

苏可西盯着下边的人来人往，卖力一跳。

她一往下跳，便被他接住了。

她站定，踮脚看着陆宇道："陆宇，你真好。"

CHAPTER

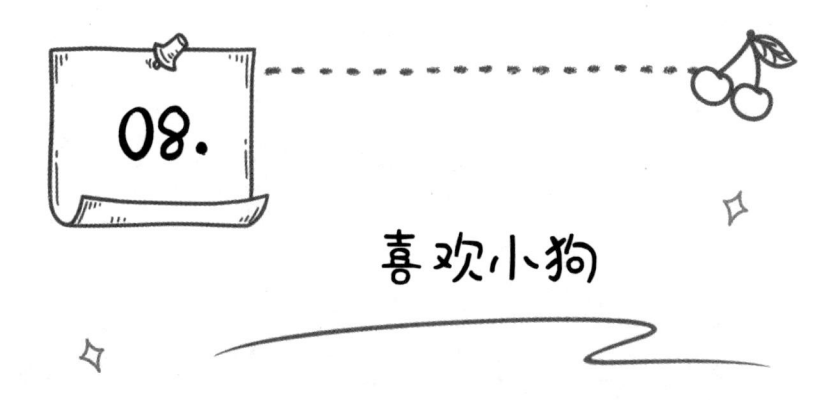

08.

喜欢小狗

If love is truth, then let it break my heart.
If love is fear, lead me to the dark.

If love is a game, I'm playing all my cards.

苏可西说得很小声，只有她和陆宇两个人能听到。

她说完，便松开了他，笑意盈盈地看着陆宇，还有陆宇身后那些将目光停在他们身上的人。

陆宇动了动耳朵，过了一会儿，他才点点头："嗯。"

苏可西有点不满意这个回答，脱口而出："你就这么点反应？"

陆宇不知道要说什么，准备搪塞过去，他看了一眼人群，道："去换衣服，上课。"

苏可西也知道时间不早了，趁着人突然少了，她赶紧凑上去又问："下个星期放假，我去找你玩呀。"

等陆宇回过神的时候，苏可西已经消失在宿舍楼门口了。

陆宇转头看了一眼盯着他的学生，丝毫没别扭，直接翻身上墙，带着梯子离开了学校。

这梯子再不拿，恐怕教导主任会气死。

苏可西回到宿舍，里面的人都已经走了。

床上是唐茵留的一张纸条，让她赶紧去教室，她的包已经被带去教室了，她人去就行。

她连忙换了衣服，直奔教室。

刚到教室门口,她就碰见了语文老师。

语文老师狐疑地打量着她,苏可西被看得心虚,忙说自己上厕所去了,这才躲过了一劫。

其实也只有同宿舍的知道她出去了,其他人都不知道。

倒是几节课过去,于春说了一个消息。

他一向爱八卦,得知这内容就迫不及待地和人分享了:"听说有人翻墙去外面玩,不知道具体是哪个班的,要是被老师知道,恐怕要找家长的。"

于春感叹:"真的一点都不害怕,太大胆了。"

这不到一上午,有人翻墙去外面玩的消息已经传遍了整个嘉水私立中学,可就是没人知道主角是谁。

纵然苏可西在嘉水私立中学挺有名,但也不是所有人都认识她。高三生提前二十分钟去上早读,早上她回来的时候,宿舍楼里高三的学生已经走得差不多了,剩下的全是学妹。

苏可西听着于春扯皮,心里有点想笑,这要是被他知道是她,估计能说上一大串话。

上课铃声响起,这节课老师有事,所以上自习。

苏可西和唐茵坐在最角落,她借着垒高的书本形成的视野盲区,打开手机登录微信,又将头像换了回去。说好一起丑的,她竟然提前变美了,怪不得陆宇会生气。

她决定再找一个好看的头像。

于春也在玩手机,看到苏可西的头像换回来了,又发了一条消息:"这么丑的头像你怎么又用了?"

明明就在她前面坐着,还给她发微信。

苏可西翻了一个白眼,回复:"你丑,所以你感觉不到它的美。"

看到这回复,于春对自己产生了怀疑。这头像,真的很好看?

阳光明媚,陆宇回了家。

也许是听到了动静,邱华打开房门,她眼下的黑眼圈很明显:"你昨晚在哪里睡的？没事吧？去医院看过了吗？"

陆宇别开头："没事了。"

听到这话，邱华虽然担忧，不过比刚才稍微放心了一点："你现在身上没有钱，我把零钱转给你了，想吃什么你自己买。"

她顿了一下："我知道你气我，可你不要拿自己的身体开玩笑，而且你现在正处于高三的关键时候。"

陆宇没回答，只是胡乱地点了点头。

邱华没再多说，也没问他昨晚去了哪里。她自觉自己对不起这个儿子，可当时的她，怎么能做到带着一个孩子独立生存下去呢？当初家里和她断绝关系后，她连奶粉都买不起。

如果不是再遇见陆跃鸣，她和陆宇恐怕早就死了。她不想自己辛辛苦苦生下来的孩子，过得那么辛苦。她不后悔她当初的做法。

陆宇不知道邱华的想法，径直回了房间，他拿起手机，一打开全是消息。

秦升：宇哥你今天不来上课？

他一边往洗手间走，一边继续往下滑消息，苏可西发的消息，都是在问他怎么了，还有为什么不回她消息。

陆宇正要退出，手机又弹出一条新消息——

安全到家了吗？

别想着不回我，你这里明明显示正在输入。

陆宇"嗤"了一声，这才发现自己不知什么时候点开了对话框。他回了一个省略号。

苏可西又回了一条消息——

我又把头像换回来啦，一起丑呀，不许你换掉。

陆宇点开她的头像，果然是那张很丑的图，他撇撇嘴，回道——

真丑。

可镜子里的人嘴角却控制不住地上扬。

月考过后，终于放假。

苏可西已经迫不及待想要去三中找陆宇了。这个星期她带了手机，两个人晚上会聊一会儿，虽然基本都是她说话，然后陆宇回她几个字，但已经很好了。他本来就不喜欢多说话，更别提现在好像还有特殊情况。

想到这里，苏可西很想问陆宇他的伤口怎么弄的，但最后还是没问。

上次遇见他和隔壁实验班的陆迟在一起，苏可西隐隐猜测他们两个人恐怕有什么关系。

陆迟和陆宇同姓陆，他们俩人之间，最有可能的是兄弟关系。

车停在三中门外。

苏可西甩了甩脑袋，将脑海里乱七八糟的想法甩干净，下车往三中里面走。

她今天来得早，各个班还没有下课，教学楼里都没有人，她路过教室的时候，听见里面的上课声。

高三一班在楼上。苏可西上了楼。

才到楼梯口，她就听见老师训斥秦升的声音："秦升你上课不好好听课，又在玩游戏，上次晚自习还没玩够是吧？要不要去办公室当着我的面一起玩？"

秦升连忙回道："不用不用。"

老师冷笑几声："那你就把这道题抄五十遍。"

随后教室里出现的都是哀号声。

苏可西听得有趣，便停在楼梯口没动。

良久，她才往前走，偷偷往教室那边看了一眼，就看到了低着头不知道在想什么的陆宇。

陆宇的目光全在桌子上，压根没看到她。

苏可西抿了抿唇，趴着栏杆看下面的操场。

楼下有不少学生在上体育课，这会儿也许是自由活动时间，不少人正在打篮球，玩得很开心。

看台那边坐着几个女生。

苏可西看着操场发呆，好一会儿才回过神，她摸了摸脸，掏出手机，盯着对话框看了半晌，最终给陆宇发了一条消息。

秦升刚被老师警告不许玩手机，只能发呆，他一歪头就看到了教室外面的苏可西，眼睛一下子睁大了，看着精神十足，他撞了撞身后的桌子："宇哥，你看谁来了？"

陆宇放下笔，正准备嘲讽他，往外面一看，就看到了穿着嘉水私立中学校服的苏可西对他招手。

桌子里面的手机振动起来，他一点开，就是刚刚收到的一条消息——

有没有看到我啊？

陆宇动了动手，修长的手指打字漂亮得很。

苏可西看到他玩手机，低头看自己手机，果然收到了他发过来的一句话——

没有、一点、也、没、看、到、你。

151

这一个字一个字的,还用了标点符号隔开。

得到这样的答案她是不陌生的,再看教室里面,他正扬着眉看她,苏可西反倒是被陆宇那表情逗笑了。

苏可西有点生气,又有点心累,回道——

既然这样,那我可以回去了,以后再也不来找你了。

她走回楼梯平台那边,看着窗户外面的树。

树下有条小狗在蹭来蹭去的,身上毛发旺盛,路过的一只小野猫摔倒了,它还用嘴去拱小野猫。等小野猫起来后,它又摇着尾巴跟在后面。

苏可西看了半天,觉得这两只小动物的互动实在有趣,给陆宇发消息——

我好喜欢小狗呀。

要不是妈妈过敏,她就养了。

她看了一眼下面的那只小狗,它已经和小野猫玩到一起了,这会儿,它正露着肚皮闹着玩,四脚朝天的,又蠢又可爱。

苏可西独自喃喃道:"小狗也喜欢我。"

教室里。

秦升向外面看了一眼,走廊已经没人了。刚才小姐姐还站在那里呢,难道就这么离开了,那陆宇岂不是又得心情不好了。

他偷偷摸摸地回头看。

陆宇一动也不动地盯着屏幕,好半天没动静,也不知道在想什么。

秦升觉得无聊,又转了回去。

苏可西发完那句话后就没能再收到陆宇的回复了,她盯着屏幕默默发呆,没再打扰他,准备等着下课。

她早就打听过三中的上课时间了，这节课是晚自习前的最后一节，还有十五分钟就可以下课了。

苏可西盯着下面的狗和小野猫看了一会儿，又回了走廊。

她站的位置可以看到教室后面的场景，有人做小动作，都能看得一清二楚，她盯着陆宇。

以前在嘉水私立中学时，她都没看过他上课听讲的样子，现在看到还觉得挺稀奇的，他看起来并没有特别认真，成绩居然这么好。难道他们陆家都出学霸？

陆迟也是学霸，整天就知道看书。

说到这个，这两人还真有点像。

苏可西对陆迟的印象都来自唐茵，他说话虽然结巴，但很有条理，被逗急了会害羞得耳朵发红。陆宇也差不多，被她一逗就耳朵发红，然后还别扭地不承认，反正就是那副幼稚模样。

小孩子一样的。

她正想着，身后突然有脚步停下的声音。

苏可西回头，就看到几个女生站在她后面，为首的人她很熟悉，上次在包厢里见过的。

这大概是苏可西第一次和庄月有正面交锋，以往她都没和对方说过话，只是看过几眼。这次真的是对方拦在她面前的……用拦应该挺正确的。

平心而论，庄月真的好看。嘉水私立中学的美女也不少，清秀佳人每个班都有，而那种大美女，则是文科班最多，很多人，不但长得美，还是学霸。苏可西见惯了美女，但她不得不承认，这个庄月，和她之前见过的那些美女的风格都不同。

苏可西不太喜欢庄月这种风格的，和她不怎么搭。

她喜欢唐茵那种该放荡不羁就放荡不羁，该正经的时候就正经的，而不是这种每时每刻都一个表情的美女。

虽然庄月旁边的人穿着和妆容都更为张扬，但苏可西的目光却盯在温婉的庄月身上,既然人都挡自己面前了,估计她是过不去了。

苏可西抬眼:"不好意思,有事吗?"

庄月还没说话,她旁边的那个女生已经开口了:"你是陆宇的什么人?"

果然是这个。

苏可西暗自点头:"就是你看到的关系呗。"

现在是十一月末,庄月穿了一件挺漂亮的衣服,她个子也高,被衣服一衬,整个人更加精致。和套着校服的苏可西相比,庄月还真的很不一样。

几个女生眼里都带着笑意。

庄月唇角微扬:"刚才佩佩的语气不太好,我和你道歉……其实我是想问一下你和陆宇是什么关系。"

苏可西下意识地看了一眼墙壁,墙那头就是一班的教室,课堂上老师讲题目的声音清晰可闻。

庄月也顺着苏可西的目光看去。

几个女生都在看好戏,见苏可西不说话了,都觉得她是自惭形秽了。

苏可西眨眨眼睛,睫毛动了动。

庄月没再说话,倒是她旁边的朋友开始说话了:"你不要蓄意接近陆宇,他在三中的一切你都知道吗?"

苏可西听得无聊,晃晃手腕。

庄月终于再度开口:"自从他转来三中后,很多同学都很欣赏他,把他当作偶像……"

她的话没说完,但意思显而易见。

苏可西赞同地点头,她当然知道陆宇有多受欢迎了。

就凭他那张脸,就足够笑傲群雄了,更何况他现在那样一副洒脱的样子,很多人都喜欢这样的同学。

"你还是其他学校的,你何必——"

苏可西听得无聊了，打断她的话："所以你想说什么？让我离他远点？还是让我滚出三中？"

"你们的关系真的有那么好吗？"庄月脸上虽然带着笑，但苏可西能清楚地看见，她有点难过。

苏可西嗤笑一声："怎么，我们关系那么好，知己好友都当了一年了，你开心吗？"

旁边的女生闻言气急败坏，吐槽道："关系再好也能闹掰，你能一辈子跟他这么好啊？"

庄月敛了敛神色："不管如何，我还是希望你能离他远点，你们两个不适合当朋友。"

苏可西被她逗笑了："你又知道了？"

真搞笑，说她不适合，难道庄月自己适合是吧？

狗屁一样的逻辑。

苏可西也没了和她说话的心思："不好意思，我现在要等我的好朋友下课一起去玩。"

巧的是，她刚说完，下课铃声便响起了。

教室里的学生一拨拨地往外走，看到庄月站在教室边上，都想着她是不是又来找陆宇了。

秦升率先从后门出来，他拿着手机，头也不抬就冲着那边喊："小姐姐，你没走啊？"

苏可西应了声："嗯。"

这声"小姐姐"在场的都听得一清二楚，而且回答的这个人……怎么看着有点眼熟？

庄月的神情不太好，往后退了一点。

秦升抬头就看到苏可西身后的庄月几人，笑容顿在脸上，他连忙回头看了一眼，陆宇刚站起来，正在穿校服外套，看着人模狗样的，正在朝林远生眨眼。

苏可西也没搭理庄月，往前走了一点。

秦升朝她笑笑,往楼梯口那边走,对庄月没了好脸色,低声提醒道:"我记得上次你已经清楚了……"

怎么又来找事?以前都说校花庄月温婉明事理,现在怎么看着好像不是那么回事,她的形象可别都是装出来的吧?怎么有点烦呢。

庄月只是淡淡地看了秦升一眼,目光便落在了刚出后门的陆宇身上。

秦升拽了拽林远生:"我听说外面小超市开始卖圣诞节的花了,咱们去买点送给小姐姐呗,顺便买点糖,女生都喜欢吃糖。"

"圣诞节,还有二十多天吧。"林远生翻了翻白眼,"你给她送糖?"

"嘿嘿嘿。我就是想促进促进他们的关系嘛,你看宇哥那冷淡的样子。"

苏可西站在后门处。

陆宇走出来,眼皮微抬:"你站这儿当雕塑?"

苏可西撇撇嘴,伸手从包里拿出她这次考试的试卷,和陆宇并排往楼下走。

操场上依旧有人在打球。

苏可西被陆宇带到操场看台最高的一排坐下,坐得很高,但她还能听见秦升那大嗓门的叫声。

她摊开试卷:"我这次进步了。"

陆宇瞥了一眼,淡淡道:"知道了。"

苏可西往他那边挪了挪:"你给我讲题呗。"

陆宇掀了掀眼皮子,伸手拿过试卷,看到那错题习惯性地想翻白眼,最后还是忍住了。

陆宇讲题很有条理,苏可西听着,每听他讲完一道题就十分捧场地说:"哇,你好厉害,好棒,这道题好难的,你都能这么简单地做出来,比答案还简单。"

几道题之后,陆宇终于忍不住了:"不许再说话。"

苏可西哈哈大笑,不说话了,耐心听题。

一直讲到天快黑了，操场上的人走了不少，他们才准备离开。

陆宇额头上的伤需要换药，两个人便去了医务室。

进了医务室，才发现里面只有一个小姑娘在挂水。

看到苏可西和陆宇进来，小姑娘眨了眨眼睛："你们来找医生吗？他临时有事请假走了，明天才回来。"

学校的医务室只有一个医生和一个护士，但护士最近辞职了，学校还没有找到新人。

苏可西说："谢谢你啊。"她拽了拽陆宇的胳膊，"还是去医院换药吧，你这样又看不见自己的头，万一戳到哪儿了怎么办？"

陆宇冷笑。

大概是对她这个言论的嘲讽吧。

苏可西点点头，对他的话毫不在意，她看了一眼桌上的工具："这我可以用吗？你要是难受，我给你换。"

陆宇思索了一下："你会吗？"

苏可西笑笑："我会的可多了。"

她以前经常给唐茵换药，早已经熟门熟路了。

苏可西摸个口罩戴在脸上，瞬间一张脸就剩一小半了，她的眼睛滴溜溜的，看着很有精神。她洗了个手，这才伸手去拆陆宇头上的纱布。

一拆开纱布，伤口的模样就露了出来。

当时陆宇的额角被擦破了，有碎片进了里面，包扎时是先取的碎片然后才上的药，可能因为是这样，伤口愈合就比较困难。

苏可西盯着伤口，有点心疼。

可能是她盯着的时间过长，陆宇有点不自在，他伸手挡住额角伤口，恹恹地说："你看不下去就直接说，这什么表情。"

"什么什么表情。"苏可西拽他手。

陆宇力气大，存心不让她看，苏可西怎么拽也拽不下来，她索性放下手来，垂在身侧："你到底换不换药？"

"不换了。"

"那我回家了,你自生自灭吧。"

苏可西也生气了。

她不过是多看了两眼,干吗就这个样子,又没嘲笑也没怎么的,难道他瞎了看不出她的心疼啊。

"你之前转学也是什么都不和我说,现在也是,我又不会读心术,我怎么知道你心里想什么?"

她越想越气,索性直接拿掉了口罩,径直要往外走。

病床上坐着的小姑娘看到这情况,倒是急了起来,她一个人待在这儿,手机没电,又不能动,只能看热闹,她还以为自己能看到挂水结束呢,谁知道居然还生出了变故。

"学长你要去追啊。"她开口劝道,"小姐姐也是担心你。"

医生的桌子上有镜子,他一抬眼便能看到伤口,即使伤口已经开始愈合,也依旧显得有些狰狞。

像是时时刻刻在提醒着他某件事。

陆宇盯着镜中的自己,现在的他和以前大不一样,他的身份变得不堪,甚至他从心底觉得,他压根不配和她做朋友。

可苏可西对他,好像从来都没变过。

小姑娘见他没动静,有点叹息。

正想着,她就听见椅子拖拉的声音,一抬头,刚坐在那边的人连影子都不见了。

医务室周围的路灯很暗,但操场上的灯很亮,苏可西独树一帜的嘉水私立中学校服,在操场上看着很是显眼。因此苏可西才走到操场,就被秦升他们拦住了。

秦升眼尖,见她一个人经过,连忙和旁边的兄弟们打了声招呼,抱着篮球跑上前:"怎么一个人?"

苏可西说:"我要回家了。"

秦升一听就知道肯定是哪里出了问题,他不知道刚才发生了什么,只能问:"小姐姐心情不好啊?还是有什么事情吗?"

"没什么,你去打你的球,不用管我。"苏可西看了一眼操场上等秦升的人,回答道。

秦升心里嘀咕,他怎么可能让她一个人走,于是赶紧应道:"这才六点半呢,要不去买点东西吃?"

十一月末,天黑得很早,不开路灯周围黑漆漆一片。

苏可西摇摇头:"不了。"

秦升拦不住她,见天色已晚,加上三中又在巷子里,怕她一个人走出什么事,便偷偷摸摸跟在苏可西后面,顺便给陆宇发消息。

这怎么就突然吵架了呢?

没等他得到回复,旁边蹿出来一个人,把他吓了一跳:"我去谁啊?不长——"

话还没说完,陆宇熟悉的背影让他顿住了。

苏可西径直往前走,头发被风吹得飘了起来。

她书包的带子被人一扯,力道并不大,却让她停了下来,苏可西一回头,就看到陆宇凑上来的脸。

她摆出一副冷冷的表情,不为所动。

陆宇问:"要走了吗?"

苏可西还是不回答。

昏暗路灯下,苏可西的脸绷着,莫名让人觉得可爱,陆宇不敢再多说废话,松开手:"你说要给我换药的。"

提到这个苏可西就生气:"你听错了。"

见她终于开口,陆宇倒是敛眉笑了,从口袋里掏出一把糖:"喏,给你。"

"呵呵。"苏可西扭过头,转身就走。

陆宇跟在她后面,偷偷拉开她书包的拉链,把糖丢了进去。

这糖还是秦升买的,给他分了一大半,他也不喜欢吃糖。

"你干吗啊?"苏可西回头。

"没干什么。"陆宇长着一张无辜的脸,夜色之下,他的眼睛里盛着星光,璀璨夺目。

他大摇大摆地跟在她后面,额角上的伤口大喇喇地露在外面。

苏可西停住,转过身盯着他。

陆宇也停住,和她面面相觑,说:"我要换药。"

就和小孩子说要吃糖一样。

苏可西冷漠道:"哦。"

陆宇觉得她现在的脾气有点上涨了,之前生气也没这样子啊,女生真是太多变了,哄就哄吧。

他想了一会儿,从口袋里掏出糖,剥开漂亮的糖纸,递到她面前:"吃糖。"

苏可西推开:"吃个鬼。"

还惦记着吃糖,也不怕把自己吃傻了。

陆宇点点头。

苏可西以为他消停了,结果还没反应过来,嘴里就被塞了一颗糖。

整个口腔都甜丝丝的。

苏可西踢了他一脚:"陆宇你有病。"

陆宇点点头。

苏可西反倒没了对策,扭过头不理他。

陆宇侧身去看她,对上一双笑意盈盈的眼睛,他知道对方不再生气了,片刻后,才哑着声说:"你现在可以走了。"

CHAPTER

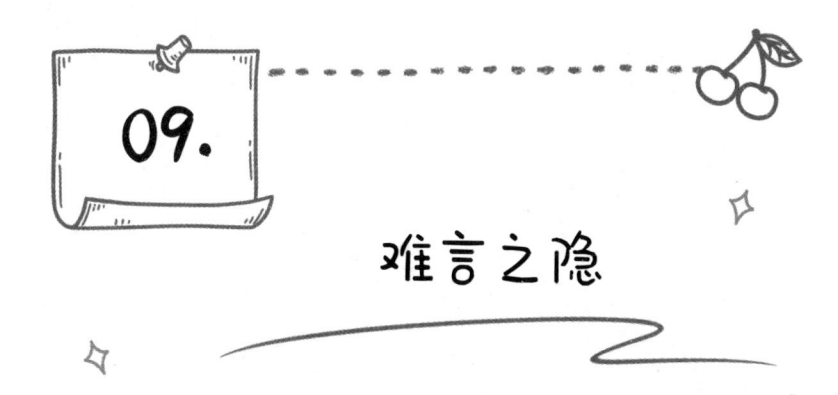

09.

难言之隐

If love is truth, then let it break my heart.
If love is fear, lead me to the dark.

If love is a game, I'm playing all my cards.

病床上的小姑娘已经快要吊完最后一瓶盐水了,她正百无聊赖地看着窗户外面黑漆漆的夜色。

听到背后的动静,转头一看,两个人回来了,她偷偷笑了一会儿。

这次陆宇坐在那儿,没敢再有其他的动作。

苏可西动作小心地清理干净陆宇伤口上附着的残留药物,镊子碰到他的时候,陆宇的表情变都没变,仿佛被戳的不是他。

苏可西仔细地清理着伤口,用酒精消毒后再慢慢地上新药。她认真的时候神情十分专注。

他本来没有一点瑕疵的脸上多了这纱布,整个人就像是动漫里那些鼻梁上贴着创可贴的人物一样。

"好了。"她取下口罩。

正好小姑娘也拔了针头,她按着伤口上的棉球道:"我先走啦,学长学姐下次见。"

小姑娘打完招呼,就快步离开了医务室。

偌大的医务室就剩下他们两个人。

苏可西想了想,说:"你刚刚又欠我一笔,你要付出代价的。"

陆宇抬眼:"哦?"

"我暂时想不到什么代价。"苏可西歪着头,说,"就先在心里记着账，等以后一起还。"

陆宇没反驳。

外面天色也不早了，苏可西再怎么大胆也觉得要回家了："我下次再过来找你，看我明天有没有事情做。"

"你可以不来。"陆宇没留她。

苏可西扬眉，调侃道："是吗？然后等着你翻墙过来，再被教导主任追着跑吗？"

上次教导主任在她回校后，就去检查了学校周围，那把梯子已经被处理了。

陆宇听见这话，没再说话，苏可西斜眼看了一眼对面的人，沉默着和陆宇一起往校外走。

教学楼里已经没什么人了，一间一间的教室都关着灯，寂静的学校里似乎只有他们两个人。出了学校，路过巷子口那个水果摊的时候，苏可西忍不住笑了起来。她还记得那次的糗事呢。

司机等在路口。

苏可西转过身对陆宇道："下次见啊。"

她本来想说很多的，最后都咽在喉咙口了，只余下了这句话。

陆宇看着车子开走，消失在视线内。

第二天周六，苏可西难得睡了个好觉。

下楼的时候，杨琦正坐在桌子边上玩手机，苏建明则在厨房里做东西。每次周末的时候，他都会亲自下厨。

杨琦瞥了一眼她，状似无意地问："最近放假，怎么都不见你和唐茵一起回来？"

苏可西悻悻一笑："我出去玩啊。"

杨琦抬眼看她。

苏可西知道她肯定是了解了什么情况，自己的妈妈虽然被宠得和小孩似的，但也不是单纯到什么都不懂的。

苏建明会很多家常菜，当初为了追杨琦，又学了不少精致菜，一些简单的甜点，他也是会做的，苏可西经常缠着他做。不过自从苏建明上班以后，就很少做了。

苏可西等了许久，望眼欲穿，看桌子上只有一个碗，还放在她妈妈那边，心里十分难受，道："爸，你也太重妻轻女了！"

苏建明叹气："你以前都是中午起来，谁知道你今天起得这么早，没有你的份呀。"

杨琦要把碗推给她。

苏可西抬脚就往楼上跑："我出去买包子吃。"

身后有声音在喊："那你快点回来，待会儿我们去外婆家。"

苏可西边跑边喊："好。"

几个小时后，苏可西一家已经到了老家。

外婆和外公没有和舅舅住在一起，就两个人住，他们两人喜欢养养东西，晚上还会结伴去跳广场舞，日子过得十分休闲，偶尔白天就这家逛逛，那家逛逛。

老家没装无线网络，苏可西也不能耗费巨资用流量上网，只能窝在沙发上吃东西看电视。

杨琦和外婆在厨房里忙活，不许她进去。

苏可西看小品看得津津有味，就听见杨琦在厨房里喊："去菜园子掐两把葱过来。"

"哦。"她应了声，连忙往外面跑。

老家的菜园子都在门口，只开了几渠，里面种的基本都是家常的青菜、白菜、韭菜，还有辣椒、茄子等。

她掐了一把葱，正要往回走，却被旁边的动静吸引了。

一个漂亮的女人从隔壁那家走了出来，她的波浪卷遮住了半边脸，但依稀能看到精致漂亮的五官。她正在和屋子里面的人说话："妈！"

漂亮女人的声音里面含着奇怪的意味，苏可西听不明白，但很快,她又看到那个女人似乎准备走回去。那人转过身的时候,露出了整张脸。

苏可西愣在那里,这个女人她认识,那是陆宇的妈妈。

嘉水私立中学以前开家长会的时候她去八班,看到过这个漂亮的女人坐在陆宇的位置上。往常一些需要家长来学校的事情,也都是陆宇妈妈来的,所以苏可西对陆宇妈妈的印象还是很深刻的,但此时此刻在这里见到对方,她却是真的很惊讶。

苏可西回过外婆家很多次,但这是第一次见到她。

看到对面的女孩一直盯着她,邱华也回了个微笑。

苏可西下意识地礼貌笑笑,乖巧地喊道:"阿姨好。"

邱华看了一眼隔壁,问:"你是杨阿姨的外孙女吧?"

苏可西点点头。

说完这些,两个人也没再多说话,邱华转身进了房子里面,只留下苏可西站在菜园子里出神。

外婆在家里没等到葱,出来就看到苏可西一直盯着隔壁看,问道:"囡囡,你刚刚在看什么呢?"

苏可西转过身来道:"外婆,你就去歇着吧。"

外婆喜滋滋地笑,眉眼被褶皱盖住,只能隐约看出来一点当年大美人的风采。

进了家里,苏可西放下葱,出声问:"我刚刚看到邱奶奶家好像来了客人,长得怪漂亮的一个阿姨,外婆你认识吗?"

"阿姨?"外婆疑惑。

苏可西和外婆描述了一下陆宇妈妈的模样。

"四十多岁啊?"外婆眯着眼,坐在椅子上,陷入了回忆,"怕是她家的女儿回来了吧。"

杨琦刚好从后面出来:"谁家的女儿回来了?"

"隔壁哦。"外婆答。

杨琦想了想,恍然大悟:"我记得,叫邱华是吧,不是十几年前断绝关系就没来往了吗，现在恢复了？"

她那时候还在和苏建明谈恋爱，家里还没同意让他们在一起，两位老人也还没搬来这里，还住在别墅里。近几年搬过来后，她才听到一些消息。

听说那家的小女儿因为未婚先孕被赶走了，十几年都没敢回过家，每次一来都被赶走。也是这一两年，邱家的两位老人开始有点松口了。

她自言自语道："也不知道邱叔现在怎么个想法，当年一气之下做出的事，现在心里肯定后悔的。"

娇生惯养的女儿还没出嫁就怀孕，又不愿意堕胎，那个年代风言风语又多，父母一怒之下将女儿赶了出去，这么多年过去，做父母的能一点感觉都没有就怪了。

外婆叹了口气："你以为老邱两口子不想啊，可实在太气了，说出去的话要怎么收回来。上次她就来过了，老邱两口子已经有点松口了，但还是生气，主要是那丫头还没断掉。"

杨琦听着也累："那种男的有什么好的？我记得以前好像看到过一次，她长得挺好看的，也不是什么奇怪性子，找个对她好的多好。"

两个人就这件事突然聊了起来，丝毫不记得旁边还有苏可西在。

苏可西听了半天，也了解了一点相关的情况，心里的震惊不是一星半点。

她总算是知道了陆宇变成这个样子的原因了，得知自己是这样的身份，他必然是接受不了的。以前在嘉水私立中学的时候，他虽然说话冷冷淡淡的，但一点都没有受到这事的影响。

她皱着眉想，那个伤口，是怎么来的呢？

苏可西回过神的时候，杨琦和外婆已经去了厨房。她没事干，则坐在沙发上看电视，不过她的心思一点都不在电视上面，看着陆宇的微信头像，她也不敢去问。

最终还是发了一条无营养的消息——

现在在做什么呀?

她甩了手机,捏了捏脸,耳朵控制不住地想听隔壁的动静。不过这墙隔音倒是不错,她半天什么都没听到。

手机振动,她打开一看,竟然是陆宇回她的消息——

外婆家。

那就是在隔壁了?

苏可西很快反应了过来,看样子陆宇是和他妈妈一起回来的了,不过她刚才倒是一点也没看见陆宇的身影。

陆宇对他所经历的事讳莫如深,如果看到她,指不定会想多,到时候,不知道又会发生什么。

她正想着,门口有人敲了敲门。

紧跟其后的是她再熟悉不过的声音,透着一股随意:"请问杨奶奶在家吗?我想借点酱油……"

话才说完,他迎面撞上了苏可西的眼睛。

陆宇僵在那里。

借酱油,真是一个好理由。屋子里一下子安静了下来,两个人都没说话。

苏可西率先打破诡异的气氛,问:"你是要借酱油吗?我去拿给你,你等等。"

她作势要往后面的厨房里去。

"不用了。"陆宇打断她的话。

他半天没动。陆宇从没想过会这样子见到她,如果是隔壁邻居,所有的一切她岂不是完全知晓……

他转身就走,什么话都没说,连眼神都没留一个。

苏可西追出去,盯着陆宇的背影看了好几秒,不知道该说什么,只能喊了一句:"你不要酱油了吗?"

陆宇顿住,而后继续往前走。

过了一阵,苏可西才听见他迟来的声音:"不要了。"

他的背影彻底消失在了门后。

苏可西没再追过去了,她看了门口片刻,心里面各种各样的想法乱成了一团。

她知道,陆宇这样子绝对是因为家里的缘故,抑或是不想让她知道他现在的模样。

苏可西低着头看脚尖,耳边听到隔壁说话的声音,那声音并不太清楚,模模糊糊的,她转身去厨房找外婆。

旁边那家人的事,外婆是最清楚的了。

外婆正坐在灶台后面,往里放着木头和树枝。

这种古老的灶台现在都不怎么用了,现在这个还是他们请人特地做的,老人用着心里舒坦。苏可西搬了一个小凳子,坐到外婆旁边,给她递柴火,准备偷偷打听隔壁那家人的具体情况。

"囡囡,这边烟好大,快出去自己玩。"外婆推了推她,"这里有什么好玩的。"

苏可西摇摇头:"外婆,我就过来帮帮忙。"

外婆虽然嘴上不说,心里还是挺开心的,乐滋滋地煮着饭,指挥外面的杨琦炒菜。

树枝被火烧得发出噼里啪啦的响声。灶膛里面火光通明,映红了她的脸,她的眼睛像闪着光一样,璀璨夺目,漂亮得不可思议。

良久,苏可西才开口:"外婆,你知道隔壁邱奶奶家发生了什么吗?就刚刚新来的阿姨的事。"

外婆又是叹气,停顿了一下。半晌,她才回答:"这件事好久了。"

说起来,她和老伴搬来这里也才几年,本该不太清楚这些事的,可架不住周围人的议论。

苏可西连忙说:"外婆我不会说的。"

"我当然知道你不会瞎说的,我家囡囡最懂事了。"外婆拍了拍她,"只是这事出的时候你妈妈还没有你呢。"

算算时间线确实挺对的,陆宇比她大几个月。

外婆往灶膛里添了几根树枝:"当年邱奶奶的女儿喜欢上一个男的,然后怀孕了,这样就算了,他们结婚也没什么,顶多被人说两句,可问题就出在两个人没结婚。"

接下来漫长的时间内,苏可西听外婆讲了一个很长很长的故事。

饭都已经煮熟了。

"你邱奶奶心里早就后悔了,可这气就是出不了,她和我聊天的时候经常念叨着想看外孙,可你邱爷爷不松口。"外婆叹气。

邱家邱爷爷说了算,这也是邱家能和女儿成功断绝关系的缘由。他一贯强势,就算后悔了也不会表现出来。

外婆回想了一下,说:"大概就在几个月前吧,那丫头回来了一趟,总算是没被赶出去了。"

邱奶奶那之后笑容倒是多了不少。

"但是,她们家还是吵架了,邱爷爷气的是她还没和那个男的断了。"外婆低头,"其实一开始也算不上是邱华的错,后来那男的娶了别人,不过之后他们再碰到一起就有点不应该了。"

外婆知道的还挺多。比如那男的老婆是把他灌醉了,然后用怀孕逼婚的,那会儿他还不知道邱华怀孕,是等后来邱华把孩子都生了他才知道的。外婆说她是不知道,邱华是怎么带着一个刚出生的孩子活下去的。

"你邱奶奶一开始给她寄钱,被邱爷爷骂了一顿后,寄钱这事就停了。"外婆补充道,"可能后来邱华又和那个男的在一起,也是因为这个吧。"

看得多了就懂了。

苏可西听了半天没说话。

她撇撇嘴。什么灌醉,那男的肯定是早就想那么做了,否则整件事怎么会那么顺理成章。

和刚才的一知半解相比,听完这些,整件事显然更加清晰明了了,该得知的情况苏可西也已经知道了。

她很清楚,陆迟的父母没离婚,这件事唐茵也知道,而且陆迟的爸爸陆跃鸣还挺有名的,是个还算有钱的企业家。

无怪乎陆宇一见到她在这儿转身就走。

她放假的时候来过这边无数次,也见过邱奶奶无数次,却从来不知道这件事。

苏可西离开厨房,用手机搜索了一下陆跃鸣。稍微有一点名的企业家的百科都是可以查到的,甚至网页上他的结婚信息也一清二楚。

看到网页上面写着的陆跃鸣的结婚日期,苏可西有点愣神,她抿着唇,给唐茵发消息——

陆迟什么时候生日?

正巧唐茵在玩手机,看到这消息,她先回了日期,又回道——

你问这个干什么?

苏可西盯着那串日期出神,陆宇的生日她是一清二楚的,这么看,陆宇和陆迟的生日就差了两个月而已。

也就是说,邱华怀上陆宇两个月的时候,陆跃鸣还没结婚,而陆迟的妈妈也已经怀孕了。这关系还真有点乱。

苏可西皱着眉,又看到陆跃鸣个人百科下面的关系栏上写的名字是陆迟,心里又一阵心疼。

陆宇肯定很难接受。怪不得他的性格变了这么多,要是让她突然经历这么多,她也绝不会平静地接受。

饭已经好了,然而苏可西还是有点出神。

家里人以为她有什么心思，好奇问了两句，被苏可西搪塞了之后就没再问。

"这是多炸了的。"外婆端出一个盘子，"你邱奶奶喜欢吃这个，还不会做，惦记好久了，囡囡帮我送过去给她尝尝。"

盘子上摆着糯米圆子，白白嫩嫩的，夹杂着细碎的红色辣椒，看着就让人食欲大开。

苏可西正愁没机会找陆宇，连忙接过盘子："好。"

她想起陆宇刚刚借酱油的事，便从厨房里拿了一瓶酱油，准备一起带到邱奶奶家。

临到隔壁门口，苏可西紧张了。刚刚陆宇的反应实在让她有点担心，万一他再闹别扭怎么办？如果再这样继续下去，陆宇的心结估计就很难解开了。

盘子里的糯米圆子冒着热气，散发出丝丝香气，顺着风飘进她的鼻间，唤回她的理智。

苏可西敲了敲门，里面有人应了一声。

门没关，她走进去，看到邱奶奶正坐着，苏可西把糯米圆子放在桌上，笑着说："邱奶奶，这是我外婆多炸的，听说您很喜欢吃。"

"麻烦西西了。"邱奶奶连忙起身，笑着说，"要不要进去坐坐？"

苏可西顺势答应。

许是说话声引起了后面院子里的人的注意，邱华的声音传过来："妈，谁来了？"

邱奶奶还没回，陆宇的身影就出现在走廊里，看到是苏可西，陆宇停在原地没往前走。

苏可西盯着他，没出声。

邱奶奶不知道两个人认识，乐呵呵地介绍："这是我外孙，陆宇，就比你大几个月哩。"

老人眼里，孩子们应该是很容易说上话的。可让她失望了，刚刚在她面前还很有礼貌的陆宇突然一言不发，冷淡得要命。

苏可西率先出声："陆宇哥哥好。"

她现在这副乖巧可爱的模样是大人最喜欢的，一点也看不出来她往常的机灵古怪。

陆宇喉咙里发出一声没什么意味的短促音，良久，才应道："昂。"

邱华从后面走出来，看到苏可西，笑着说："是你呀，小姑娘。"

苏可西笑着点头。

这一幕却让陆宇看得心烦，明明都认识，都见过，却偏偏装作什么都不知道的样子，不知道是装给自己看，还是给他看，他径直朝外走。

苏可西看陆宇出去了，也没多停留，说："邱奶奶，那盘子就先放在你这儿，如果不够吃可以说的，我先回去了。"

一出门，苏可西就看到靠在墙上的陆宇。他把玩着打火机，一副漫不经心的样子，有种颓废的美。

苏可西道："别玩了，我……"

"别管我。"

"我偏管。"

苏可西原本只是想让陆宇停一会儿，但被对方的话这么一激，她一气之下，直接上手去抢对方的打火机，陆宇伸手挡，结果打火机直接掉在地上了。

他低低地笑了一声，看不清有什么表情，但他喉咙里溢出来的声音让苏可西觉得不太舒服："满意了？"

苏可西沉默了一瞬："你非要这样吗？"

陆宇没说话。

苏可西低着头，径直把自己的想法说了出来："上一辈的事情，和你有什么关系？"

陆宇抬眼看她，苏可西也不怕，直直地盯了回去。

两个人一时间僵持住。

就在这时，杨琦从门后走出来："西西你在干什么？我一早听见你说话声,怎么还不进来?"

苏可西退后一步:"妈。"

杨琦的目光落在苏可西旁边的人身上,仔细而不失礼貌地打量着对方。

见杨琦直勾勾地盯着自己,陆宇敛眉道:"阿姨好。"

杨琦点点头,目光一转,轻柔道:"是陆宇吧,这是第一次和妈妈回来这里?"

陆宇说:"嗯。"可能是觉得话少了,他又补充道,"今天刚回来。"

杨琦点点头,又盯着他问:"上次背上的伤好了吗?你额头上的伤口严重吗?"

毕竟是救了自己女儿的人,这点关心是一定要的。

陆宇敛眉回答:"好了。不严重。"

正好邱奶奶在喊陆宇,杨琦随意和陆宇说了两句,就把苏可西带回了家。

离开得匆忙,苏可西只来得及向陆宇使了个眼色,也不知道他看懂了没有。

一进家,杨琦就发问:"让你送个糯米圆子都能送半天,我要不出门,你是不是要在家门口待几小时?"

苏可西低着头,没否认。

训了几句后,她才开口:"妈,你说隔壁的阿姨做了那样的事,她的孩子会不会很难接受?"

杨琦愣了一下,叹了口气,她一看就知道自己的女儿在想什么:"这种别人家的事,只有他们自己清楚。说句不好听的,没有人愿意自己的长辈是那样的身份。"

但偏偏又是那样。

要她看,隔壁那孩子的性子应该挺激进的,她上次还见过那孩子和人起冲突。

吃饭时,苏可西已经忘了大部分的事情。她平时在家里只顾着吃,不怎么说话，都是大人在说话，这次的饭桌也不例外，她们很久没回老家了，外婆外公有特别多话。聊着聊着，就说到了隔壁的事情上。

外婆大概是刚刚见了邱奶奶，她说："刚刚看邱奶奶乐呵呵的，我看她心里高兴，今天晚上终于能睡个好觉了。"

苏可西吃饭的速度慢了下来。

"她很早以前就开始念叨了，有时候西西过来玩，她就跟我说她想看看她外孙，可一直没见到。"

邱家有一个儿子和一个女儿，儿子在拼事业，给老两口的吃穿都挺好，孙女放假也会过来玩。但人老了，就会念叨以前的事。

邱家老两口当年一气之下和邱华断绝了关系，可那也是因为气不过，太担忧女儿，为女儿不值，但这些事他们从没说过，全都闷在了心里。断绝关系之后，邱华虽然和母亲联系，但并没有见过面，也就是几个月前，她终于征得了父亲的同意，回了趟家，那是时隔十几年她第一次回家，她回家时没有带陆宇。

一顿饭，苏可西吃得比平时慢了十几分钟。

邱奶奶性子软，纵使以前邱华做错过事，她作为母亲，还是不忍责怪，毕竟都过去那么多年了，在和女儿基本没联系的十几年，再大的怒气也该消失了，况且她很喜欢陆宇这个外孙。

祸不及孩子，做长辈的再怎么生气也不会放到小辈身上。

苏可西一家才吃完饭，隔壁的邱奶奶就过来了，身后还跟着陆宇，邱奶奶比外婆年纪大，但今天气色非常好，人逢喜事精神爽，她心情一好，看着都年轻了许多。

邱奶奶看向外婆："我家陆宇要去买东西，我怕他不认识路，看西西回来了，想让她带一下。"

苏可西应道："好的！"

大概是语气里的轻快太明显了，几个大人都看了过来。

陆宇瞥了瞥她，很小声地哼了一声。

从苏可西家往旁边走十几分钟就是一条购物街，苏可西边走边扭过头问:"你要买什么啊?"

陆宇说:"不买什么。"

"那你外婆说你要买东西,你不买?"苏可西纳闷,"你出来轧马路啊。"

陆宇停顿了一下:"她以为我要买。"

苏可西懂了。老人家对第一次见面的外孙总是很热情。

"那就在这儿玩玩呀。"她忽然靠近陆宇,扯了扯他的胳膊,"不要这么死气沉沉的,你就不能笑一个吗?"

苏可西伸手,扯住他的脸,往两边拽,陆宇那张本来帅气又好看的脸顿时变得有些奇怪。

"你能不能成熟点?"陆宇翻了个白眼。

苏可西摇头:"不能。"她弯了弯眉眼,漂亮的眼睛成了月牙状,自顾自地点点头,"你就要这样笑才好。"

陆宇嗤笑一声。

苏可西松开揪着陆宇脸颊的手,拉着他的胳膊把他往前面的路上带,路上有很多小孩子,见到他们的动作嘻嘻直笑。

阳光照在两个人的背影上,显得温馨又美好。

苏可西从外面回来后,家里人也没多问。

她自觉心虚,在家里给外婆帮忙,生怕他们会突然提出一个她答不上来的问题。

她和陆宇什么都没有买,就在街上逛了一下午,最后吃了一点小吃,空着手回来的。这么休闲的时光,真的是从以前到现在都没有过的。

一天的时间过得很快,不知不觉就到了晚上。苏可西一家今晚还是要回家的。

苏可西不知道陆宇什么时候走,也不好问这些东西,不过周末,以他的性子,应该不会多留。想了想,她还是准备问问。

苏可西偷偷溜出门,却没看到陆宇人在哪儿,刚想转身回去,她就看到陆宇从里面走了出来。

她喊道:"陆宇,你什么时候回家呀?"

陆宇朝她的方向看。现在天已经黑透了,外面只有零星几点灯光,照得人影影绰绰的。

他张嘴:"待会儿。"

苏可西说:"我也是。"

他们两个人就这么面对面站着,忽然没什么话说了,苏可西动了动脚尖,在心里叹口气。

自从今天在这里碰见陆宇,感觉很多东西都变了,又感觉好像回到了在医院碰见过一次之后,他们之间似乎多了什么东西,但说不清道不明的,似乎是挡住了什么。下午在外面的惬意相处就像是一场梦般。

杨琦的声音从屋子里面传出来:"西西快过来拿你的东西啊,外婆给你的你不带回去啊?"

"来了来了!马上就来。"苏可西抬头看了一眼陆宇。

他对面是一栋小木屋别墅,是那户人家自己建造的,很漂亮,在黑夜下显得很是精致好看。

陆宇一直盯着。

苏可西看了他一眼,溜进了家里。

晚上八点,总算是收拾好了东西。苏可西跟杨琦他们上了车,蒙着夜色往家里走。没几分钟就上了马路,她坐在车里,纵然车里有音乐,也挡不住车外各种各样的声音,那些杂音吵得人心累。

她开了一条车窗户缝,预备透气。

就在这样的情况下,苏可西突然发现了路边的陆宇,他旁边停着一辆车,陆宇正撇着头看右侧,就是不看车。

苏可西按下车窗,那边的声音就传了过来。

"不上就死在这里,你以为我想来接你?"浑厚的中年男声音清晰地跃入她的耳中。紧跟其后，一个中年男人就从驾驶座上下来。

陆宇的个子高，站在那位中年男人面前，气势一点都不弱，反而显得比较随意，夜幕之下，苏可西看不太清陆宇的表情。

邱华从车里面出来，拉住了男人。她说话声音比较小，苏可西只能听见说话的声音，并不能知道她说了些什么。但显而易见，邱华是在劝陆宇。

女人的柔和劝阻与男人的愤怒混杂在一起，形成了一种和谐却又奇怪的感觉。

他们说了许多，陆宇只开口说了一句："我自己会回去。"

苏建明也发现了前面的动静，所以放慢了车速。临近九点，路上车不多，他们这样也不会耽误别人，不远处的几个人压根没有注意到他们。

"吵架了吧。"杨琦说。

"你能耐你自己回去！"接下来，男人拉着邱华上了车，不顾她的频频回头与挣扎，那男人看也不看陆宇。

车子呼啸而过。

苏可西没想过陆宇的爸爸是这样的。如果脾气这么暴躁，那上次陆宇额角受伤也是因为他了？

过了一会儿，陆宇才继续往前走，他双手插兜，走路的速度不快不慢，偶尔掏出手机看几眼，仿佛一点都没有被影响到。

大概是看他一个人有点太可怜，苏建明将车停在他身侧，按下车窗："要上来吗？"

陆宇扭过头，后座的苏可西从车窗里伸出头。

他礼貌道："不用了，谢谢叔叔。"

这副面无表情说话的模样，就像是当初还没转学前的他，这令苏可西一阵恍惚，她想了想，给杨琦发消息——

我不回去了，我在外婆这里住一晚，明天自己搭车回去。

听到手机响声，杨琦低头看手机。

过了一会儿，她回过头看了一眼苏可西，发道——

你自己要是想好了，我不干涉你，晚上我会给你外婆打电话问你回没回去。

苏可西乖乖应道："谢谢妈妈。"说完，就欢快地推开车门下去了。

苏建明不明所以，正要问原因，却被杨琦按住："她今晚不回去了，我们先走吧。"

等车走了，陆宇扫了她一眼："你下来干什么？"

苏可西回答："陪你啊。这里离市里挺远的，你要走回去吗？干脆和我一样，在外婆家住一晚。"

陆宇额角上的纱布还在。

苏可西伸手碰了碰，这次他没有躲开，任由她触碰。

秋夜里有点冷，他的脸上凉丝丝的。

偶尔有几辆车驶过，片刻的喧嚣过后又是寂静。

陆宇比苏可西足足高出一整个头，他低眉看着她的眼睛，那里似乎闪着光，一点也不比后面的星光背景差。

他忽然出声："你没必要留下来。"

苏可西仰着头，直视他的眼睛："可我想留。"

口袋里的手机振动。

陆宇没回答她的话，低头看秦升发过来的消息。他刚刚在路上抽空说了自己走回去的事，秦升要找车过来，现在倒是不需要了。

他看了一眼拢着外套的苏可西，路灯下，她的鼻尖被冻得发红。

陆宇舔舔嘴唇，眼神飘忽了一下："走了。"说着，就自顾自地往前走。

苏可西跟在他后面，走得有点慢。不过两个人之间的距离倒是一点没多。

走到路口，不远处传来歌声和吵闹声。苏可西转了转眼珠，拽了拽陆宇的衣角，提议道："咱们去那边看看呗，好像很好玩的样子。"

陆宇皱着眉。

苏可西说："你还记得你上次给我的纸条吗？别说话不算话啊，你自己写的。"

陆宇扬眉："去去去。"

"那行吧，咱们快点，不然待会儿结束了就没的看了！"

声源处是一个广场，现在还没到十点，广场上的人挺多。

人群围成了一圈又一圈，从外面只能看到火光映天，周围一片起哄声和拍掌声。

苏可西个子小，看不见人群里面的场景。

陆宇被她带着在人群外面转了一圈，却没挤进去，他开口说："你就不能靠谱点？"

苏可西委屈地道："我也想。"

可她人小个子矮，挤不进去，那怎么办？

陆宇嘴角一扯，拉着她径直往人群里走，他压根没挤，人群中的那些人仿佛都自动让开了似的，苏可西轻而易举就到了最里圈。

正在进行的是杂技表演。这种表演现在在市里是见不到了，苏可西也就在电影里见过，真正看到现场，她还真的特别激动。

周边都是惊叹声："真的钻进去了，一点都没被火烧到，真厉害，我还以为电视里的都是假的，没想到能见到真的。"

"哇，好厉害！"

"妈妈，这是真的吗？"

苏可西看得津津有味，最后连旁边的陆宇都忘了。

杂技表演的演员为了能让所有人看到表演，绕着人群转了一圈。

苏可西盯着那个火圈，想跟着过去，却被陆宇一把拽住了。

旁边一位中年女人拍了拍她："这黑灯瞎火的，不要一个人跑，你朋友都急了。"

中年女人旁边的男人附和地点点头，倒是没开口说什么。

苏可西被说得脸红，她扭过头看到陆宇有点黑的脸色，赶紧道歉："对不起啊。"

陆宇斜眼看她："呵呵。"

每次他说这两个字的时候，苏可西就知道没什么事了。

一场精彩的钻火圈表演结束过后，又开始了新的表演。

接下来的节目比较特别，两个杂技演员表演了一段后，停了下来，看向周围的围观群众："接下来我们会邀请一位路人和我们一起表演，这是绝对安全的。有自愿的吗？"

观众们看得起兴，但真正轮到自己时，就不愿意了。

围观的路人们加起来有上百个，却没一个举手的，有小孩子想要举手，但手还没举起来就被家长拦住了。

这样的情况下，杂技演员只能自己选人，他们将一个小硬币抛出去，落在谁的面前就选谁。

苏可西还在看热闹，硬币就落到了她面前。她还真的有点跃跃欲试，毕竟这种奇妙的体验还挺好玩的，也算是一种特殊的经历。

杂技演员伸手请她过去。

苏可西才抬脚，就被旁边的人拉住。

陆宇凶巴巴道："去什么去？"

苏可西看了一眼等待的两个杂技演员："我就试试，看起来没什么危险，又不是钻火圈什么的。"

他回过神，声音放软了不少："别去。"

苏可西看着对方的神情，猛然间觉得有些不好拒绝，愣神了片刻，跟着他出了人群。

等回过神的时候，两个人已经走了好大一截路了，她回头都只能看到广场上模糊的影子。

苏可西不满地掐了一把陆宇："你故意的吧。"

陆宇无辜道："没有。"

就否认吧，苏可西觉得他刚刚肯定是故意的，故意让她没有成功表演。

她还没说话，陆宇以为她心里不开心，主动开口，虽然只有短短几个字："不安全。"

苏可西咧开嘴："你就直说你担心我不就行了。"

陆宇别开脸："没有。"

"哦，我知道你爱说反话。"苏可西点点头，"以后你说的话我都反着来听。"

陆宇没回答她的话。

回到外婆家已经十点多了。

邱奶奶正和外婆坐在一起聊天，看到他们回来一点都没惊讶，大概是杨琦事前说过吧。

外婆看到苏可西回来，笑眯眯地说："已经收拾好房间啦，保证暖乎乎的，不让西西冻到。"

外婆说话还带着语气词，苏可西觉得她有些可爱，抱住外婆就是一顿猛夸，直让外婆高兴得笑出声来："热水已经好了，快去洗洗吧。"

老家常备着她的衣服的，一点也不用担心。苏可西应了一声，跑到楼上，快速洗完澡就躺在床上。

家里没有 Wi-Fi，她只能花钱买流量，但流量用起来总是没那么爽。过了一会儿，她忍不住了，跑去了阳台。

这间屋子的阳台和隔壁邱奶奶家房间的阳台是相邻的，阳台外面装着一层透明的玻璃窗，还可以打开。

苏可西看了一会儿对面，阳台里面的推拉门关着，但灯是开的，有人影晃来晃去，看起来似乎是陆宇，她听到那人影手机里放出来的语音是秦升的大嗓门，不会错的。

又过了一会儿，对面的人影没再出现。

老家房子的隔音差，她很容易就听出来对面关门的声音。

苏可西酝酿了一会儿，搬了个小凳子过来，悄无声息地推开窗户，踩着凳子爬了过去。这屋子的窗户原本设置得就不高,她站在一点点高的凳子上,很容易就能跨过去,一点难度都没有。

对面的阳台门没上锁,她轻轻推开。

房间里一个人都没有,只有里面的洗手间有水声,估计是陆宇在洗澡。

苏可西以前也来过邱奶奶家里,对这里很熟,坐在床边等着,不知道陆宇什么时候出来。

她穿着夏季的睡衣,还是暑假的时候留在这边的,就薄薄的一层,这会儿胳膊和腿全露在外面,有点冷。

等了好一会儿,苏可西有点受不了冷,干脆轻轻地掀开被子躺进了里面,不能冻着自己啊。

他的床一看就知道是新铺的,这肯定都是邱奶奶准备的,枕头上一股白天晒过阳光的气味,躺在里面很舒服。

洗手间的水声突然停了。

苏可西一呆,很快反应过来,连忙直挺挺地躺好,拿被子盖住头。

没过多久,洗手间的门被推开了。

陆宇围着浴巾,径直走到床前,拿起衣服后终于发现了不对劲。

这床怎么鼓了那么一大块?

他绕床一圈,看到一双有着兔子耳朵的棉拖被放在床头。是谁的显而易见了。

陆宇盯着床上:"出来。"

被子里面没半点反应。

他掀了掀被子,将被子一角抬起,被窝里灌进去不少冷风,终于让里面的人受不了了。

这人是故意的!苏可西在心底怒喊!

她用胳膊掀开被子一角,只露出头,瞪了陆宇一眼。

陆宇:"别眨眼。"

"哦。"苏可西点点头。

陆宇站直，和她对视，一字一顿道："这是我的房间。"

苏可西没话说了。

门突然被敲响，邱奶奶的声音跟着响起。

"还缺什么？这边没有你的衣服，只能穿你爷爷的，都是洗干净的，明天给你买新的……"

她说着拧开了门把手。

不等苏可西反应，陆宇把苏可西的头一按，再盖上被子，动作行云流水的。

下一秒，邱奶奶推门而入。

苏可西被裹在被子里动也不敢动。

"这是干净的，你将就一晚。"

邱奶奶的眼神不太好，进了门也没发现那双被遗留在床头的拖鞋，她笑眯眯地放下衣服。

陆宇伸手接过："谢谢外婆。"

"明天我找人送你回去，今晚就好好睡一觉。"

"我知道了。"

"你别上面不穿衣服，冷。"邱奶奶喜欢陆宇这礼貌的样子，她看着乖巧的孙子，笑容又盛了几分，叮嘱了几句后，转过身离开。

门又关上。

苏可西听着关门的声音，从被子里钻出来一个头："邱奶奶走了啊，我要透透气。"

"嗯。"陆宇应了一声。

苏可西急急忙忙地从床上跳起来，爬窗回了自己房间。

陆宇："……"

第二天，午后吃过饭没多久，苏可西就要回市里。

下午还要回校上自习，她必须先回家把自己的东西和包拿了，然后才能回校，这么一算，她并没有多少时间。

这里每天都有三班车回市里，早上八点，中午一点，还有晚上五点的,迟了就没车了。

家里的司机倒是可以来接,但太麻烦了还不如她自己坐车回去。回去的总路程也就一个小时,最主要的是苏可西想和陆宇一起回去,两个人一起坐车多好。

临出门的时候,苏可西去逛了一趟小卖部,买了点零食,还有一小袋辣条。

辣条才露出个口,就被外婆没收了。

苏可西撒娇:"外婆我就吃一点点。"

"这有什么好吃的,家里有零食,我给你带点。"外婆说着,从房间里拿出一大袋吃的东西。

苏可西叹了口气:"可我想吃辣条。"

这种辣条市里压根见不到了,也就在老家这样的小店里还能找到一点,童年回忆啊,她忍不住。

外婆一点也不为所动:"吃什么垃圾食品,回去让你妈妈给你买有营养的,乖,车马上就来了。"

陆宇站在门口。

还有十几分钟就要发车了,苏可西也不想和外婆吵起来,便没再提这件事。

希望下次回来还能买到,或者待会儿在车上,她可以用手机买一大箱藏在家里。辣条这种垃圾食品,家里没一个人同意她吃。

小时候她每次都是在外面吃了才回去,但有时候还是能被大人一眼看破,也不知道杨琦从哪来的特异功能。

一直到走出门,苏可西也没能从外婆那边把辣条偷回来。

要在车上坐一个小时,待久了苏可西和陆宇两个人也有点尴尬。

没话说的时候,苏可西就开始打瞌睡。

"宇哥昨天怎么一整天没消息?"

陆宇还没听完,肩膀上传来一股沉重感,他侧过脸,就看到了苏可西长而卷的睫毛。

陆宇别开脸。

苏可西醒过来的时候,发现自己正靠在陆宇身上。

她眨眨眼,准备再睡一会儿,没想到下一刻,司机就停车了:"到市里的就在这儿下车了。"

苏可西:"……"

晚自习结束后,苏可西和唐茵一起回宿舍。

"我不知道会在那里见到他。"她和唐茵提了一下老家发生的事情,"唉,虽然我们两个没有说这件事,但我总觉得是个疙瘩。"

话是这么说,她对自己还是很有信心的。

唐茵只是静静听着,没有说话。

宿舍里安静得很,只有她们两个先回来了。

苏可西直奔阳台拿衣服:"我先去洗澡。"

洗手间的水声响起,唐茵的目光却落在苏可西的床上,她扬声问:"你回过宿舍?"

苏可西的声音从洗手间传出来:"没啊。"

她下车之后就直奔教室,周末的自习教导主任经常出来巡查,一旦发现少人了就会记下来,所以苏可西也不敢有任何耽搁。

"那你床上放着一箱东西呢。"唐茵伸手翻过正面,念出声,"辣条?"

话音刚落,洗手间的门就被推开了。

苏可西身上还冒着热气,她一眼就看到了正摆放在床上的一个箱子,不算大,大约她的两个手掌宽。

唐茵转过身:"你的辣条?"

"啊,我的。"苏可西说。

唐茵狐疑地看了她一眼,想了想说:"看来是有人偷偷进我们宿舍了,还没被宿管阿姨发现。"

苏可西被她说得心虚:"哈哈哈。"

因为宿管阿姨每天都要在所有人去上课后进入每间宿舍检查打分,所以宿舍一般都不会上锁。

碰上周末,因为有的人会回来得很迟,所以宿舍门一般也仅仅是插上而已,那些贵重物品,宿管阿姨会叮嘱她们放在柜子里并锁上柜门。

下午她和外婆说话的时候,陆宇就在门口,可能是看见了她留下的那袋辣条,要不然他就是听外婆说的。

基本只有唐茵和大人知道她喜欢吃辣条,而他们都不可能给她买的,那唯一可能会给她买的人就只有陆宇了。

"你笑起来那样子真傻,赶紧去洗干净身上的泡沫。"唐茵推她进入洗手间,"你待会儿自己拆了。"

苏可西应道:"好好好。"

"你回来时候抱的那一箱是什么?"

奶茶店里,林远生问秦升。

秦升吸了口奶茶:"辣条!不知道吧,整整一箱,我跑了好几个商店,最后才找到一家有卖的。"

那种辣条都快要消失了。

林远生想了想,说:"宇哥要的?"

"是啊。"秦升说,"下午我才吃完饭,他就说要我帮忙找这个辣条,他急得要死,不知道要干吗。"

这话放得这么狠,他当然要找了。

最后直接给了陆宇一箱。

林远生点点头:"看他去哪儿就知道了,不出意外,嘉水私立中学。"

秦升"啊"了一声:"原来是苏可西喜欢吃辣条。"

看不出来啊,皮肤那么好,不像是垃圾食品吃多了的样子。

"宇哥也不怕这一箱把苏可西吃便秘了。"秦升慢悠悠地说,"可真大方。"

"这话你也说得出来。"

"事实啊。对了两个星期后的篮球赛，你练得怎么样了？"

林远生摇摇头："我不去了，我就看看，那时候快圣诞节，太冷了，窝在教室里舒服。"

"出息。"秦升翻白眼。

两个星期之后，苏可西基本将辣条都吃完了。

其实一箱里并没有多少，只是占了个盒子在那里，实际分量不多，每天吃上一袋，再分分室友，很快就没了。

随着越来越接近冬天，晚上天黑得越来越早。

一放假，苏可西就直奔三中，这次她没有去教学楼，而是在操场边看人打球边等陆宇他们。

等了没一会儿，陆宇他们出了教学楼，她走过去，和陆宇他们一起去吃晚饭。

三中这边现在晚上有大排档，平时人还挺多的。苏可西和陆宇他们四个人凑了一桌，点了一点菜。

"上次的辣条，小姐姐吃得怎么样啊？"秦升吃了一会儿，偷偷朝苏可西眨眼，"我可是——"

他话还没说完，就被直接踹了一脚。秦升倒吸一口冷气。

陆宇正冷冰冰地盯着他。

秦升默默地动了动脚腕，虽然刚刚一点也不疼，但是对方这猝不及防的动作，真的吓了他一跳啊。

苏可西吃了一口菜："怎么了，继续说啊？"

秦升连忙说："我就是问问好不好吃，宇哥可是急着要的。"

苏可西扭过头看陆宇，问："是不是？"

陆宇说："不是。"

苏可西又转向秦升："他承认了，秦升谢谢你啊。"

秦升："……"

不是很懂你们之间的对话。

吃完饭后几个人回了三中,苏可西径直跟着他们去了教室,外面天一黑就冷,她可不想冻着自己。

"你旁边不是没人坐吗?我就坐一晚上。"她撑着下巴说,"晚上我再回家。"

陆宇说:"随你。"

他将一本练习册扔过去。

苏可西翻开练习册,上面都是空的,而在书里竟然还夹着完整的答案。

"我帮你做啊?"她转过头,"你给我什么报酬?"

"报酬?"陆宇咧开嘴。

他乍然露出这样的表情还有点吓人,苏可西蒙蒙的,就听到他说了句:"你想要什么?"

苏可西想了想:"暂时想不到。算上这一次,你已经欠我两次了,以后有你还的。"

陆宇点点头,趴在桌子上睡觉。

苏可西撇撇嘴,摊开习题册,决定抄答案。

她知道这些题他都会做,与她不同,陆宇大概是那种真正的学霸,一想起这个,苏可西就郁闷。

她写练习册的时候哼哼了半天。

秦升乐呵呵地说:"老师从来不看下面,晚自习你在这儿,你干啥都没事。"

晚自习开始了,老师果然没发现她。

她看向秦升:"我怎么觉得你话里有话呢?"

"没没没。"秦升连忙摆手,"你一定是听错了的。"

苏可西没再说话,怕引起老师注意。

抄完作业,一节晚自习已经过半了,她索性趴在桌子上睡觉,她今天午睡都没睡好,所以不一会儿就睡着了。

秦升玩了一会手机，觉得无聊，又想回头找苏可西说话。

一转头，他就看到陆宇和苏可西面对面伏在桌子上，唯一不同的是，苏可西闭着眼，显然睡着了，而陆宇的眼睛还睁着。

苏可西身上盖着校服呢。

秦升看到这一幕，默默地回头，他刚一回头，数学老师突然出现在门口。

数学老师直接看向最后一排："陆宇，你来我办公室一下。"

语气不太好，显然是有什么事情。

教室里的人齐刷刷地都扭头看着最后一排。

苏可西醒过来，迷迷糊糊小声地问："怎么了？"

她一起身，身上的校服往下滑，吓得她赶紧用手接住，放到腿上，晚上了，还有点冷。

"没事。"陆宇不在意地回答。

他径直起身，从后门直接出去，一点也没有表现出被老师找的那种心虚的感觉。

苏可西清醒后，拿笔戳了戳秦升："知道发生什么事了吗？他考试成绩下降了？还是怎么的？"

秦升扭着头："不知道，按道理来说应该没什么事，宇哥数学成绩那么好，数学老师拿他当宝。"

事实上，三中每个老师都拿他当宝，纷纷期待着他能在明年的高考一鸣惊人。

苏可西有点不安，她站起来，小声说："我去那边偷听一下。"

反正她不是这里的学生，被看到了也没什么，三中对外来人员的管理也并不严。

秦升说："那你小心点。"

讲台上的老师正在专心玩手机，一点都没有注意到她出去了。

教师办公室在这一条长廊的最尽头，距离操场很近，一出办公室后门，就能看到操场。

苏可西走过其他教室，停在办公室门边。

外面是黑漆漆的夜色，唯有这里开着灯。老师们基本在看自习，办公室里只有一两个老师，叫走陆宇的数学老师此刻就站在办公室的后门处，背对着她。

陆宇正巧和她对上眼神，苏可西看到他那漫不经心的表情。

窗户没关，老师的声音清晰地漏出来。

"你这作业上面的字迹不是你的吧？班上好像也没有这种字迹，是谁帮你写的？"数学老师翻开试题册，"我对你抱有很大的希望，陆宇你不要让人失望。"

陆宇听着，也不说话。

数学老师继续说："我知道你也不是多循规蹈矩的学生，但至少以前的作业是自己做的，这一次居然发生这样的事，陆宇，你不要拿自己的前途开玩笑。"他顿了顿，"如果不是有人告诉我，我还不知道，你是让外校的人帮你抄的？"

陆宇抬眼："有人？"他咀嚼着这两个字，玩味地笑了。

正巧下课铃声响起，教室里的人都出来了。

苏可西早已经换了地方，她没站在办公室门边上，而是在栏杆边待着，她靠在栏杆上，看着办公室里的情景，不知道待会儿会发生什么。从外面听起来，里面基本上都是老师一个人在说。

秦升和林远生从远处走过来："宇哥还没出来啊？"

"没。你们数学老师发现我给他抄作业了。"苏可西摇头说，"正训着他呢。"

"数学老师事真多。"秦升吐槽。

大概是有人进办公室里交作业，看到陆宇正被老师教训，回班后一宣传，围观群众忽然就多了一大串，占满了走廊。

平时哪能看到老师训陆宇，都是老师们拿陆宇举例子教训别人。

"看这架势，挺严厉的。"秦升说。

苏可西低头，又抬起头看其他地方，小声说："听老师说，是有人告密的。"

秦升一下子惊到了:"哇,谁啊,这年头还玩告密这回事?"

三中这个学习氛围下,哪个人没抄过作业,整个学校都拉不出两个人出来,这么小的事,居然还有人告密。

林远生想得多,提醒道:"这事也就后面那几个人知道,但晚自习前我没看到他们出去过。"

这事简单。苏可西给陆宇抄作业的时候正是快要上晚自习的时候,之后上课,就没人出去了,不可能是本班的人告诉老师的。

有可能是那些知情人和别人说了,别人给老师打的小报告。

"也就是说是让别人告诉老师的了。"秦升撇嘴,"同班同学这样做,也实在是没有同学情谊了。"

苏可西看向办公室里面,陆宇已经坐了下来。

周围的围观群众听到这么个秘密,还觉得挺劲爆的。因为抄作业这种小事打陆宇的小报告,这必然得隐藏着什么不为人所知的秘密啊。

办公室里面的声音透过窗户传出来。

"什么人不重要,但你这样不行,作业是巩固基础的,你平时成绩再好也要好好做题……"数学老师说得语重心长。

陆宇的目光定在窗外,看向走廊的一众人。

苏可西对他挥挥手,做口型。

数学老师还在说话:"你就算作业不想写,觉得简单了,让外校人来是什么——"

陆宇打断他的话:"她是我的朋友。"

数学老师一愣:"什么?"

陆宇敛眉,原本还漫不经心的,突然正经道:"下次不会了,请老师放心。"

秦升惊呆了:"哇。"

围观群众也惊掉了一地的眼珠子。

周围都在吃惊中,秦升率先反应过来,惊叹一声,撞了撞她:"快快快,回一句。"

苏可西愣愣的:"要回啥?"

秦升语塞了一下,想到小学妹昨天和他说的,贼兮兮地说:"就随便说点什么。"

林远生翻白眼:"你别搭理他,他又发病了。"

秦升可不高兴了。

苏可西都没想到这么一出。

陆宇说这话的时候都是看着她这边的,明显是对她说的。

"发生什么了?"温婉的声音从后面传出来。

庄月高挑的身影也随即出现,她慢慢地往前走。

周围窸窣的议论声停了下来,不少人的目光都在庄月和苏可西身上来回转,一副看好戏的表情。

这段时间,庄月的态度很明显,旁边有人将刚刚发生的事情和她提了一下。

庄月的眼神停在办公室对面的苏可西身上,片刻后移开:"外校的人怎么这么晚了还在这里?"

秦升道:"三中还管这个?你也不是纪律委员吧?"

学校里有纪律委员,但平时都没怎么管这些,庄月不是纪律委员,也没权利管这些。

庄月没回答,只是眼神冷了几分。

CHAPTER

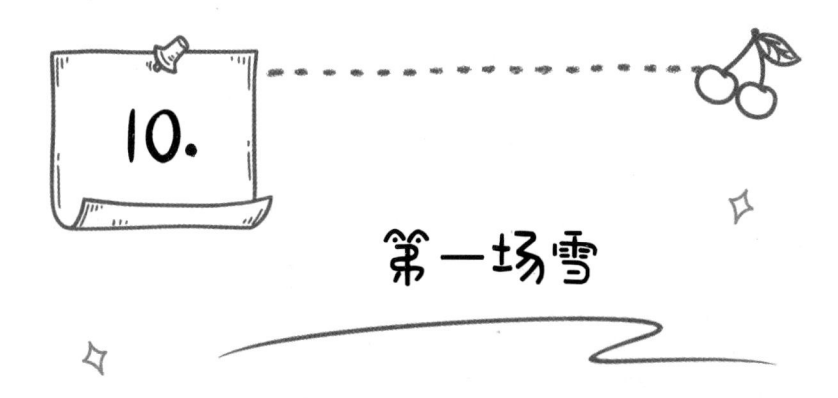

10.

第一场雪

If love is truth, then let it break my heart.
If love is fear, lead me to the dark.

If love is a game, I'm playing all my cards.

办公室里。

数学老师回过神:"你说什么?你刚刚说的是真的假的?"

他做老师还是头一回听到学生这么个回答,更别提还是成绩好的学生了,要是个差生也就算了。

"你现在快要高考了,一切的重点都应该放在学习上才对……"数学老师忍不住开口说,"不要总分心接触校外人员。"

陆宇等他说完,又好脾气地重复了一遍一开始的那个回答,又补充一句:"我朋友挺好的。"

他还"嗯"了一声。

连一个字都没落下,把旁观的一众学生都看得激动起来。

听见陆宇说的话,秦升忍不住"哇"了一声,笑嘻嘻地看苏可西,说:"小姐姐挺好的?"

苏可西眉开眼笑:"我当然最好了。"

要不是她好,能让陆宇这么说嘛。

苏可西的这句话,是所有人都没预料到的。

不时有人将目光落在庄月身上,但看到对方没什么变化的表情时,心里不由得有点纳闷。

良久,数学老师才组织好自己的语言,还没等他开口说话,陆宇又站起来道:"老师我还有事,就先回去了。"

数学老师愣愣地点头。等人出了办公室,他才反应过来自己竟然就这么放人走了,他本来是要训人的,怎么最后好像没训着人,怎么回事?

陆宇吊儿郎当地出了办公室,围观的人几乎占满了走廊,也有不少人回了教室,趴在窗户上看热闹。

他的目光看着对面的三个人,问:"都在这儿干什么?"

秦升答:"陪她等你啊。"

苏可西眨眨眼:"等我的好朋友啊。"

围观的群众都发出阵阵起哄声。

陆宇的眼里亮闪闪的,他走近苏可西,和对方并排站着。

庄月站在他们的对面,轻轻咬牙,旁人的目光在她看来都已经不足为道了,让她在意的是那些小声的议论声。她也不是多崇拜陆宇,但从来没有她得不到的东西,只有她不想要的,人也一样。

令她没想到的是,陆宇慢悠悠地往前走,路过她身边的时候,冷冷道:"真多事。"

这声音不大不小,却正好让人都听见。

苏可西回头看到庄月的表情,对方的脸色不太好看。

苏可西小声地问:"你刚刚的意思,这件事是她做的吗?"

"嗯。"陆宇漫不经心地回答。

庄月待在原地,垂在身侧的手攥在一起。

刚刚那些人正常的眼神仿佛变成了嘲笑和嘲讽……她唇角微扬,昂着头,如同平常一样,离开了这一层楼。

秦升一直盯着她:"不得了,庄校花居然还能干出来这样的事,真的是嫉妒使人盲目啊。"

以前在别人眼里多正常的人。

林远生瞥了一眼庄月离开的方向:"不过是真正的性格暴露了而已,我早就觉得她太能伪装了,今天倒是真的被暴露真面目了。"

做就做，这种做派真让人不喜欢。

苏可西被陆宇带着出了校门。

"你该回去了。"他低声说。

外面的路灯散发着昏黄的灯光，一对比，校园里比外面还要黑，夜色中，陆宇的表情看得不太真切。

"好。"苏可西这次没强留，她笑着说，"今天真高兴，希望下次你再接再厉。"

陆宇冷笑一声。

苏可西并不在意，眼睛笑得弯成了月牙，她压根不顾他怪异的脸色，只说："我回家了，明天见。"

明天希望又是心情美好的一天。

大约是因为非同一般的周五，苏可西一夜好梦。

早上醒过来的时候，她盯着窗户漏进来的阳光看了半天，傻呵呵地笑出声了。

周六总是元气满满的一天，什么都不用做，日常围观爸妈秀过恩爱后，她便随便找了个借口出去了。

昨晚她准备约陆宇去家附近新开的一个游乐场。苏可西在微信上磨了许久，他终于同意了。

游乐场刚刚建成，恰巧今天出了太阳，天气很好，因此游乐场的人也很多，看起来几乎有名的项目都需要排很久的队。

两个人约定在门口碰面，苏可西因为堵车迟了一步，等她到了游乐场门口，就看到有女生在找陆宇要微信号。

她顿时不开心了，拉过陆宇就走。

一直进到游乐场里面，陆宇才开口："没给。"

苏可西这才开心起来："这才对，不能给。"

两个人买了全票，直奔鬼屋。

鬼屋的人倒是不多，他们等了几分钟就进去了，一进去看到里面黑漆漆的，苏可西下意识地揪住陆宇的衣服。

"啊!"

过道里突然冒出来一个上吊的白影,将苏可西吓得往陆宇那边一跳,被他扶住,苏可西才没倒在地上。

陆宇翻了个白眼:"你要是怕就别进来。"

苏可西嘿嘿一笑:"害怕才要玩,这样才有趣,你怎么一点都不懂。"

陆宇冷笑一声。

苏可西眯眯眼,不再说话了,乖乖地在他身边待着。

接下来的一段路程都不算恐怖,都很好玩。

苏可西其实并不怎么怕鬼,只是前面那个白影出现得太突兀,她才被吓到了而已。

从鬼屋出去后,苏可西的兴趣高了一点。

陆宇还是那张冷淡的脸,要不是性格变了,她几乎还以为这是上学期的那个他了,不过现在好像他的情绪表达得更明显了。

陆宇插着兜问:"还要玩什么?"

苏可西看了一眼远处:"大摆锤?"

陆宇看都不看:"不就是甩来甩去,有什么好玩的。"

苏可西只能换一个:"那海盗船?"

陆宇低头看她:"你能不能玩点淑女的?"

"不能。我不是淑女。"苏可西摇头,她看了一眼另外一边排队的人,问,"你坐过山车吗?"

过了一会儿,陆宇说:"随你。"

苏可西虽然不清楚他为什么停顿了那么长时间,不过也没放在心上,只说:"随我啊,那就坐了。"

她拉着陆宇去排队,兴冲冲地等着到他们玩。

过山车一排两个座位,一次总共也就能坐二十人,等待的时间加起来比玩的时间还长。

往往是准备三分钟,体验一分钟。

站在过山车底下的等待区,尖叫声、欢呼声不绝于耳。

陆宇盯着前面弯弯曲曲的车道,抿了抿唇,他微微侧头,就看到苏可西那激动的表情,她兴奋得脸色微微泛红。

苏可西忽然转过头:"你干吗偷看我?"

陆宇别开脸:"没看你。"

"那你看谁?"

"我自己。"

"那你是厉害了。"苏可西也不戳破他的谎言,笑嘻嘻地拉着他往前进了一点。

她和陆宇还真没来过传说中的游乐场,这还是第一次,感觉的确不一样。

排了许久,终于快轮到他们了。

苏可西计算失误,上一轮正好在他们面前,他们两个只能等下一轮。

没想到,前面的女生主动回头说:"你们两个先来吧,我们是三个一起的。"

苏可西礼貌道:"谢谢。"

她连忙拉着一看就不在线的陆宇上了台,直到坐在椅子上,心跳才开始加速。

陆宇深吸了一口气,掰下胸前的防护装备,他闭了闭眼睛,嗤笑一声。

苏可西转过头看着他,用手碰了碰他:"你恐高吗?"

闻言,陆宇目不斜视,只哼了一声。

等了没多久,有声音响起,过山车慢慢地向前滑,他们坐在最后一排,还能听见前面人高兴的欢呼声。

过山车缓慢地上了一个接近九十度的坡,气氛几乎到了最紧张的时候,苏可西几乎将眼睛闭起来,她问陆宇:"你害怕吗?"

人在空中,陆宇的声音飘忽着,但还算清楚:"怕什么?"

苏可西点点头,过山车下降的那一刻,她的心跳都要停了。
　　下一秒,过山车又爬上一个三百六十度的圆,终于到达了最刺激的时刻。
　　苏可西不恐高,但是遇见这么刺激的时刻,她还是忍不住兴奋地叫出声来。在这样的高空上,放肆地尖叫有一种很舒服的感觉。
　　就在她的心快要跳出胸腔的时候,手突然被握紧了。
　　她微微眯眼,很艰难地看到陆宇朝她伸手的动作,他的侧脸都白了,嘴唇紧抿着。
　　苏可西的手被他灼热的掌心包围。
　　苏可西动了动手,没抽出来,反倒被攥得更紧了,她张嘴叫:"你别拽这么紧!你要是怕就叫出来!"
　　风声呼啸,伴随着耳边无数人的尖叫声,一切都听得不真切了,但她却偏偏听到了陆宇的声音。
　　"我才不怕!
　　"我怕你掉下去!"
　　这句话说得很大声,似乎咬着牙说的。
　　苏可西在那么高的空中,差点笑得上气不接下气。
　　她回握住他的手,叫道:"是是是,我也好怕,你快握紧我,我怕我掉下去!"
　　过山车缓缓停住。
　　苏可西缓了一会儿,看向旁边的陆宇:"你怎么还不动?"
　　等了一会儿陆宇才回答:"哦。"
　　苏可西跳下椅子,拍了拍他微微发白的脸:"你是不是被吓傻了?快笑一个给我看看。这是几?"
　　她伸出手指。
　　陆宇翻了个白眼:"你怕是傻了。"
　　苏可西笑嘻嘻地说:"你没被吓傻啊,那快下来。"
　　苏可西心知陆宇怕是恐高,这个她以前是不知道的,此前两个人很少出来玩,平时在学校里的相处时间比较多。其实说多也不多,但比起现在来,已经挺多了,那会儿起码可以天天见到。

陆宇恐高这件事,她一点也不清楚,不过看着陆宇没有太大的反应,她松了一口气。

苏可西心里有点愧疚:"不玩了,我们去吃饭吧,我听秦升说今天下午体育场有你们和别人的篮球赛,吃完去那边逛逛。"

陆宇半天没反应。

等了一会儿,他才反应过来,点点头:"嗯。"

游乐场周围也有新开的小饭馆,两人同行有优惠,店家还可以给两个人照一张相。

拍照的服务员笑着说:"你们两个人可以再靠近一点哦,这样照片才好看嘛。"

苏可西捏了捏陆宇的脸:"笑。"

陆宇龇牙。

过了一会儿,照片便出来了,被服务员送到苏可西的手上。

看到照片上面两个人诡异的表情和姿势,她看了半天,叹了口气,将照片递给了陆宇:"你看。"

陆宇盯着看了一眼,伸手揣进了自己兜里。

苏可西目瞪口呆:"这是我们两个人的,你自己一个人揣兜里什么意思?"

她伸胳膊要去掏照片,却被拦住了。

陆宇斜斜靠在椅子上:"里面有我,当然是我的。"

三中和二中的篮球赛在一个公共的体育场举办。这个体育场在一个公园的不远处,里面的体育设施非常齐全,篮球场也建造得很漂亮。

苏可西和陆宇到的时候,比赛刚刚开始,他们在店里耗了将近一个小时,因为照片的归属问题差点吵起来,最后苏可西还是没得到照片。

秦升和林远生坐在篮球场旁边看着。

下午天气更好了，太阳照下来，虽然不刺眼，但对运动的人来说还是比较热的。

篮球场边上来了不少围观的女生和男生们。

苏可西坐在离比赛场地不远处的秋千上。

身后半天都没一点动静，她回头看着陆宇："你推推我，你看看旁边的那个女生，人家的朋友推得多好。"

陆宇不耐烦地说："自己用脚蹬。"

说归说，下一刻，他还是推了起来。

坐在他们旁边的秦升几乎要笑出声来。这就叫口是心非，嘴里说的和身体做的压根不一样。

陆宇推得不高，不过也足以体验了。

正在苏可西往下荡的时候，她看到围观群众突然出现了骚动。

"天哪！"

"快让开！"

苏可西朝篮球场上看，看到一颗高速旋转的篮球正往这边弹，而此刻她还荡在空中。虽然她待的位置和篮球场有点距离，但篮球的速度很快，几乎是片刻间就到了她眼前。

苏可西急停下来，人站在地上，往后退了一点。

篮球带着力道往苏可西这边飞来。

她身后的陆宇却上前一步，抬脚用力地踢了过去，方向有些偏，猝不及防地，篮球撞上秋千架，发出一阵响声，在地上滚来滚去，旋转个不停。

苏可西心里有些后怕，心想这得是多大的力气，她连忙看向陆宇，担忧地问："你刚刚怎么用脚踢，躲开不就行了，没事吧？"

他踢的时候发出那么大的响声，这会儿他的脚肯定很难受。

陆宇却毫不在意："没事。"

苏可西不信，走过去蹲下来，想要撩开他的裤脚："你让我看看是不是真没事？"

陆宇将她拽起来："看什么看？"

苏可西不起来，自顾自地抱住他的腿，伸手去掀他的裤脚，两个人在体育场拉扯起来。

陆宇抬眼看了一眼周围，低声道："大庭广众的，注意点。"

"我就看看你受伤没，和别人有什么关系，还大庭广众……"苏可西头也不抬地回答。

周围的人全看着这里。

陆宇的一条腿还被苏可西抱着，苏可西掀开裤脚后，看到陆宇微微有点红的脚踝下方，心里有点心疼。

"这么点红又不会死。"陆宇把她拉起来，不自然地开口。

苏可西将信将疑，没再僵持，站起来说："如果过一会儿瘀青了一定要去敷冰，指不定还要买药。"

陆宇随口应道："是是是。"

打篮球的男生们这时候才敢围过来。

罪魁祸首小心翼翼道："宇哥你没事吧？刚刚不好意思，脱手了，幸好没砸到你们。"

陆宇虽然没穿校服，也没和秦升他们在一起，但这么出挑的一张脸，在人群里很容易就认出来了，本来想着道个歉就行了，谁知道碰到他。

苏可西见陆宇不高兴回答，代替他说："没事，不过以后要小心点，砸到人就不好了。"

那人还没见过她，但也听过她的事情，比如昨晚才发生的轰动事件，立刻应道："好的，小姐姐。"

她撞了撞陆宇："应句话。"

陆宇不耐烦说："就听她说的。"

隔壁二中的自然也认识苏可西。

秦升凑过来："宇哥，小姐姐，咱们离远点吧，他们技术不太好，指不定待会儿还要出意外。"

"和你们对打的是二中的啊。"苏可西问。

秦升回答:"对啊,你怎么知道的?"

苏可西指着其中一个人:"那个人我上学期见过,要不是他刚刚看过来,我还没想起来。"

秦升顺着她指的方向看过去:"他呀,篮球技术挺好的,不过人品似乎不太好。"

苏可西正要说话,脑袋却被陆宇扭过来:"有什么好看的。"

秦升转头看一眼陆宇,道:"宇哥,小姐姐,我去看比赛了。"

他说着就跑了。

体育场外面是大马路,这会儿汽车并不是太多,但骑自行车的人比较多,多数人都是从公园回来的路上被体育场上的比赛吸引的。

可能是因为知道这里有自发组织的篮球赛,下午体育场聚集了好几个小摊子,卖各种各样的饮料和小吃。

苏可西眼尖,看到有人在卖冰激凌,拽了拽陆宇:"我去买吃的了。"

没等陆宇回答,她就去了对面。

现在这样的天气,吃冰激凌已经不太合适了,但今天出了太阳,吃点冰的感觉还是挺刺激的。

苏可西拿着两支冰激凌回到陆宇身边,递给陆宇一支:"喏,你的。"

陆宇说:"你自己吃。"

"不吃算了。"苏可西乐得自己一个人吃,感觉很爽。

篮球场上,不知道哪一队进了个球,欢呼声震天,女孩子们的声音伴着男生的叫声,诡异地融洽。

陆宇凑近了一点:"什么味的?"

"苹果味的,猜不到吧。"苏可西把冰激凌往他那边推了一下,"你要不要试一口?"

这是她第一次吃到苹果味的冰激凌，虽然猜测可能没有那么纯天然，但好在味道挺不错。

陆宇说："不要。"

"哦。"

苏可西收回手，正要说话，陆宇却突然低头咬了一口冰激凌。

淡淡的青苹果味道在他的味蕾上溅开，酸酸涩涩的，带着水果的清香和悠悠的奶香。

半晌，陆宇憋出来一句："樱桃的比较好。"

苏可西愣愣的。

陆宇问："听见了？"

苏可西没好气地道："听到了。"

苏可西推了推他，就差翻白眼了："不是嫌弃这味道不好，你还吃什么吃？"

陆宇眨眨眼，半晌，他回味了一下，说："还可以。"

苏可西被他这语气逗笑了，将自己没吃的冰激凌塞进他嘴里："吃你的冰激凌。"

陆宇的嘴角顿时都是冰激凌的痕迹。

那边篮球场的比赛已经进行到了白热化的地步。

苏可西抬头看向那边，说："我们过去看会儿吧，感觉现在挺好看的样子。"

陆宇也没应她，不过等苏可西走了，他又跟了上去。

篮球场里围观的女生更多了。

男生们打起篮球来总是比平时魅力更大，尤其是秦升这样长得不差的，秦升一拿到球，场下的欢呼声一阵阵的。

他才下场就围过去了几个女生，全是要微信号的。

傍晚的时候，比赛结束，三中赢了。

苏可西看时间也不早了，今天在外面玩了一天了，她戳了戳陆宇："我要回家了。"

陆宇敛眉："嗯。"

苏可西小声地说："等我下次来找你。"

陆宇眉眼稍扬，正要说话，就看到对面出现一阵闪光。

很明显，刚刚那个女生是在拍他和苏可西。

等苏可西走后，陆宇便走了过去。

女生红着脸，主动将手机屏幕摊给他看："我就是看你们两个好温馨，所以才偷拍的……"

刚刚那一幕，两个人颜值都高，远远看去，和演电影一样，她就这么随手一拍，都可以直接当海报了。

照片中，女生微微仰头看着男生，露出小巧秀气的下巴和鼻尖，皮肤莹白，似闪着光。

男生低头看她，虽面无表情，却仍旧能看出来他扬起的唇角。

夕阳的余光给两人沐浴上了一层金黄色的光，氤氲出暖暖的温意。

陆宇盯着照片看了许久，他低声说："可以发给我吗？"

女生听见这话忙不迭地点头："当然可以了，你把微信号给我，我发给你。"

加为好友后，看到他的昵称，女生倒是愣了一下，随即反应过来，差点笑出声来。

她憋着笑给他发了照片，又发了一条消息，结果下一刻就看见自己被删除了。

……可真是过河拆桥。

秦升从篮球场里出来，就看见陆宇低头玩手机玩得入神。

他悄悄地走过去，伸长了脖子偷看。

没想到，陆宇与此同时瞥了他一眼，翻手遮住了屏幕，按了锁屏键，屏幕顿时黑了下来。

秦升嘿嘿一笑。

"你真闲。"陆宇丢下一句话，他收回手机，径直离开了体育场，消失在道路尽头。

秦升摸了摸鼻子,他才刚比赛完,当然很闲了。

而且……别以为他这样就没看见。

回校后,苏可西更加努力地开始学习。

她们进入高三后,每天基本上都有考试,一三五是语数外,周末的自习再来一场理综,可以说是什么时间都被学生们用来复习了。

苏可西的成绩一点点地上升,虽然不是多么明显,但已经有了不小的进步,有时候她晚自习困得实在不得了的时候,就会忍不住咬自己。

她忍不了未来和陆宇异地相处的日子。

苏可西饶是有再强大的自信,也不会盲目自信到觉得他们的友谊能抵得过时间和距离。

与其这样,不如从现在就开始为之努力。反正对她没有害处。

可能是因为元旦节,最近这两个星期都没有放假。

苏可西有时候还庆幸自己带了手机,虽然偷偷摸摸地很有负罪感,但真的很好玩啊。

令她最生气的是,明明是大好的聊天机会,陆宇居然全部在给她发题目,说做不出答案就不和她说学习以外的话。

苏可西还能怎么办呢。

日子一天天过,圣诞节即将来临。

这是高中最后一个圣诞节了,而且再过不久就是元旦,所以学校决定将圣诞节晚会和元旦晚会放到一起开。

于春过来询问:"你要报节目吗?"

"不报。"苏可西向来是懒得参加这个活动的。

倒是唐茵对参加节目的兴趣挺大,还特地说要和于春他们一起排练节目。

谁承想,圣诞节当晚竟然下雪了。

今年的第一场雪这时候来,已经算是非常迟了,北方早在一个月前就已经下雪了,但圣诞节下雪,倒是非常有气氛。

最先发现下雪的还是于春,他握着教室里的彩色闪光灯,对准了外面,叫道:"下雪了!"

外面的雪花飘下来,更有甚者,顺着开着的窗户落进来,在窗台上融化。

苏可西原本坐在靠近走廊的边上,但今晚她移动了桌椅,这会儿倒是正好坐在窗边,她一伸手,就能碰到雪。

冰冰凉的感觉。

周围人看够了热闹,都回过头去继续看节目了。

今晚大家表演的节目还挺好看的,因为没有老师过来,节目也不像以前那样无趣。

旁边的唐茵又去了实验班,苏可西只能一个人寂寞地待着。

节目还剩下一小半的时候,苏可西下了楼。

她一下楼就看到外面飘着大雪花,才踏出去,就感觉到脖子涌来一股雪化了的冰冷感。

苏可西拍了一张图片,发给陆宇。

想了好一会儿,她才想到要发什么消息:"我想见你了。"

晚会结束后,苏可西往宿舍走。

每个班晚会的结束时间不一样,十四班算是最迟的,等她们收拾好教室的垃圾,熄灯后已经是十点半了。

其他班级的学生早就回宿舍了,教学楼里就只有一两个教室还亮着灯。

至于唐茵,早就和陆迟一起回去了,所以苏可西只能一个人回宿舍。

苏可西从小道上往宿舍走,路上只有零星几个人。

雪已经停了,地面上铺着薄薄的一层。她路过食堂时,还碰见了教导主任,教导主任见她一个人,面露狐疑,似乎想问什么。

苏可西连忙加快了速度,幸好教导主任很快又走去了大路,没再跟着她。

苏可西戴着羽绒服的帽子,低着头往前走。

耳边忽然听到一个重物落地的声音,她还没来得及抬头看,整个人就被拉着往旁边拽。

她一下子就被拽进了阴影里。

闻到熟悉的味道,苏可西几乎瞬间了然,她磕磕巴巴地说:"你……陆宇你怎么来了?"

陆宇道:"我多听你的话。"

CHAPTER

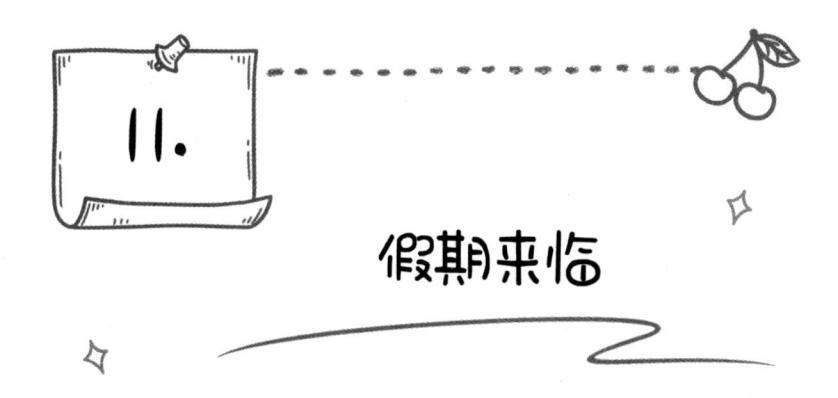

11.

假期来临

If love is truth, then let it break my heart.
If love is fear, lead me to the dark.

If love is a game, I'm playing all my cards.

苏可西陷入混沌中。

过了好一会儿，苏可西才从惊吓中缓过神来。

她推开他："你来就来，干吗吓我？"

陆宇听见这句话，皱起好看的眉毛："不是故意的。"

他舔了舔唇，想起买的东西，眯了眯眼睛，他将礼物从口袋里掏出来，借着身高优势直接塞进了苏可西的帽子里。

动作很快，苏可西压根没看清。

"什么东西？"她伸手去够，却够不着，应该是那东西太小，直接落在了帽子的最深处了。

陆宇看着她傻乎乎找东西的模样，不为所动。

苏可西索性停住手，无奈地说："你送给我的？我晚上回去也能见到。"

陆宇点点头，干脆道："送你的。"

苏可西惊疑了一下，毫不忌讳道："听说直男的品味都不怎么样，你这个买的是什么？"

陆宇冷笑："呵呵。"

苏可西哈哈笑起来："说着玩的。你……？"

话未说完，陆宇就开口了："我要走了。"

苏可西也知道他就是过来看一趟她,能见到已经非常开心了,不用多浪费时间。

苏可西说:"你走吧,这么晚了。"

陆宇没说话,转身往后走。

"陆宇。"苏可西突然喊住他。

陆宇已经到了墙角边,又转过身,看着她。

苏可西走过去,声音甜甜地说:"我会想你的。"

陆宇显然对这句话很是受用,唇角上扬,却故作淡定地点点头。

夜半时分,陆宇回了家,发现门口多了一双皮鞋。

他放在门上的手停顿了一下,移开视线,径直地往自己的房间里走,一点也没有停。

"陆宇。"邱华的声音在他身后响起。

陆宇转过身,看到自己的母亲站在他身后,她的神色非常疲惫,但眼睛却亮闪闪的。很明显,她在高兴某件事。

邱华弯了弯嘴角,声音很轻很轻:"陆宇,家里很快就不是你讨厌的那样子了。"

这话来得突然,陆宇一时没反应过来,半晌,他皱着眉问:"你要和他分开?"

纠缠了这么久,从他还未记事起,他们两个人就在一起了,这么多年丝毫没有分开过,如今却要分开了?

高二下学期期末前,陆宇一直以为自己有个幸福美满的家庭,顶多父亲经常出去工作,多数时候都不在家。

他以为他的父母恩爱,家庭幸福,而期末后,他完全清楚了自己的定位。

他是个私生子,从头到尾,足足十八年的时光,他就不应该存在于这个世界上。

他很心疼当年未婚生子、因为他受到非议的、因为他又和外公外婆断绝关系的母亲,但让他接受这样的家庭,他接受不了。

乍然听到母亲说的话,陆宇有那么一瞬的欣喜。

邱华的笑容却一下子顿住了,她抿了抿唇,将早就想好的事情说了出来:"陆宇……你爸爸要离婚了,然后会和我结婚。"

客厅里突然安静下来。

陆宇闭了闭眼,脑海里回荡的全是母亲刚刚说的那句话。

邱华的声音还在继续:"我一直坚持,为的就是这个时候,陆宇,他始终是你爸爸,而且当初我和他是男女朋友,我没有插足别人的婚姻。"

就因为王子艳灌醉了陆跃鸣,就因为她怀孕了,然后她就成功和陆跃鸣结婚了。

等陆跃鸣结婚后,邱华才发现自己早就怀孕了,她甚至要比王子艳还早两个月。

陆宇压根不想听这样的话,反驳说:"你还看不清吗?他现在和别人结婚了,做了夫妻,又和你纠缠不清,这样的人有什么好喜欢的?"

他不懂。

邱华看着有些难过,她张了张嘴,想说服他,却又发现自己无法说出合适的话来,她等了十八年,终于快要成功了,她终于能光明正大地成为陆跃鸣的妻子了,她这时候离开?

邱华不甘心。

也许是两个人说话的声音不小,房间里的人被吵醒了,打开门走了出来。

陆宇面色不豫,转过身往卧室走。

陆跃鸣冷着脸看了一眼一言不发的陆宇,问邱华:"他又发什么神经?"

邱华摇摇头,掩饰道:"陆宇学习累了。"

陆跃鸣冷笑一声,他的儿子他能不清楚吗?

陆宇接受不了,变得那么叛逆。

打架抽烟喝酒，什么都做了，是想引起他们的注意力？

邱华见陆跃鸣一副要发火的样子，连忙说着其他事转移他的注意力。

陆宇关上门，挡住了一切声音。

他坐在床边的地上，没有开灯，黑漆漆的环境下，房间里冷得要命。

唯有手机突然亮起来，发出阴冷的白光，紧跟着响起振动声。

苏可西回了宿舍，意外地发现唐茵还没回来，她在宿舍来来回回走几趟后，才想起来一件事。

她脱下羽绒服，从帽子里面摸出来小小的一样东西，对着那东西看了许久，才发现是一个唇膏。

不知道是什么牌子，口味倒是很清晰地写在包装纸上——樱桃味。

苏可西打开闻了闻，味道还挺清香的，看来陆宇真的是对樱桃味情有独钟啊，还买了送给她。

苏可西试了一下唇膏，准备将羽绒服重新穿上，却没想到帽子里面又掉下来一样东西，那东西落在地上，圆柱形的身子滚了滚，最后停在她脚边。

苏可西弯腰捡起来，看清那东西后差点笑出声来。

这是买了唇膏不够，还买了口红一起送过来？

苏可西照着镜子抹上口红，又拿出手机，看着美美的自己，对着镜头噘嘴，自拍了一张，发给了陆宇。

然后她又发一条消息——

樱桃味的。

陆宇看了一眼消息，随手回复道——

能不能好好说话？

苏可西躺在床上笑，回复道——

不能。

那边又没了回音，苏可西懒得再发，又打开了口红。

她看了一下，是网络上大名鼎鼎的颜色，这个口红的试色她在微博上见过不少，还挺心动的，不过一直没有买，后来更是直接差点忘了这个口红。

没想到陆宇居然买了这个颜色，不会是网上查的吧？

苏可西想了想，给他发消息——

你买的多少钱？

这个口红不是很便宜，但还好，也不算贵，她一般都是找代购的，专柜的价格往往会贵一点，虽然她也不差钱。

陆宇盯着这条消息看了许久，最后还是把几个数字输了进去，随手扣上了手机。

门外响起敲门声。

邱华推开门："陆宇，你晚上吃过了吗？我留了饭菜，你要不要填填肚子？"

陆宇一条腿横着，一条腿曲着坐在地上，一副吊儿郎当的模样。

他头也不抬："吃过了。"

邱华没有离开，而是关上了房门，蹲在陆宇面前，轻声细语道："陆宇，我知道你怨我，可我希望你能原谅我。"

她的声音里带着哽咽，邱华实在不想和儿子闹成这样，却无法干涉他的决定。

上次去老家，第一次让他见外公外婆，陆宇的情绪非常稳定，她一直以为他的心结已经解开了，可谁知回去的路上就出事了。

他的心结压根就没有解开。

陆宇同她对视，漆黑的眼眸里情绪难以莫测。

邱华看不懂他的表情，只觉得心里慌得厉害，原本想说的话也没说出口，她抿了抿唇，站起身来，脚步慌张地离开了房间。

房间再度回归黑暗。

外面的脚步声渐行渐远，逐渐消失。

良久，陆宇张开手掌，将手盖在脸上，他指缝间透出精致好看的脸，喉结微微滚动。没开灯，唯有外面的灯光透过半开的窗户照进来，昏暗的余光照得房间里更阴冷了。

手机振动起来。

陆宇打开手机，就看到屏幕上跃出来一行感叹号，几乎要闪瞎他的眼睛。

小傻子！你买贵了五十块！

你怎么这么傻呀？

贵了五十块。

陆宇盯着这几个字，张了张嘴，半天没说出什么字来，眼睛睁得大大的，有点发愣。

苏可西盯着手机屏幕上的几个字，她难以置信，陆宇居然是以这样的价格买到的口红，这到底是什么样的傻子啊。一上网就能查到的价格，他买的居然比专柜还要贵五十块钱，真的是傻得冒泡了。

她捂住脸，要是以后他还买东西给她，那卖东西的岂不是要高兴死了。

苏可西叹了口气，又拿起口红仔细看。

"唉，怎么那么傻。"她有点庆幸，幸好这口红没有哪里有问题，否则更糟糕了。

放在一旁的手机发出响声，打开后她发现对面只回了两个字——

有钱。

　　苏可西："……"
　　她有个有钱的朋友，真是任性得厉害。

　　圣诞节过后便是元旦节。
　　这之后不久就是期末考试，然后就是众人所期待的寒假了。
　　私立学校的放假时间比公立学校总是早一些，苏可西带着考试的试卷从学校离开的时候，一中、二中、三中的学生们都还在上课。
　　她在三中附近下了车，然后熟门熟路地进了三中，上了教学楼。
　　苏可西才到一班门口，教室里面讲台上的数学老师突然看了一眼窗外，拖长了调子说："外面的这位同学很眼熟啊。"
　　他这么一说，教室里的同学都转过头看外面。
　　苏可西还没来得及反应，就正对上了几十双眼睛，快一百只眼睛就这么直勾勾地看着她。
　　她扬起微笑，挥了挥手。
　　陆宇"啊"了一声，众人的目光又转移到他身上。
　　陆宇慢条斯理地说："是啊，我朋友，老师你上次见过的。"
　　数学老师听到他这么说，一时也不知如何反应，缓了好半天，才继续语气正常地上课讲题目。
　　秦升差点要拍桌子："哈哈哈哈，小姐姐真淡定，这个微笑真的是，哈哈哈哈！"
　　秦升趁数学老师背过去写板书的时候回头说："宇哥，数学老师记住你了。"
　　陆宇转着笔，慢悠悠地回答："他早就记住了。"
　　这节课讲试卷，毕竟明天下午就放寒假了，老师们也想趁着最后的几节课，早点讲完试卷。

苏可西站在门外，看到这一幕，她忍住笑，对上教室里众多不认识的学生的眼神，打量的，不开心的，各种各样的都有。

苏可西看了他们一眼，又看向最后面，恰巧此时陆宇正歪着头撑着脸看她，苏可西对他眨眨眼，发了一条微信给他——

小哥哥刚刚真是帅啊。

随后，她想了下，又发了一条——

我刚刚的动作有没有很符合你大佬的身份？

陆宇低头，拿出手机，看到那句得意扬扬的话，他只回了两个字。

苏可西看他低头打字，但又很快抬起头来，不由得好奇地看着自己的手机，她很快便看到了那两个字的回复。

嗯，有。

就这么两个字，苏可西看完，便飞快地回他——

谢谢大佬的肯定，我会继续努力的。

苏可西跟着发了一个弹琴的表情包，这个表情包是一系列的乐器，都比较好玩，各式各样的表情配上二胡、唢呐等乐器，看起来很搞笑。

毕竟陆宇还在上课，苏可西也不想多打扰老师和同学们，也不准备在这走廊多待了，她发完表情包便下了楼。

这会儿才四点多，外面的天还亮着，操场上上体育课的人也很多。

苏可西照例在操场边看人打球。

她不想打扰陆宇上课，学习最重要，成绩最重要，最好她和他都考上一个好学校。

等下课铃声响起的时候，已经是二十多分钟以后的事了，苏可西站起来拍拍衣服，准备往教学楼那边走。

好巧不巧，迎面撞上庄月，她看了一眼对方，对方也回敬了她一眼，那眼中的情绪，不言而喻。

苏可西冷笑一声。

最后被人堵在了一楼那边。

现在已经放学了，不过都人来人往地没走，因为有个男生站在楼下，拿着喇叭在说什么。

苏可西正好走不过去，站在不远处看着，就听见那男生中气十足地喊了声庄月的名字。

苏可西正准备离开的时候，庄月终于从楼梯口那边走了下来。

她脸上依旧挂着那个常见的微笑，看了眼周围围观的人群，忽然看见了人群里的苏可西，苏可西看向庄月，庄月临回楼梯间前对她看了一眼，那里面蕴含的意味明显，一清二楚。

苏可西冷笑。

"小姐姐，宇哥在楼上。"

秦升的声音从后面传来。

苏可西心情不好，顺口回道："不去了，你就跟他说，我要和他绝交，长得帅有什么用。"

说完，苏可西就径直离开了原地，留下秦升和一旁的路人大眼瞪小眼，压根摸不清楚情况。

秦升飞快地跑上楼，没看到陆宇在哪儿，他又下楼去找苏可西，最后还是一无所获地停在一楼楼梯口。

随后就看到陆宇从上面走了下来。

一直到自己面前，陆宇面色不豫："她人呢？"

说好的来找他，结果就露了个面就跑没影了。

秦升瞅了他一眼，小心翼翼地将苏可西的话复述给他听："生气了，要和你绝交。"

陆宇问："听谁说的？"

秦升说："是她自己说的……她刚刚在这说的。"

就在他面前说的，他听得一清二楚，绝对没听错，如果错了他就自刎谢罪。

说完他就跑远了。

这种苦活他来干，不然接下来总感觉自己要挨打。

陆宇冷笑。

现在离放学也没多长时间，校园里的人还都没走多少，人来人往的，唯独没有那个身影。

他气急，一脚踹上栏杆："我还没同意！"

不远处的秦升顿住。

就那么几个字，回荡在整个校园里。

他揉了揉耳朵，转过身，冲那边喊道："宇哥，那边有个喇叭！你没关！"

三中的学生并没有离开多少。

大多数的都还是在操场和教学楼玩手机，毕竟是放假前的最后一天，肯定是要玩一会儿的。

于是所有在校的几乎都听到了这句话。

秦升已经捂上眼了。

原本还在走动的学生都不由自主地往声音来源处走。

看热闹是人的本性，尤其是那句话听起来可好像八卦满满，三三两两地议论着。

"谁的声音啊？"

"我怎么听着这声音好像好耳熟的样子,感觉之前在哪里听过。"

教学楼一楼处已经聚集了一些人。

秦升叹气地站在那边,看陆宇抿了抿唇,然后伸手关上了那个男生留下来的喇叭。

秦升不知道他们的议论,说:"小姐姐不知道还在不在学校里啊,如果听到了可能就会过来了。"

陆宇按了按手中的喇叭,没说话。

秦升继续说:"要不要打电话道歉?或者买花道歉?还是说来一个亲亲就解决……"

话还没说完,他就看到陆宇将喇叭放在了嘴唇前方,低沉的声音紧跟其后地响起——

"苏可西,我没说绝交。"

声音传遍了整个校园。

高一教学楼的下方花坛处。

苏可西正要给司机打电话,就听到陆宇的声音清清楚楚地传入她的耳朵里。

旁边几个高一妹子在聊天。

"哇这个声音好好听。"

"声音好听的十有八九是个胖子,我估计这个人也是这样的,听听就行了。"

"这个人是谁啊,不是我们高一的吧。"

"……我知道那个说话的是谁……是高三的陆宇啊!"

正说着,又一声响起。

苏可西深吸一口气,心脏怦怦跳,感觉刚刚的最后一句就是在自己耳边说的一样。

教学楼这儿,秦升咽了咽口水。

他先是看了眼越来越多的围观群众,凑过去小声说:"宇哥,你确定小姐姐还在学校吗?"

这么轰动的点名。

陆宇斜斜看他一眼,关了喇叭放在栏杆上,然后就搭着腿趴在上面,直直地看向人群外。

秦升摸了摸鼻子,十分好奇待会儿会发生什么。

大概过了几分钟吧,秦升正要玩手机,就看到旁边的人动了。

他连忙顺着陆宇看的方向去看,借着高个子,很容易就能看到不远处那个人影。

可不就是苏可西嘛。

陆宇已经迈开长腿从人群中穿了过去了,压根就没管周围瞪着眼的围观群众。

秦升想了想,还是觉得不要去当电灯泡了。

"苏可西。"陆宇喊道。

苏可西就停在那外面没进去。

等陆宇到了自己面前,直接一把拉过他跑开了,一直到没有人的地方才停下来。

教学楼围观的人也不可能跟过去,这边基本没人了。

苏可西轻轻喘着气。

陆宇一点都没有跑过步的样子,气定神闲,一眨不眨地盯着她:"你让秦升说的什么话?"

苏可西张张嘴,回道:"没什么话。"

陆宇冷笑一声。

"就说说而已。"苏可西也没什么不可说的,索性直接开口了,"庄月当着我面这样做,我就生下气怎么了?"

陆宇想了会儿:"我不认识她。"

苏可西却摇摇头,说:"我当然知道,就是心里不舒服。"

张扬到太有魅力。

陆宇皱了皱眉头,忽然扬着声:"那你说什么绝交。"

苏可西手指戳他的胸膛:"乱说一下,你懂不懂?"

"不懂。"

"哦。"

陆宇掰下她的手,冷着声说:"送你回去。"

苏可西才耍过小性子,哪敢不听话,连忙点头:"也不早了,我是该回去了,司机待会儿就过来接我。"

不知道这话戳到哪儿了,陆宇又是一声哼。

两个人出校门的时候,已经没多少人了……

司机把车停在巷子口。

"那我先回家了。"苏可西转过身对他说。

三中第二天还要继续讲解期末试卷。

今天过后就是寒假,到这会儿,大家的心思早就不在学习上了。

秦升就是那个心思最活络的。

下课后,他突然发现自己前面的化学学霸椅子上有一个垫子,打气的,摸上去挺舒服的。

化学学霸叫王跃文,偏科挺严重的,平时化学都能考到接近满分,但其他学科就完全地拖后腿了。

"这学霸还真会享受。"他感慨道。

教学楼的椅子都比较破,又比较硬,坐起来不舒服,这么软的气垫放上去的确爽。

林远生"呃"了一声:"怕是有原因的吧。"

正说着,王跃文就走了进来。

秦升赶紧坐回自己的位置,等学霸落座了,他才出声说:"王跃文,你这垫子借我一节课呗?"

王跃文摆摆手:"真不行。"

秦升好奇道:"怎么不行?"

王跃文有点难以说出口,最后还是抱歉地笑笑:"这个真的不行,我下学期可以借你用。"

既然别人都这么说了,秦升也不能强求,只是对他这么推托的原因更加好奇了。

上课的老师很快就来了,这件事就被秦升抛到了脑后。

语文老师说话,向来慢吞吞的,听得陆宇直犯困。

教室里突如其来传来"噗"的一声响。

这声音足足延迟了好几秒,再困的人也都被这声音给弄清醒了,讲台上的老师也是吃了一惊:"谁放屁这么响?"

陆宇睁大眼睛,坐直身子,看向前方。

秦升回头看了一眼陆宇,见他明显眯着眼的模样,指了指王跃文:"宇哥,他的气垫破了。"

这么大的响声,差点魂都被吓掉了。

王跃文也不是故意的,尴尬得脸都红了,他站起来解释道:"不是放屁,我椅子上的气垫破了……"

语文老师听到这个解释,也有些尴尬,便没再说什么,又把大家的注意力拉到了试卷上。

坐下来后,王跃文动了动破掉的气垫,有点难受。

"学霸,借支红笔用一下。"他的前桌回头借东西,问,"对了,你前几周没来上课是干吗去了?"

秦升立刻打起精神,支着耳朵偷听。

王跃文回答:"去医院了。"

前桌应了一声,好奇道:"去医院,不会是去做痔疮吧?"

下一刻,秦升就听见王跃文惊疑的声音:"……我天?"

前桌本来只是随口一说,看他这反应就知道肯定猜中了,立刻说:"我天,真的啊!"

王跃文尴尬地笑笑,秦升差点笑出声来。

听完八卦,秦升抽空回头问:"宇哥,你昨晚和小姐姐怎么样了?"

他真的超级好奇。

陆宇看他一眼,往后靠了靠:"你猜。"

秦升嘿嘿一笑:"猜不出来。"

就在他以为得不到回答的时候,陆宇突然咧开嘴笑了一下,又很快地消失。

这段也就是一个小插曲,语文课结束后就是班会。

这学期最后一节班会,班主任自然是叮嘱多多,废话连篇,又布置了一些寒假作业。

放学铃声响后,寒假就开始了。

晚间。

苏可西洗完澡后,没事干,便躺在床上给陆宇打电话。

外面的天都黑了,正是夜生活开始的好时候。

电话倒是很快就被接通了,听筒那边是嘈杂的人声和音乐声,混在了一起。

苏可西问:"明天出不出去玩呀?"

陆宇回道:"嗯。"

苏可西知道他那边说多了也听不到,索性直接说:"你们在哪儿玩,把定位发给我,带我一个。"

挂断电话后,她便收到了定位。

是离她家不远的一个LiveHouse,新开没多久,最近不少人去,她有时候从那边路过还能见到很多认识的人。

苏可西打了个车,几分钟就到了,这还是她第一次来LiveHouse,唐茵和她都不太喜欢这样吵闹的场合,要不是因为陆宇,苏可西一个人也不会来这儿。

现场五彩缤纷的灯光闪烁不停,苏可西一点一点地找人。

苏可西还没看到人,胳膊就被拉住了,她刚要挣扎,就听到秦升的声音:"小姐姐,宇哥去洗手间了,来来来,一起。"

她抽回胳膊:"你们在这儿狂欢?"

秦升点头应道:"这不是放假了嘛,好好学习了一学期,当然要放松放松啦。"

卡座那边坐着的都是三中的男生们，三三两两地在玩。

苏可西他们都认识，见到她这么大晚上的过来，都立马乖乖地叫"小姐姐"。

"你们好啊。"苏可西不客气地坐下。

秦升凑过来小声说："宇哥估计待会儿就回来了。"

台上有人正在唱歌，现场音乐震天，苏可西听得不太清楚，只模糊听到了几个字。

她点点头表示知道了。

歌手表演结束，到了中场休息的阶段，男生们打打闹闹地玩游戏，开玩笑。

突然有个人问："小姐姐，玩不玩大冒险？"

苏可西看了看周围跃跃欲试的几个人，直接笑着问："想问我和陆宇的事情哪？"

男生们也承认地点头。

苏可西撸开袖子："好啊，来啊。"

才说没多久，对面就过来一个女人，她直接坐在了秦升的边上，说："来跳舞。"

这下游戏一下子被打断了。

秦升推了推她："不去。"

他又不认识她，跳什么舞？

女人笑嘻嘻地说："就一支舞。"

原本她就化着浓妆，这么一笑，配着昏暗的灯光，如同妖艳美人。

苏可西开了一听饮料，慢悠悠地喝着。

舞台上的灯光打在她身上，映出她瓷白的肌肤，鸦羽似的长睫毛。

女人眼睛一眯，看向秦升："女朋友不许？"

秦升还没回答，那人就已经朝苏可西开口了："来这儿的，哪个不是来玩的。"

苏可西转过头:"你在和我说?"

女人笑说:"当然,不然和谁说。"

"哦。"苏可西收回视线。

她也不生气,上下打量那女人一眼,转过头看着秦升,说:"要玩什么,带我一个呀。"

秦升连忙道:"带带带!"

女人也有点生气了,看到对方这样子不把自己放在心上,"哼"了一声:"可真够小家子气的,早晚得分手。"

她站起来要走,旁边的男生都盯着她,准备出口反驳。

苏可西不慌不忙地吸了口饮料,这才转向她,笑意盈盈地说:"大姐,你嘴这么毒,你老公怕是有尿毒症吧?"

说完,便摆出一副天真的样子看着她。

女人气得要死,身体都抖起来了。

苏可西又补充道:"再说了,我男朋友可不是他,会不会和我分手,这就不劳你操心了。"

女人最后一句话没说就离开了。

秦升瞪着眼睛,赶紧说:"小姐姐,给你鼓掌!"

苏可西漫不经心地瞥他一眼:"你就这样任她说?"

秦升连忙摆手:"没有没有,我就是没反应过来……"

苏可西不想搭理他,她等得无聊,也没了玩游戏的心思,直接朝洗手间那边走。

没想到才到走廊,竟然迎面碰上了程北洋,对方显然也很吃惊她在这里。

自从上次在广场上遇见,已经有两个多月了。

程北洋看着她身后,又收回视线:"你一个人?"

苏可西正要摇头,突然看到他身后的人影,抬手指了指他背后:"我朋友。"

程北洋回头,就看到陆宇正盯着他看。

这么明显的目光，即使是在这样略微黑暗昏黄的环境下，他都能看得一清二楚。

程北洋摸了摸鼻子，转过身对苏可西说："行，那我先走了，下次有机会一起玩。"

说完，他就大步离开了。

走廊里一阵沉默。

苏可西没说话，拽着陆宇的衣服："快回去玩了。"

秦升他们压根就不知道发生了什么，不过玩了没多长时间，他们觉得陆宇今晚上的心情似乎不太好啊。

"宇哥你太不给我们面子了，小姐姐在这儿就这么对我们，一点面子都不给。"

"我感觉自己今晚要从头输到尾了。"

"小姐姐你劝劝宇哥呀，别这么冷漠地对我们。"

陆宇不为所动，苏可西在一旁直笑。

结果一晚上下来，除了他和苏可西，每个人都输了不少。

一直到将近十一点，苏可西才回到家。

杨琦和苏建明已经睡了，她蹑手蹑脚地回了房间，关上房门，赶紧拿了衣服要去洗澡。

陆宇还在路上慢悠悠地走，他想了想，今晚苏可西和他说话都没超过多少句，和以前一点也不一样。

为什么呢？难道是因为程北洋的事？他觉得自己很有必要问问她现在的心情。

陆宇打开微信对话框，输了几个字又删除，想了半天，最终只发了一条消息过去——

在干什么？

没过多久，对面就回了一条语音。

秦升在一旁说:"宇哥,下次过年前我们还出去玩啊,马上就快过年了,新年前的最后一次。"

这么一打岔,陆宇手一滑,已经点开了语音。

"准备去洗澡了。"

洗澡?现在已经天黑了,洗澡倒是正常的,陆宇估摸着她的确已经到家了,便没再发消息。

秦升没听清是谁的声音,只知道是个女生,他听见语音的内容,就随口说:"哎呀,宇哥,女生说去洗澡了都是不想回话的借口。"他晃了晃手,又道,"她们一个澡能洗无数天。"

以前他和女生聊天也是,说好的去洗澡,结果再聊天已经是一个星期后了,那个女生一个澡洗着洗着就不见了。

秦升转过头说:"女生对不想理的人都是这么说的,宇哥赶紧回个打烂她的洗澡盆过去!"

陆宇听着,动了动手指,回了几行字出去。

苏可西从浴室出来,直接奔上了床。

现在已经是深冬了,冷得要命,她又不喜欢冬天开空调睡觉,就只能用电热毯。

捂了一会儿,被子里总算是热了。

苏可西这才想起手机的事,连忙划开屏幕,就看到陆宇十几分钟前发来的消息——

你真的在洗澡?

听说你们女生洗着洗着就不见了。

还有一条最新的消息——

我要打烂你的洗澡盆。

苏可西:"……"

陆宇是哪根神经抽了吗?

她随口回了一句:"亲爱的,我只用淋浴。"

CHAPTER

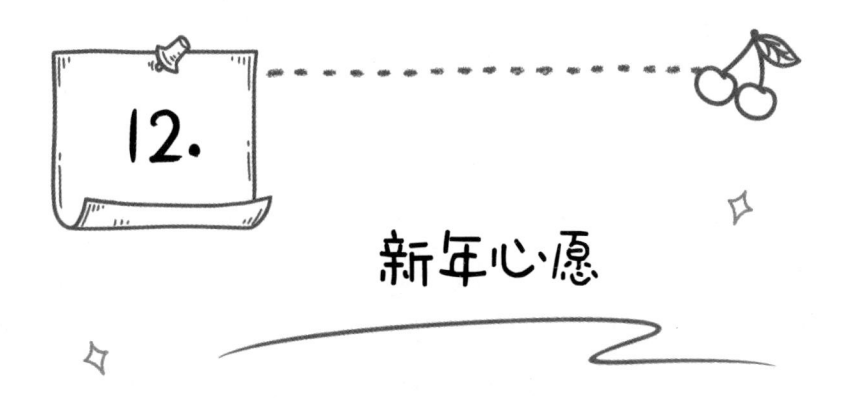

12.

新年心愿

If love is truth, then let it break my heart.
If love is fear, lead me to the dark.

If love is a game, I'm playing all my cards.

"宇哥，我说的是真的。"秦升说。

他经历这种事不止一次两次了，好几次对面的人都说是去洗澡了，然后再回他就是很久以后的事了。

秦升打死也不相信说要去洗澡的女生了。

"不止这个，还有说去睡觉的……"他结巴了一下，"睡睡睡……一般都是很久以后才睡的，然后就不跟你尬聊了。"

陆宇看着手机，微信聊天界面依旧是几分钟前他发的那句话，没人回复他。

现在两分钟的撤回时间也过了，只能看着它孤零零地放在那儿，难道苏可西真的是用了洗澡当借口吗？

他抿了抿唇，没说话。

秦升往旁边歪了歪，然后又站直身子。

他们两个还在路上。

晚上玩了很多，秦升这会儿心情非常好，开心得不得了。

"宇哥！"秦升高兴得叫起来，但他的话被打断了，因为就在这时候，陆宇手中的手机发出铃声，是微信的提示音。

陆宇低头一看，是一条语音，他看了一眼秦升："有耳机没？"

秦升摇摇头说："没没没。"

没耳机,又不想等,陆宇只能将手机贴在耳边听。

谁知道他不小心点了扩音,语音一下子放了出来:"亲爱的,我只用淋浴。"

淋浴……

他们两个正在寂静的路上,唯有几个散步的路人经过,都眼神诡异地看着陆宇。

刚刚那句话真的……

秦升瞬间扭过头,满眼震惊地看着陆宇。

陆宇有些尴尬地收起手机,装模作样地咳嗽了一声,蒙头往前走。

新年到来得很快。

苏可西这一次是在家里过的年,虽然家里只有他们三个人,但却十分温暖,氛围也和和乐乐的。

阿姨前两天就请假回家过年去了,年夜饭的菜都是苏建明烧的,杨琦不过是在旁边打打下手。至于苏可西,她就是享受的人。

虽然住的地方是高档区,但依旧能听到络绎不绝的鞭炮声。

苏可西一边听着,一边和唐茵聊天。

一直到九点多的时候,唐茵突然说了句:"我要去广场和陆迟跨年了。"

苏可西一下子来了精神,连忙追问:"谁谁谁主动约的?"

一学期下来,陆迟和唐茵的友谊突飞猛进。她这个旁观者看得很清楚。

苏可西感慨了两句,陆迟和陆宇两兄弟的性格实在是差别很大,好像没有一点像的地方。

但非要说像,还没转学的陆宇,倒是和陆迟有那么一点共同点,比如眼里只有学习,话少。

而现在的陆宇,说和陆迟一点都不像也不奇怪。

苏可西想了想,觉得这两个人毫无对比性,瞬间将陆迟踢出了脑袋,她滑到和陆宇的聊天框,给他发了一条消息——

今晚要出来一起跨年吗?

对面没有回复消息。

这边的广场跨年也是和外面的城市学的,现在已经有了些模样,晚上跨年的人也越来越多,不只是年轻人,也有中年人、老人和小孩子。

苏可西去年和爸妈去过广场跨年。

"西西,吃饭了。"杨琦的声音从厨房里传出来。

苏可西连忙放下手机,依依不舍地看了一眼上面的显示,依旧是没有任何回复。

桌上的菜不多,但还是很丰富,都是她和杨琦爱吃的。

苏可西最喜欢她爸爸的一点就是她爸爸不像小说电视剧里的那些凤凰男一样,舍本忘根。

苏建明拿了一瓶红酒出来,说:"从明年起就要和奶奶她们一起过年,然后第二年和外公外婆过年,只有这一次,是我们一家人在一起过。"

"所以这次要尽兴。"苏可西道。

苏家的饭桌上没多少要求。

他们这一顿年夜饭吃得很是舒心,桌上的菜都被解决了大半,耳边还伴随着外面的爆竹声,加上电视机里的春晚声音,各种声音交汇成了奇妙的乐章,让人不自觉地放松了不少。

虽然苏可西觉得春晚无聊,但在电视上放着,总觉得加了一抹年味。

吃完年夜饭后已经是十点多了。苏可西和父母在沙发上看了一会儿春晚,然后才起身收拾食物残渣和盘子碗筷。

手机被她遗忘在了角落。

一直到她回到房间，终于想起手机还落在客厅里。

苏可西连忙跑下楼，解锁后便看到了空荡荡、依旧没有回复的聊天框。她点进陆宇的朋友圈，里面还是只有一条，是很久很久以前的朋友圈，也是简单的几个字。

也许是今晚有事？

苏可西这么安慰自己，然后收了衣服进浴室洗澡。

洗完澡，她整个人被水泡得红通通的，身上还冒着热气，头发也湿湿的，往地板上滴着水。

窗户那边传来动静。

苏可西正准备开吹风机的手一下子停了下来，谨慎地盯着窗户，她拿了桌上的剪刀，握在手里。

现在夜已经深了，外面黑漆漆的一片，她也看不到窗户那边究竟是人还是别的什么，但直觉告诉她，不是鸟。而且最重要的是，她记不得自己之前有没有把窗户锁上了。

她脱了拖鞋，赤脚轻轻走过去。窗帘是拉着的。

苏可西深吸了一口气，一只手猛地拉开窗帘，另一只手上的剪刀立刻就对准了窗户。

窗户上贴着一张人脸。

陆宇又用手指点了点窗户。

清脆的声音唤醒了震惊的苏可西，她开了窗，问道："这么大半夜的，你怎么上来二楼的？小区保安没抓你？"

她家小区的安保一直很警觉。

陆宇轻而易举地就跃进了房间里，他穿的衣服不厚，幸好因为苏可西怕洗完澡出来冷，开了空调，所以房间里也不冷。

"我有你的卡。"陆宇说。

苏可西这才想起自己之前似乎把家里的卡丢在他那儿了，也忘了拿回来，如果不是陆宇提，她压根记不得。

陆宇将目光放在苏可西手上，注视了一会儿后，转身关上了窗户。

苏可西放下剪刀,哂笑:"我怕是歹徒。"

毕竟再好的高档小区也是有命案发生的,她一个女生,也就会点三脚猫功夫,打打学校里的男生还行,碰到力气大的强壮男人,自然是没有一点点办法。

陆宇转过脸,就看到她身上穿的衣服。

睡衣就薄薄的一层,粉色的,上面还画着草莓。

陆宇移开脸,不自然地说:"你怎么穿夏天的睡衣。"

苏可西低头一看。

她穿的还是从学校带回来的睡衣,便赶紧摸起床上的羽绒服套上。

苏可西整理好衣服,这才坐在床边,问道:"我给你发消息你不回,怎么又翻窗户了?"

这可是二楼!

苏可西走到窗边,一推开窗户就看到一个梯子摆在那儿,只能看到上半截,她看着看着,突然觉得这梯子怎么像上次翻墙的梯子啊。

苏可西狐疑地回头,就看到陆宇直勾勾地看着她,漆黑的眼睛里是她没看懂的情绪。

她问:"你这么看我干什么?"

暖黄色的灯光将她的脸映得更加圆润,瓷白得仿佛发着光,仔细看,还能看到丝丝绒毛。

陆宇盯着苏可西。

但苏可西也没注意到陆宇的眼神,只问道:"你来这儿是?"

大晚上的,又是搬梯子,又是爬到二楼的,还记得带上了她的卡,赶过来究竟是为了什么?陆宇终于有了一点反应,他掏出兜里的手机,打开后将屏幕对准放在她面前,然后轻轻说:"你说要跨年。"

苏可西先是一愣,盯着上面自己发出的一句话,然后忍不住笑道:"我是说去广场那边跨年,没让你到我家来呀。"

陆宇却直接说:"广场有什么好看的。"

苏可西被他堵得一时说不出来话。

广场的确没什么好看的,但跨年那个一起倒数的气氛让人觉得很有感觉啊。

陆宇收回手机:"你要跨年。"

苏可西自动补上了他的下一句隐藏的话,她想要一起跨年,他就带着梯子爬楼了。

本来以为他没看到,所以没回她,结果没想到他不仅看见了,还这样付诸行动了。

苏可西看了一眼摆在桌上的闹钟,时间并没有过去多久,她说:"现在才刚十一点,离跨年还早呢。"

陆宇不在意地道:"那就等着。"

反正他晚上很有时间,不差这么一点。秦升一晚上都在给他发消息,但那人已经被他拉黑了,这样他基本就清静了。

"好呀。"苏可西笑眯眯地回道。

让他们今年一起跨年,一起过第一个新年。

敲门声响起。

苏可西一下子回过神,连忙推了推陆宇:"肯定是我妈来了,你赶紧躲起来!"

陆宇问:"往哪里躲?"

这房间一眼看过去几乎没有能躲的地方。

他的视线最后停在床上,为难道:"难道要在被子里?"

"肯定不行,万一我妈要掀被子呢。"苏可西说。

她环视了一番,跑过去打开柜子门,幸好衣服这几天都拿出去洗了,正晾着,里面还挺空的。

苏可西指了指它:"进这里面。"

陆宇不情不愿地走进去,好在衣柜挺高,他进去后也不至于缩着头,苏可西对他做出嘘声的动作,然后关上了柜门。

黑暗中,柜门上的镂空让他清晰地看见外面的场景。

苏可西赶紧弄乱了床,回到房门口,打开门,笑着问:"妈,这么晚了你还没睡啊。"

杨琦问："你怎么半天才开门？"

苏可西回道："我洗完澡嘛，都躺在床上了。"

"你卫生间灯也不关。"杨琦看了一眼，说，"快去关了灯，早就跟你说了，不要浪费。"

苏可西现在哪敢不从，只想着让她赶紧回去。

"妈，你来找我有事吗？"她一边关灯，一边问。

杨琦反问："没事就不能过来了？"

苏可西从浴室那边转身，再回头的时候就看到杨琦站在窗边。

她心里"咯噔"一声，刚刚的那个梯子还在那里，她还没有来得及处理，那边有窗帘挡着，事出紧急，她原本以为不会被发现的。

杨琦将手放在梯子上面，转过身问："谁放的梯子？"

苏可西面色不太自然，只能接着往下扯谎："我也不知道……是不是有小偷来了……"

说到最后她自己都说不下去了，这一听就知道是假的。

杨琦那么精明的人还不清楚吗，她没有再问，而是开口："已经挺晚了，早点睡觉。"

苏可西点点头："嗯。"

杨琦又说："对了，明天初一在家里没有事，初二要回外婆家，你要准备好。"

她们这边的习俗是初一不出门，初二回娘家，然后就是剩下的走亲戚了。

苏可西这么多年都记住了："我知道。"

听到这话，杨琦点点头："我就是进来看看，时间不早了，你也去睡觉吧，明天可以迟点起床。"

苏可西笑了笑，感觉松了一口气。

结果没等她松完这一口气，杨琦就已经开口了："要自己出来还是我请你出来？"

房间里顿时安静得一根针落下来都能听见。

苏可西也有点忐忑:"妈……"

她轻轻喊了一句。

杨琦没回答她的话,而是在房间里打量起来,寂静的房间里,一点点的动静都能被听到。

不远处的衣柜被打开。

在杨琦目光的注视下,陆宇从里面走出来,理了理衣服,然后才开口:"阿姨。"

陆宇面色平静,一点都没露出被人抓到的尴尬神色。

看到他出来,杨琦的面色也很平静,她仔细地打量着陆宇,开口说:"陆宇是吧?上次你救了西西,没能好好谢谢你,可以请你到客厅坐坐吗?"

上次在老家那边,她也见了陆宇,但压根就没说过话,这次也许可以好好聊一次。

苏可西要说话,被她捏住手。

陆宇点头:"可以。"

杨琦又转向苏可西:"西西,晚上早点睡觉。"

苏可西张嘴就要说话,但另外两个人已经转过身朝外面走了,还顺便把门关上了,很明显没有让她跟着去的意思。

脚步声逐渐消失在门外,苏可西的心都坠了下去。

她咬了咬唇,给唐茵打电话询问,幸好唐茵现在还没找到陆迟,正有空的时候。

唐茵一边找人,一边问:"怎么了?"

苏可西说:"刚刚陆宇翻墙进我房间,被我妈发现了,现在两个人去说悄悄话了,你说会不会以后都不许我跟他在一块儿玩了?"

唐茵诧异地说:"翻墙去你房间?"

她不可置信地看了一眼手机,疑心是不是自己听错了,这陆宇是什么事都做得出来啊?!

苏可西应了一声。

唐茵思索了一会儿,回答说:"我觉得阿姨应该不是那样的人,再者陆宇也没什么过分的地方,论成绩,挺好的,论长相性格都不差,唯一不好的……"

剩下的她没说。

唯一不好的,自然就是他的家庭。

苏可西也知道这个:"我上次和我妈去外婆家,隔壁邱奶奶竟然就是陆宇的外婆,我妈知道他家的事。"

但那时候杨琦一直没给过什么回应,哪怕苏可西没有跟着她回家,杨琦也没说什么阻止的话。

苏可西打开门,准备下去偷偷看看。

结果才踏出一步,就碰上了从对面走出的苏建明。

苏建明也得了杨琦的呼唤,正好要下楼,看到她,提醒道:"西西你还是别下去了吧。"

苏可西停在门口。

两个人都出场了,她自己再这么下去肯定不是不行的,只能焦躁地在房间里等着。

一直到将近四十多分钟后,她的房间门才再度被打开。

苏可西已经躺在床上昏昏欲睡了,听到动静,赶紧从床上跳起来,她一抬眼,就看到了陆宇的身影。

陆宇面无表情地将门关上,楼梯口变换着的灯光被遮住,只剩下房间里的明亮。他转过身。

苏可西与他四目相对。

他的眼眸漆黑,长睫毛在脸上打出一片阴影,在灯光下清晰可见。

苏可西甩开没用的想法,问:"我妈跟你说什么了?"

苏可西直觉肯定是和她有关的,要么肯定是和陆宇的家庭有关的,必定是这两个。

陆宇没说话,而是径直走进屋子。

苏可西上前一步，追问："我妈跟你说了什么？"

陆宇突然没头没脑地来了一句："有烟花。"

"什么？"苏可西乍然听到这么一句，没反应过来，顿了一下才扭过头看，"烟花，哪里？"

陆宇拉着她走到窗边，拉开了窗帘。

外面的夜色漆黑一片，唯有远处的高楼大厦还亮着，伴随着烟花的闪烁，组成了漂亮的画面。

"真的有烟花啊。"苏可西也是第一次在晚上，在自己的房间里看到这么美的画面，情不自禁地入了神。

她已经很久没有放过烟花了。

现在小区里面管得厉害，放爆竹都不行，也就那么一两家会偷偷摸摸放而已，所以她听到的爆竹声总是离得很远。至于放烟花，就更不要想了。

天空的烟花连续不断的，也不知道是不是同一家放的。

苏可西看得着迷，拿出手机开始拍照，压根就忘了身旁还有一个人的存在，也忘了之前自己还在追问什么。

看到一半，苏可西突然扭过头问："这不是你放的吧？"

她看的小说里，那些男主为女主一掷千金，其中的烂俗情节里就包括这些用烟花堆成女主角的名字，又或是只放给她一个人看的。

苏可西盯着陆宇。

陆宇无奈地回答："没钱。"

这个回答倒是很现实，苏可西"扑哧"一声笑出来："感觉你也没法放，不过还真挺好看的，你要不说，我今晚肯定注意不到。"

陆宇转过头，一眨不眨地看着因为兴奋、激动而双颊通红的苏可西。

不远处又开始放更大的烟花，足足点亮了半边天空，声音响得苏可西站在窗边都能听见。

苏可西扭过头，问："去放烟花吗？"

陆宇漆黑的眼眸盯着她:"你想吗?"

苏可西点头:"想。"

陆宇说:"那就去。"

既然她想,那就去放。

苏可西一下子笑了,明媚动人,整个人都像是开在花里似的。陆宇盯着她,心里好像也挺高兴的。

两个人现在从正门出去显然是不行的,一旦吵到两个大人,他们就更别想出去玩了,为了悄无声息地出门,他们只能借助窗外的梯子。

除夕夜很冷。

晚上天刚黑的时候还没有下雪,现在竟然还下起了小雪,雪花飘来飘去的,倒是很有氛围。

苏可西爬上窗户,小心翼翼地顺着梯子往下爬,陆宇比她爬下来得早,这会儿已经快到地面了。

苏可西合上窗户,没敢锁上,不然晚上自己就回不来了。

梯子一直延伸到地面的草丛里。

爬了一会儿,苏可西问:"这梯子我记得没那么长啊。"

片刻,陆宇的声音从下面传上来:"折叠梯,自由伸缩。"

怪不得,学校的围墙那么矮,这个梯子靠着围墙,也就是能冒出一点点头,这次竟然能直接伸到她家二楼了。

看来陆宇还挺厉害啊,经常备着梯子,他恐怕是特意买的折叠梯,这样学校家里攀爬两不误,梯子随时可以派上用场。

陆宇先落地。

苏可西还在梯子上,她穿着厚重的羽绒服,裹成了一个球,黑暗里只有她家里透出来了一点余光,周围黑乎乎的,陆宇甚至都看不到她的头。

看她慢慢往下爬受罪,陆宇索性直接伸手过去。

"你干吗?干吗?"苏可西被吓了一跳,"我马上就下来了,不要动手动脚的!"

话才说完,她整个人就直接被抱了下来。

陆宇漫不经心道:"等你下来就第二天了。"

苏可西扶住他,站稳了才说:"谁说的,你怎么一点耐心都没有。"

陆宇看她一眼:"哦。"

苏可西又看向面前这个梯子,问道:"这梯子怎么办,就放在这里吗?"

"你晚上难道不回来?"陆宇反问。

"哦。"苏可西点点头,"那就放这里吧,但愿不要被我爸妈弄走了,不然就完了。"

说到这个,她对杨琦和陆宇说了什么真的是非常好奇,但看他的样子,似乎不会告诉她。

不过,转念一想,要是她妈妈反对,恐怕陆宇早就被赶出苏家了,哪还能等到她和他爬梯子偷偷出去玩。

苏可西想了想,提议道:"现在能放烟花的地方就只有嘉河了,坐车到那边去玩吧。"

陆宇没意见:"嗯。"

陆宇将梯子拿下来,折叠之后,梯子就很小了,放在灌木里压根就看不出来,用的时候一抽出来打开就行。

苏可西和陆宇并排出了小区。

外面灯火通明,计程车虽然少,但还是能拦到的,等了没一会儿,他们就坐上了出租车。

司机是个健谈的大叔,看到他们两个小年轻,还特意选了比较轻快的歌放,临下车前,大叔还叮嘱道:"你们两个年轻人,晚上早点回家,注意安全。"

苏可西脆生生地应了:"知道,谢谢大叔。"

陆宇也"嗯"了一声。

嘉河那边人挺多。

树木上都挂上了彩灯,那些灯发着五彩的光,点缀着四周,远远看去，嘉河就像是银河一样。

一路上小摊子不断，还有很多老人坐在椅子上聊天。

路边放着别人堆的雪人，它脸上插着胡萝卜，脖子甚至还被围上了围巾，栩栩如生。

河面上漂着一些初中生和小孩子放的灯，那灯一直顺着水往前漂，漂到河流下游后，又被人捞走。

苏可西小时候放过一次灯，她问陆宇："放灯吗？"

陆宇说："随你。"

听了这句话，苏可西果断要放灯，她在一个摊子前停下，选了一个花灯，然后准备付钱。

卖东西的老人说："可以写字的，许愿，你们是朋友吧，不来一对吗？一起便宜的。"

苏可西还没出声，陆宇就拿了一个。

她愣了一下，很快就反应过来，自己写完后，笑嘻嘻地把笔递给陆宇："快写愿望。"

陆宇接过，三两下就写上了。

苏可西伸头去看。

陆宇挡住花灯，把她的头掰回去："别偷看。"

苏可西不满："我就看一下怎么了。"

说是这么说，她还是没看到陆宇那个花灯里到底写了什么，便抓耳挠腮地想。

岸边有通向河边的阶梯。

苏可西被陆宇拉着往阶梯走，一直下到最后一个台阶，水面近在眼前。她用打火机点燃灯芯，花灯瞬间就亮了。

有装有电池的花灯，但苏可西觉得自己点的比较好。

"推。"陆宇将自己的花灯放在她边上，暗着声喊道。

他的花灯和她的一起被推出去，那两个花灯漂了一段距离后，慢慢地随着周围的花灯一起往前漂。

249

苏可西看着,心里感慨,她站起来,弯腰看蹲着的陆宇。

陆宇正好抬头,与她对上视线。

他们两个人的身后,一面是河里倒映的星光,一面是漫天的银河星光,相辅相成,美轮美奂。

良久,苏可西才开口:"待会儿去哪儿?"

陆宇站起来,看了一下手表:"十一点四十。"

苏可西想了想,从嘉河回去的话,说不定还没到十二点,不如直接去广场跨年。

一起跨年多好啊。

"那我们去跨年吧,今年一起呀。"她说。

陆宇没反对,干脆地应道:"好。"

除夕夜,大概是由于很多人家习惯早上和中午吃年夜饭,所以晚上出来玩的人还挺多。去广场的路上,能碰见不少拖家带口的人。

下了车后,苏可西缩在厚厚的羽绒服里,她站在陆宇旁边,张望了一下周围,然后转过头说:"陆宇,我现在好冷啊。"

陆宇扭过来:"你穿得挺厚的。"

苏可西说:"我手就是很冷呀。"

她伸出手,摊在他面前,抓了抓,说:"你看都冻红了。"

"你这是捂红的吧。"陆宇翻了个白眼,无语道,"能不能别睁眼说瞎话。"

"不能。"苏可西反驳道。

没走一分钟,他们就到了广场。

广场里面全是人,挤在一起,各种吆喝声不绝于耳。

苏可西找了个高一点的台阶,站在上面往下张望,结果一眼就看到了唐茵。

她正和陆迟在一起,两个人还在吃棉花糖,大大的棉花糖时不时地挡住他们的脸,两个人似乎很开心。

苏可西转开视线:"我们过去吧,还差几分钟新年倒计时就要开始了。"

她捏了捏陆宇的胳膊。

陆宇皱着眉:"别动手动脚。"

听见这话,苏可西摆出一副无辜脸:"我没动脚,我只动了手。"

陆宇没再说话,皱着眉和她一起进了广场里面,一进到广场中心,他们瞬间被满满当当的人群包围。

在人群里挤了没多久,苏可西终于忍不住了,这大晚上的,人也太多了吧,被这么多人挤着,简直就是受罪啊。

正这么想着,她背后横过来一只手,苏可西一惊,她就知道这么多人,肯定有扒手和色狼浑水摸鱼,冬天衣服多,偷东西是再方便不过了。

苏可西伸手就去打,没想到肩膀被人一拽,她一下子被带到了陆宇的身侧。

陆宇低声说:"别动。"

离得近,苏可西能感受到陆宇说话时胸膛的震动,虽然隔着冬天的厚衣服,但还是能听得清楚,那声音一声声的,打鼓似的。

"跨年了!"

不知道是谁喊了一句,所有人的注意力都被吸引在了放广场倒计时的地方。

周围人全都盯着那里,就连刚才跳舞的人也停下了动静,周围只有窸窣的说话声和音乐声。

广场的大屏幕上显示着倒数的秒数。

苏可西连忙站直,拽住陆宇:"快快快,新年倒计时!跟着大家一起倒数!"

"知道了。"陆宇低沉的声音响在她耳边。

倒计时的声音逐渐变大,从周围扩散到整个广场,周围人跟着倒数的声音,整齐而响亮。

苏可西情不自禁地跟着喊:"九!"

她还看向陆宇,见他没有喊,又翻了个白眼,推了推他:"快和我一起倒数,然后再许个愿!"

虽然她知道这些动作是没什么用的,但她觉得许愿能让自己心安,也让她对新的一年充满期待。

陆宇还没来得及说话又被她打断:"快闭上眼!"

他拗不过她的强势,听话地闭眼,张嘴开始和其他人一起倒数:"三,二……"

苏可西踮脚,凑到陆宇耳边说:"新年快乐!"

CHAPTER

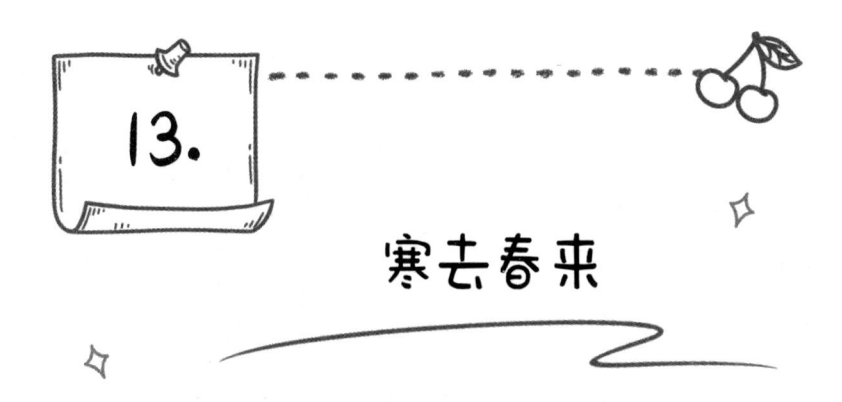

13.

寒去春来

If love is truth, then let it break my heart.
If love is fear, lead me to the dark.

If love is a game, I'm playing all my cards.

跨年的最后一个倒数声响起时,周围都是尖叫声,苏可西的声音被淹没在众多的欢呼惊喜声中。

倒计时结束,广场显示屏上的数字也跟着消失。

苏可西这才站直了身子,兴致勃勃地问陆宇:"你刚刚有听到我说了什么吗?"

陆宇侧过脸看她:"说什么?"

这话一出,苏可西顿时心都凉了,她精心准备的惊喜,谁知道他竟然没听见。

苏可西收了笑容怏怏地说:"没什么。"

她的沮丧实在很明显,就像是一朵花突然蔫了一样,陆宇一眼就看出来了。

苏可西低着头,就差吸鼻子了。

陆宇见状,抬头同她对视,轻轻说:"我听见了。"

苏可西有点不信,问:"听见什么了?你别骗我。"

陆宇唇角微扬,没有说话。

苏可西翻了个白眼:"不跟你说这个了,我要回家咯。"

这都十二点多了,再不回家也不太好,而且现在已经跨过年了,也没什么必要在外面逗留了。

"好。"陆宇应道。

苏可西张望了一下,发现之前看到的唐茵和陆迟已经不见了身影,不知道是不是回家了。

陆宇和她随着人流往外走。

广场上的人逐渐散去,等她们走到马路边缘的时候,广场上只剩下零星几十人了,他们打车回了小区。

小区的保安看到苏可西,认出来了她,也猜到她是去哪儿了,问道:"去那边跨年了吗?"

苏可西回道:"是呀,刚刚回来。"

陆宇在一旁不说话。

保安又问:"这是你朋友吗?"

苏可西看了一眼陆宇,笑嘻嘻地回答:"对啊。"

保安笑笑,没阻拦两个人。

小区里面非常安静,很多人家都熄了灯。

苏可西笑嘻嘻嘻地回了家。

陆宇打开梯子,将顶部放在了她的房间窗台边,苏可西小心翼翼地顺着梯子爬着进了屋子里面,站定后,她对着下面的陆宇挥了挥手。

陆宇收了梯子,在夜色中扛着就离开了。

苏可西远远地看着他的背影,那人影逐渐被树木遮掩住,消失在道路尽头。

苏可西关上窗,跳上了床。

初二那天,苏可西一家人去外婆家。

苏可西一早就被杨琦拎起来了:"快点穿衣服,迟了指不定要堵车,去年就这样。"

她在洗手间里应道:"快了快了。"

苏可西看了一眼镜子里的自己,眼里的兴奋几乎要跑出来。

她们这边的习俗是初二回娘家,关系缓和的第一年,陆宇的妈妈应该也会回去的,也就是说,她可以看见陆宇。

苏可西想着想着就笑出声来了。

杨琦一进洗手间就看见她傻笑的样子,拍了一下她的后脑勺:"刷牙在想什么,都快笑傻了。"

苏可西不满道:"妈你会把我拍傻的。"

杨琦淡淡地说:"哦。"

等杨琦快要离开洗手间的时候,她又转过了身:"别以为我不知道你那天晚上偷偷出去玩的事情。"

苏可西一下子顿住了。

她本来以为跨年那一夜的事情不会被知道,毕竟那天杨琦和苏建明早早就回了房间。

杨琦看她这表情,也没说什么。

那晚她和陆宇谈了一会儿,后来就猜到两个人会出去,毕竟自己女儿的性子她还猜不到吗?

半夜的时候,她去过苏可西的房间,里面只有灯光没有人。窗帘被风吹得飘起来,透过窗帘的缝隙里,她看见那张梯子已经消失了。

"我不干涉你,但你要为自己的未来做好打算。"杨琦看着苏可西,轻柔地摸了摸女儿的头发,"据我所知,他的成绩很好。"

话里的意思不言而明。

苏可西吐出牙膏沫子,漱了口,然后对上杨琦的视线:"我不会让自己陷入那样的境地。"

她不会的,接下来的一学期,谁也不知道会发生什么。

杨琦点点头:"那是最好不过了。"她顿了一下,然后轻轻说,"你是我的女儿,必然是要被人捧在手心上的。"

苏可西一下子笑了:"当然。"

等她走后,苏可西才扭过来,看着镜子里的自己。刚刚没有漱好口,嘴边还染着许多的泡沫,白白的,与她的肌肤交相呼应,更加显得人白。她一咧开嘴,牙齿就露了出来。

她应该没有那么笨的,她也可以很聪明。

上车后,苏可西给陆宇发了条消息——

我今天去外婆家。

陆宇那边没有回消息。
苏可西虽然没那么担心,但也有点怕陆宇的爸爸,毕竟他们两个的矛盾看起来持续了挺长时间的,一时间肯定解决不了。而且邱奶奶和邱爷爷都不喜欢陆跃鸣,如果他也跟着回去了,邱奶奶家肯定都要吵翻天了。一旦这样,这个年估计就不用过了。
一直到外婆家,苏可西也没收到陆宇的回复。这样的情况让她心里忍不住下坠,恐怕情况不太好。她不免想到上一次发生的事情,如果真闹起来,陆宇肯定是受到伤害的那个人。
外婆家舅舅他们已经来了。
苏可西踩着雪下了车,余光却一直瞥向隔壁的邱家。
邱家虽然开着门,客厅里摆了吃的东西,却一个人影也没有。
杨路看到她,就直接问道:"上次程北洋说在商场里遇到你了,是不是真的?"
苏可西点点头:"是啊。"
"你……看他怎么样?"杨路犹豫着问出这个问题。
苏可西诡异地看他:"我又不认识他,就知道个名字,见过那么一次而已。"
杨路却心虚地笑笑。
苏可西和杨路两个人正站在门口。
隔壁家走出来一个小女孩,看到他们俩,笑嘻嘻地走过来:"可西姐姐,快来我家吃糖呀,我今天多了一个哥哥!"
小女孩最为天真,多了哥哥,高兴的不得了。

苏可西一下子就猜到这个哥哥是陆宇。

看这样子邱家似乎没发生什么,不过这样最好,她捏了捏小女孩的脸:"姐姐待会儿就去哦,你先回去。"

等苏可西说完,她一抬头,才发现杨路已经回了家里。

她有些无奈地摇摇头,正准备和小女孩告别,隔壁又走出来一个人。顾长挺拔的身姿被隐在衣服里,面上冷冷淡淡的,就差没挂着一张脸了。

小女孩伸手指了指:"这就是我的新哥哥。"她兴奋地跳了回去,很快就跑没了影。

苏可西看着陆宇,控诉道:"我给你发消息你没回。"

陆宇解释道:"手机没在身边。"

两个人离近了些。

外面还在下着雪,就落在廊檐的外面,落在他们的脚边,那雪一沾地面,又轻轻地化为水。

苏可西想了想,最终还是问出口:"你今天还好吗?"

她声音小小的,不靠近听压根听不清。

陆宇恍了恍神,回过神后才应道:"嗯。"

苏可西这才松了一口气:"那我先回去了。"

她说着转身离开。

却没想到下一刻,陆宇的手横在她前方。

"不想等四年。"

苏可西很淡定地点点头,一点也没有兴奋的语气说:"嗯,我知道了。"

陆宇非常不满意。

苏可西想笑,但又忍住。她提醒道:"这是在我外婆家门口,爸妈都在里面,你要是敢动手动脚,他们非打死你不可。"

陆宇却扬眉:"不会的。"

他如此肯定的语气,苏可西有点怀疑,又想到那一晚发生的事情,装作不经意地问:"为什么?我妈难道和你说过什么?"

陆宇却没有回答。

"你们俩在干吗?"

杨路的声音突然从后面传过来,一下子将两个人惊醒了。

苏可西郑重其事道:"隆重介绍一下,这是陆宇。"她又看向陆宇,"这是我表哥,杨路。"

杨路听见这么一句介绍,结结巴巴道:"你朋友?"

苏可西还没回答,陆宇出声道:"是。"简短的一个字,语气却不容置疑。

苏可西非常喜欢这个回答。

杨路缓了缓:"哦哦哦,我还以为……姑姑刚才找你,你赶紧过去。"

苏可西用胳膊肘捣了捣陆宇,软着声说:"那我先回去了。"

陆宇低低地应了一声。

苏可西进了厨房。

杨琦正在洗菜,她问道:"妈,你刚才找我啊。"

"对啊,你跑哪儿去了,喊你几句你都没听见,去隔壁邱奶奶家借点葱,家里的葱都被雪弄坏了。"

苏可西欢快地应道:"好啊。"

杨琦随口道:"能别高兴得这么明显吗?"

苏可西嘿嘿嘿地笑,也不回答,径直跑出了厨房,正好迎面撞上回来的杨路。

她去过邱家很多次,熟门熟路。邱家和她外婆家的构造大抵是相同的,只有装修摆设的差距而已,一进邱家的门,她直奔后院的厨房而去。

才走到后门,她就听见说话声。

"你刚刚去哪儿了?"邱华问。

陆宇的声音波澜不惊:"门口。"

邱华没怀疑,歇了一会儿又开口:"快来帮忙把这只鸡杀了。"

苏可西有点好奇陆宇杀鸡是什么样子。

面前的门也没关着,她索性就直接推开了。

陆宇一只手拎着鸡站在那儿。鸡还活着的,也在挣扎,它的两只翅膀被陆宇的手抓住,只能蹬着脚,叫个不停。杂乱的鸡毛里露出他泛白修长的手指,他莹润的指甲和乱糟糟的鸡毛形成了鲜明的对比。

陆宇听到动静,抬头,对上苏可西的视线。

苏可西朝他眨眨眼睛。

他抿了抿唇,没动。

邱华刚杀了一只鸡,她杀完那只,接过陆宇手中的鸡,回头看到苏可西站在那儿,笑着问:"来找陆宇玩吗?"

苏可西摇头:"想借点葱,家里的葱被雪弄坏了。"

正巧邱奶奶从里面走出来,听到这话,随手从墙边拎起一把:"葱?在这儿在这儿,来来来。"

苏可西拿了一点:"谢谢邱奶奶,那我先回去了。"

她临走时看了一眼陆宇,他站在那儿,皱着眉,也不知道在想什么,有点嫌弃的样子。

午饭过后,苏可西帮家里洗碗。

客厅那边传来动静,外婆走了出去,问:"谁来了?"

杨路把人带进屋,介绍道:"我同学,程北洋,外婆您见过照片的,就我上次给您看的。"

外婆人虽然老,但眼神不差。程北洋长得阳光帅气,看着就很有礼貌的样子,正是他们这一辈人最喜欢的少年模样。

外婆笑眯眯地招呼道:"北洋是吧,快进来快进来。"

苏可西从后院出来,看到程北洋站那儿,还对她笑,她问:"你怎么来了?"

程北洋眨眨眼,回道:"我来找你哥哥。"

苏可西又看向杨路,他也一点反应都没有,同意地点点头,说:"对啊对啊。"

这大过年的,别人都在家过年或者走亲戚,程北洋跑他们家找人玩,她怎么想怎么觉得不太对劲。

程北洋却不看她,和外婆聊起来。

苏可西也不管,反正只要不找她就行。但没想到,外婆的想法却是既然是客人,肯定是要让小一辈的带着玩,所以她直接就让苏可西和杨路帮忙招呼。苏可西哪敢不同意。

程北洋偏偏还笑嘻嘻地看她:"上次见过之后还记得我呢。"

"不记得了。"苏可西翻了个白眼。

程北洋露出委屈的表情:"我上次加你微信,你都没同意。"

苏可西压根就不记得这件事了,翻出手机看了一眼。

好友申请列表里还真有个申请她没同意,她懒得加,反正以后又没什么交集,再加上对方意思不明,加了徒增麻烦。

程北洋叹了一口气:"我在你面前,你都不给我面子。"

苏可西收好手机,直接拒绝:"不好意思啊,我不想加。"

空气突然尴尬了起来,杨路出来打圆场:"你们俩说什么呢?北洋,你晚上在这儿睡吗?"

程北洋摇头:"晚上回去。"

他话音刚落,外婆的声音从后面传出来:"西西、小路,带北洋出去转转,家里可没什么好玩的。"

苏可西立刻看向杨路:"哥,你的同学,我就不添乱了。"

程北洋却说:"一起呀,不然多无聊。"

苏可西正准备说话,就看到门口处透出来的身影,那影子又很快消失。她将要说的话咽回肚子里,改口道:"我又不能带你们玩什么,就不打扰了。"

说完,就出了大门。

苏可西在墙边看到了陆宇。

陆宇站在那儿,加上后面落雪的背景,如同一幅精致的画。

她问:"你刚刚怎么走了?"

陆宇不回答,表情冷冷的,似乎有点黑脸,他暗沉的眼睛盯着她,瞳孔黑漆漆的,内里意味不明。

苏可西仔细看了好一会儿,觉出味道来了,歪着头看他,说:"你是不是——"

话还没说完被陆宇打断:"不是。"

"我话都还没有说出来,你就知道我要说什么了?"她贼贼地笑着,"你是不是做贼心虚?"

陆宇睨她一眼:"做什么贼?"

苏可西捂着嘴:"不做贼,那干吗生气?"

陆宇说:"没有。"

他几乎是和她同时说出来的这句话,苏可西没忍住,一下子就笑出声来了。

苏可西想了想,又问:"既然你没生气,那我就回去了,外婆让我带程北洋出去逛逛——"

陆宇又出声打断:"不行。"

苏可西"哦"一声。她微微低头,便看见陆宇垂在身侧的手指动来动去,指尖轻轻搅动,分明修长。

苏可西不理会他刚刚的否定,径直地说自己的打算:"下午的时候,再把他——"

"不许!"陆宇动作不重地拉住了她。

周围寂静下来,唯有他的声音响在耳侧:"我没生气。"随后,又强调了一下,"没有。"

苏可西好笑地应道:"好好,没有没有。"

陆宇知道她在想什么,他刚要说话,就看到门后出来的程北洋。

两个人的视线对视上,那一瞬间,彼此眼神里面的意味只有他们两个人才懂。

苏可西拽了拽陆宇的衣服:"你今晚要回去吗?"

"嗯。"陆宇低头应道。

两个人又没有说话了,直到后面传来咳嗽声,苏可西才回过头,皱着眉问:"程北洋,你怎么在这儿?"

程北洋不露痕迹地皱了眉,反问道:"这是大门口,我在这里也不奇怪吧?"

苏可西被他堵得没话说。

她又转向陆宇,小声地说:"我先回去了,待会儿见。"

陆宇点头:"好。"

"他有什么好的?"程北洋跟着苏可西回去,追问道,"我看着也没什么特别的啊。"

苏可西停住脚步:"还有呢?"

程北洋笑了笑:"你不觉得你们俩差别很大吗?"

"差别?"苏可西咀嚼着这两个字,忽然笑开了,"是吗?我怎么不知道?"

就算有差别,那又怎么样?

程北洋头一次没话说了。

说是待会儿见,直到晚上要回家了,苏可西都没再见到陆宇。

隔壁邱家似乎又爆发了一次争吵,等她从楼上跑下去的时候,邱家已经恢复了安静。隔壁那栋房子里面发生了什么,无人可知。

临走时,苏可西给陆宇发了一条消息。这次他倒是回得很快,只有简短的一个"嗯"字,表示他知道了,就没有再多的话了。

苏可西不便插入这件事,也没再询问。

年后没过多久就开学了。

离高考越来越近,嘉水私立中学管得就越严,但偏偏学生们却是越紧张越想着玩,离高考越近,心思越开始躁动。

开学考是每学期都有的。

苏可西在年后几天没去走亲戚，而是在家复习了很久，她想在这学期的第一场考试上拿一个好成绩，这样她接下来的学习才会有更多的信心。

考了两天试，老师们利用晚自习加班加点地改试卷。过去的这种考试，基本第二天下午或者晚上老师就能公布所有的成绩。

苏可西第一次对成绩那么紧张。

唐茵点了点她的鼻子："你这么急，不知道的还以为你要去做什么不可告人的事。"

苏可西揉揉自己的脸："我怕。"

她怕她之前所有的努力都会付诸东流，又怕自己被所有人远远甩在身后，她平生最自信，可成绩这一栏，从没让她自信过。

"我以前天不怕地不怕的，突然现在怕起成绩来了。"苏可西嗤笑道，嘲讽自己。

明明上学期还无所谓的。

唐茵拍拍她的头："就一次开学考而已，能有什么？离高考还有四个月，不要急躁。"

"嗯。"苏可西狠狠地点头。

试卷一张张被发了下来。最先发的是语文，苏可西盯着上面的红字松了一口气，对比她以前的成绩，这次的已经提高了不少。

第二节晚自习，理综的试卷被发了下来。

苏可西的理综非常差，她闭着眼睛深吸了一口气，然后才摊开试卷，看到那上面的分数，顿时整个人定在那里。她的脑袋像是被人用闷棍敲了一样，头晕目眩，令她喘不过气来。

苏可西抿着唇往下看，因为是自己学校出的卷子，老师改起来就比较随意，试卷上有每道题的得分和每个大题的总分。

林林总总的分数，让她的心顿时沉到底。

同桌的唐茵去了实验班，把试卷也带了过去。

"啊，我怎么这道题算错了最后的答案？好不容易蒙对了一个公式，还算错了！"于春在前面小声叫着。

苏可西眨眨眼，合上试卷。她鼻头酸酸的，说不出来的感觉。

到现在为止，已经发下来了三张试卷，语文她还可以，数学稍微差一点，而刚刚的理综……可以说是非常差了。

苏可西对于自己总成绩已经有了猜测。她揉了揉眼角，努力抑制住眼眶里差点渗出的水迹，盯着窗外黑漆漆的夜景发呆，最终又回归平静。

教室里没有老师在看自习，大部分的学生都在嘻嘻闹闹，要么就是讨论成绩，然后一起惊讶哀叹，这已经是常态了。

"我寒假在家一点都没复习，居然还能得到这个成绩，看来也是蛮幸运的。"

"开学考有什么用啊？我回家都不带书的。"

"寒假作业写了吗？快借我抄一抄，明天是不是就要上交了？我还有好几本都空白一大片。"

没过多久，班主任走进来，手中拿着一张纸。

不用说，肯定是总成绩单了。

林汝和别的老师不同，她知道现在的孩子自尊心都比较强，所以只会让她们看到自己的成绩和排名，不许看别人的，她也不会在教室里当众读出成绩。

十四班的学生，没多少人愿意主动学习，林汝要离开的时候，苏可西从后门走出去，喊住了她。

"你要看吗？"林汝说，她摊开成绩单，"其实严格来说，你的成绩还不错。"

苏可西最先看见的是全校排名。她就看了那么一眼，立马移开了视线。

林汝看到她沮丧的样子，摸了摸她的头发。

她还挺喜欢苏可西和唐茵两个女孩子的，古灵精怪的。

林汝放软了声音："你的理综可以在这学期提高一下，到时候排名就会上升很多,一分就是几千人,我不说你也懂。"

苏可西应道:"嗯,我知道了。"

两个人谈了几分钟,快下课的时候,苏可西才回到教室。

前排的几个男生都在玩游戏,压根没有成绩糟糕的紧迫感,和她仿佛隔在两个世界。没等第三节晚自习开始,苏可西就提前离开了教室。

还没到放学时间,回宿舍的路上只有她一个人,路上亮着几盏路灯,寂静得有些可怕。她低着头,径直回了宿舍。她以最快的速度洗完澡后,就直接躺在了床上。她反反复复地睁眼闭眼,心里面难受极了。

她拿出手机,眼前花了花。

苏可西抹掉快要掉下来的水,拨通了陆宇的电话。

不知道这时候他是不是在上晚自习……电话还没被接通,苏可西就挂断了。

可下一刻,手机振动起来,屏幕上跳动着"陆宇"两个字。

苏可西接通电话。

熟悉的浅浅呼吸声传入耳朵里,让她停住了繁杂的思绪,整个人就这么愣在那儿。

"怎么了?"直到陆宇低低地问,她才猛然回过神。

苏可西揪了揪被子,小声地说:"开学考……我考得很差。"

被子的角被她揪出难看的线条,皱在一起。

"我是不是很笨?"苏可西哽着声问,那边还没回答,她就自顾自地接着说了下去,"像我这样的,物理从来就没及格过,我当初为什么选了理科,因为我懒得背书?这大概就是自作孽不可活了……"

大概是有人听着,苏可西的声音越来越大。

也许就像是哭着的时候有人安慰就会哭得更凶一样,对面的陆宇分明没有出声,可她自己却越说越难受,一想到那张成绩单上白纸黑字的排名,她的心就梗着。

她感觉自己好像又没什么用了。

陆宇听着，抿紧了唇，没说话。

"胃疼。"到最后，苏可西委屈地说。

她蜷缩在被子里，一手捂着胃，一手捏着手机，宿舍里只有她一个人，四周突然变得寂寞起来。

苏可西哭着哭着就睡着了。

陆宇的手指点在桌上。许久，他终于听到那边安静了下来。先是呼吸声逐渐平缓下来，慢慢地，抽泣声也跟着停了。

秦升回过头问："刚刚怎么了？"

看陆宇这表情，好像很可怕的样子，对面难道是苏可西发生了什么可怕的事情？

陆宇没回答他，径直起身，离开了教室。

虽然是九点多，医务室还是开着的，他拿了一盒止痛药，路过一家零食店的时候又停了下来。

嘉水私立中学的墙一如既往地好翻。陆宇轻而易举地就进了校园，他和宿管阿姨好说歹说，反复解释自己实在是担心朋友，才得了阿姨的允许，进了女生宿舍里面。

本来门是锁着的，但被苏可西打开了，这会儿正虚掩着。

陆宇知道苏可西的宿舍是哪个，便直接推门进去了。

宿舍里没开灯，黑漆漆的，唯有阳台外面照进来了一点点月光，苏可西床的轮廓若隐若现，在黑暗中仔细看，能看到床上鼓起了一个大包。

陆宇走过去，看到她被月色照着的耳朵。他在地上坐了下来，听见她因为鼻子被堵住而发出了沉重的呼吸声。直到过了许久，外面有窸窣的人声传来。

陆宇方才如梦初醒，从口袋里掏出止痛药和糖果，轻轻地放在苏可西的枕头一侧。

然后关门离开了宿舍。

CHAPTER

14.

好好学习

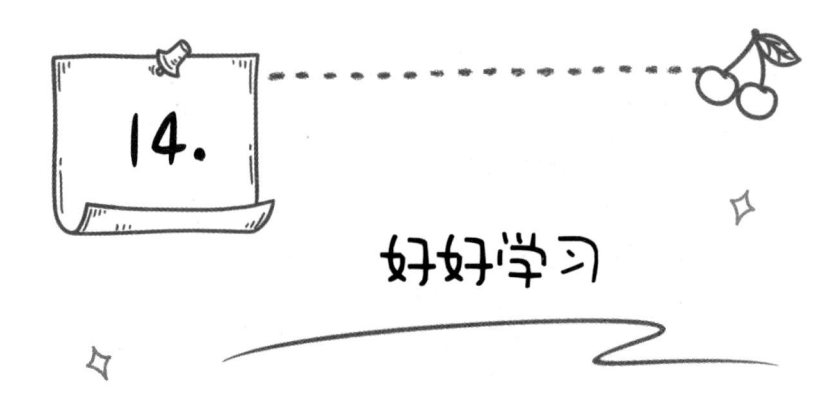

If love is truth, then let it break my heart.
If love is fear, lead me to the dark.

If love is a game, I'm playing all my cards.

第四节晚自习放学,苏可西的室友结伴回来。

苏可西已经醒了过来,正坐在床上愣神,她还没从睡梦中清醒过来。

"你今晚怎么这么早?"

"班主任问我们你去哪儿了,我们只能说你身体不舒服,不过幸好她没多问什么。"

苏可西终于回过神,点点头:"我是有点不舒服。"

她碰了碰胃,那里已经没有之前疼痛的感觉了。

不知道胃是不是被她当时的情绪感染了,还是只是突然就疼了起来,但现在疼痛感已经消失不见。

"你还去了医务室啊?"室友眼尖,看到枕头侧的止痛药,"咦,我记得下午有人说医生请假了啊。"

旁边的人摇摇头:"不知道,可能回来了吧。不过你这儿还有糖呢,这还是我小时候哄我侄子吃的。"

苏可西的目光转向枕侧。

一盒止痛药平平整整地放在那里,旁边散落着五彩缤纷的糖果,透明的糖纸里还能看见小方块一样的糖。

她拆开一颗放在嘴里,是柠檬味的。糖纸只有一点点大,折叠时会发出清脆的声音。

苏可西抬头问:"对了,你们回来的时候有看到人吗?"

"没。"室友随口回答,"宿舍里不就你一个人吗,难道有人进来了?"

"没。"苏可西否认道。

当然有人进来了,她从旁边摸出手机,上面还显示着打电话的界面,通话时间足足将近半小时,可她和陆宇真正讲话的时间压根没有那么久。

三中已经放学了。

秦升推了推林远生:"你看见宇哥了吗?怎么今晚从上节晚自习开始一直没见到人在哪儿?"

林远生答:"医务室吧,我好像看到了。"

他上厕所的时候看见了陆宇往那边走的人影,应该是去医务室没错了。

"医务室?"秦升纳闷,"不是好好的吗,活蹦乱跳的,哪里要去医务室。"

他仔细回想了一下,似乎是陆宇接到了一个电话吧,然后没多久就离开了。

难道是苏可西的电话?秦升越想越觉得有可能。

临近高考,三中的晚自习也增多了一节,学生们要等到十点半才能放学。

教学楼里都是脚步声和说话声,秦升和林远生一起慢悠悠地往下晃。

他们两家距离三中很近,十分钟左右路程就能到家,才到校门口,他们就碰见了陆宇。

"宇哥,这都放学了,你都可以直接回家了。"秦升打趣道。

陆宇看了他一眼,径直朝楼上走去。

林远生说:"没看见他心情不好的样子吗,你现在说话他肯定不会搭理你的。"

秦升叹气，他们相处了这么久，肯定是知道的。陆宇这个人平时不怎么生气，其实是因为对什么都无所谓，很多事触不到他的霉头。

他生气的时候，往往不爱说话。

秦升见过几次，对此记忆深刻，他嘀咕："这……谁又惹他了？"

"不知道。"林远生回答。

正说着，陆宇已经下了楼。

手机振动起来，是小学妹发来的语音，秦升连忙抽空听了一下，问："你晚上怎么没来上课？现在才回我消息。"

对面发语音过来："我去医院了，好像急性胃炎了，难受死了，一直吐……"

秦升急忙问："没事吧？"

小学妹回答："没事，就是难受，医生说吊两天水就行了。"

秦升这才松了一口气。

等他转过脸，就看到陆宇在看他，吓得他赶紧摸了摸自己的脸，生怕哪里有问题。等他再看时，陆宇已经转移了视线。

周末，学校终于放假。

这十几天里，几乎每天都有考试，大考小考接着，就没断过，晚自习除了考试就是讲题。

苏可西已经从开学考里缓过神来了，最近她上课没再看什么小说，也没再睡觉，听得很认真。

有时候听懂一道题的时候，她感觉都要激动得蹦起来，尤其是听她最讨厌的物理时。

物理老师是个精致女人，虽然很有才学，上课也很好，但说话总是慢吞吞的。苏可西以前上她的课基本都是睡过去的，现在终于能够撑着听完整节课了。

听课带来的效果是显著的。

她的理综一向是拖后腿的学科，在放假前的这次考试中，她的成绩整整提高了将近二十分,排名一下子蹿了不少。虽然只涨了这么点分,但已经足够明显了。

"你还在收什么东西?"唐茵从楼梯口那边走过来,见苏可西还没出来,好奇地问道。

苏可西连忙将试卷塞进书包里:"来了来了。"

最近的雪已经变少了,不过今天依旧飘了星星点点的小雪,这么一点雪,也不阻挡人出门。

上车后,唐茵问:"你要去三中吗?"

苏可西说:"去。"

她碰了碰包包,感觉隔着一层布料,她的手指依然能碰到里面的试卷,那纸张炙热得要将她燃烧。

三中依旧是在上课。

这次苏可西没进到校园里面,而是一直在校门口对面的超市里坐着看电视剧,电视里放着的是一部加起来有八百多集的台湾偶像剧。

一直等到三中下课,苏可西才抖了抖身子,进了教学楼里面。

三中的学生们已经逐渐地往外走了,她等了好一阵,才看到秦升和林远生慢悠悠地从教室里晃出来。

看到她,秦升惊讶地说:"哇,小姐姐,今天这么迟,还以为你不来了呢。"

苏可西看向他:"我这次在外面等你们下课了才进来的。"

秦升挤挤眼:"宇哥在里面。"

正说着,陆宇的身影就出现在教室后门处。

秦升这次变得有眼力见了,连忙说:"那小姐姐,我先走了啊,我还得回去帮我妈做饭呢。"

苏可西差点笑出声来:"加油加油啊。"

秦升挠挠头,和林远生下了楼梯。

等陆宇走到楼梯口这边,苏可西对他挥挥手,等陆宇到了她面前后,她将包里的试卷抽出来,摊在他面前,雀跃道:"你看我,我提高了好多。"怕陆宇误会，又解释道，"老师说这试卷难度和开学考一样的。"

陆宇抽走她手里的试卷，试卷上写着工整的字，一笔一画的，看着就知道非常用心，试卷最上方写着分数。

他将试卷放回到她手里："看起来不错。"

苏可西的嘴角不可避免地上扬，这种被夸奖的感觉真的很舒服，她整个人都松散了很多。

她眯眯眼，凑上前有点不好意思地小声说："你再夸夸我，多夸我几句。"

陆宇顿住，过了会儿，他才开口："你很棒。"

苏可西有点不满意："你就说三个字。"

不过总比没有好，陆宇就这点不好，说话总是就那么点。

陆宇抿了抿唇，没说话。

苏可西挥挥手："算了。"

她又想到自己上次哭了的事情，便盯着他问："那晚我枕头旁边的糖，是不是你偷偷放的？"

唐茵在实验班，那能翻进学校里，又只给她东西的人，除了他，苏可西想不到其他人。

陆宇却反问："吃药了？"

"吃了。"苏可西掏出糖果，"还剩下几个，分你一点。"

那糖果非常小，放在手心里就和小石子似的，唯有精致可爱的包装比较明显。

"我就是那晚胃疼了一下，后来就一点感觉都没有了。"苏可西随口道，"肯定是我平时不怎么哭，那天晚上哭得太凶，所以一下子就难受了，毕竟胃是个情绪器官。"

她抬头，对上陆宇的视线："所以你以后别让我哭。"

陆宇点头："好。"

苏可西一下子笑了。

她伸手递给陆宇两颗糖,又见他半天都没动静,便直接强塞给陆宇一颗糖。

"好吃吧。"苏可西笑着问。

陆宇含着糖问:"怎么不吃完?"

苏可西说:"当然是要给你了。好让你一直记着。"苏可西停下来,挡住他的脚步,"免得你又忘了,跑了怎么办?"

陆宇突然没了声音,他眼睑低垂,目光暗沉,唇角抿着下扯。

苏可西这才反应过来自己刚刚说了什么,有点懊恼。

上上学期期末和暑假陆宇和她不告而别的事情,现在几乎已经成了两个人之间的禁忌,明明能不提就不提。

她小声问:"你不高兴了?"

陆宇否认道:"没有。"

苏可西看了看他的脸色,上前一步,停在他面前,凑上去:"我不是那个意思,你不要误会了,你记着前半句嘛。"

陆宇看着她,与她对视:"没生气。"

"好,你没生气。"苏可西点点头。

苏可西的眉眼弯了下来,瓷白的一张脸在路灯下映得有点暖,那双眼睛里,就像是闪着星光。

现在是冬天,外边天黑得早。

苏可西看了一眼沉下来的天色,遗憾道:"好像不早了,要不我回家,明天再来找你玩?"

陆宇点点头。

少女的身影消失在他面前。没想到,才一两分钟,苏可西又出现在他面前。

她睁着眼睛,用控诉的语气问他:"你真的不送送我吗?还是不想和我一起走啊。"

苏可西觉得自己睁眼说瞎话的技能又上涨了不少。

陆宇看了一眼不远处:"你家的司机来了。"

"我知道啊。"苏可西点点头,却一点都没有要离开的意思,"但这里离那边还有一点距离啊。"

她实在不想浪费一点点时间。上了高三后,她和陆宇相处的时间一点点减少,每两个星期,她能和他在一块儿玩的时间也不过两天。

陆宇皱着眉,还是开了口:"送你。"

苏可西这才笑着说:"就是这样才对。"

没想到苏可西快要上车时,她突然发现了秦升,秦升身边跟着一个小姑娘,长得很清秀,一笑起来倒是可爱极了,脸上还带着酒窝。

苏可西想着,她估计就是小学妹了,秦升不止一次提过小学妹,她一直想看对方是什么样子的,现在一看,果然可爱。

正巧秦升也看见他们了,便朝这边招手:"宇哥!"

两个人走了过来,秦升看了一眼苏可西:"还在这儿呢?"

他挤了挤眼。

苏可西翻了个白眼:"我要回家了。"

秦升诧异:"这么早啊……"

往常没这么早啊,难道是陆宇哪里又惹小姐姐不高兴了,还是说了什么不好的话?

苏可西一眼就看出来了秦升的心思,她道:"你瞎猜什么呢。"

秦升尴尬地笑笑,继续和陆宇说话。

小学妹则是站在苏可西的身边,小声地和苏可西说话。

看着小学妹红扑扑的脸,星光闪闪的眼睛,苏可西只想捏她的脸。

几分钟后,秦升带着小学妹离开。

陆宇扭过头问:"她和你说什么了?"

苏可西摇头:"没什么,就是女生间都会说的嘛。"

"真的?"

"你都听到了还什么真的假的。"苏可西终于开口了,"是不是想和我多说几句话才这么问我的?"

陆宇闭紧嘴不说话了。

苏可西哈哈一笑，坐进车里，按下车窗，叮嘱道："明天记得空下来啊，不然我会生气的。"

陆宇没回应。

不过这也在苏可西的预料之中，她没再说什么，让司机开车回家。

陆宇回到家的时候，邱华正坐在桌边，她面前摆放着一沓文件和一个墨绿色的小本子，眉梢上带着他未曾见过的喜意。

"陆宇。"见他回来，邱华转过头问。

"这是什么？"

陆宇伸手拿过文件，上面显示着一行字——

离婚协议书

不用说，他都知道这是哪个人的。

"你要和他结婚？"陆宇抬头看着她，直截了当地开口，"我不会同意的，至少现在不会。"

邱华也料到了他的反应，苦笑几下，她好不容易才等到了这一天，原本她就是陆跃鸣真正的女朋友，她才应该是陆跃鸣的合法妻子，谁知道王子艳居然会做出那样的事。

等王子艳松口真不是一件容易的事，从去年到现在，王子艳知道这件事这么久了，却一直都捏着这件事，每次一提到离婚总是不同意，后来邱华都觉得她可能有点魔障了。

听说上学期期末，王子艳还去嘉水私立中学闹过一次，后来也不知道怎么的，态度就有点变了。

直到今年年后不久，她终于同意离婚了。

邱华摸着陆跃鸣的离婚证，眼里含着意味不明的情绪："我知道你不同意，在你没同意之前，我不会结婚的。"

陆宇皱着眉看她，良久，他才开口："你真觉得他会和你结婚？"

这样一个始乱终弃，又背着妻子在外面乱来的人，是怎么也不可能安下心的。

"你不觉得你太天真了吗？"陆宇道。

邱华看向他，心里忽然就不确定了，过了一会儿，她摇摇头说："妈妈不知道……我现在不会结婚的，最早也要等你高考结束。"

陆宇点点头，还有几个月，足以看清人的真面目了。

邱华说："我会等你同意的。"

她也想要一个有儿子同意的婚礼，这样人生才会没有遗憾。

过了一会儿，她又问："明天要去买东西吗？那家店上新了。"

陆宇以前买衣服都是在同一家店，几乎没变过，这次正好那家店上新了，所以她才会这么问。

停顿了片刻后，陆宇才开口："不去。"

邱华有点意外："那你自己以后去？还是我给你去买了？"

陆宇应了一声："嗯，以后自己去。"

"行吧。"邱华收了桌上的东西，转过头说，"我刚刚跟你说的你要记住了。"

陆宇没再说什么，径直回了房间。

晚上十一点。

苏可西已经洗完澡躺在床上了，没等她给陆宇发消息，反倒是收到了一条他发来的消息。

虽然陆宇也给她发过消息，但那都是特殊时候，他们今晚才刚刚见过，他却突然发消息了，有点不正常。

苏可西惊疑了一下，点开消息，被里面的几个字震惊到了。

好好学习。

她平时没有好好学习吗？苏可西拍了拍脸，深深觉得自己受到了鄙视，"哼"了一声，只给他发了一张"我要去努力学习学习学习"的表情包。

苏可西又翻相册。因为高中玩手机的时间不多，所以她的手机三年都没换过，许多很早的照片都在里面，当然也有陆宇的，只不过那时候陆宇不喜欢照相，每次只要她一说合照，他就会冷着一张脸，一副不情不愿的样子。

但人长得好看，就算是冷着脸，照片也是非常好看，虽然苏可西的相册里只有他的一张照片。这张照片还是去年冬天照的。当时她穿着厚重的羽绒服，围巾圈了好几圈，就露了半张脸，不过照片上，她的两只眼睛倒是很好看。至于陆宇，则是站在她旁边，他隽秀的一张脸被她捏着，往外拽了好远，他的侧脸红了一大片，嘴角也被扯开了。

陆宇斜眼看着她，皱着的眉头似乎能把苍蝇夹死，他差点就打死她了。

苏可西看着照片笑得乐不可支。

陆宇那时候高高冷冷的，一点也不像现在这样，他唯一不变的地方，大概就是话少了，他现在好像比以前活泼了，偶尔气急败坏的时候，还会说出真正的心里话。

苏可西正捂着嘴笑，屏幕上方显出一行字。一闪而过，她没来得及看清，只好点进微信里看。

等看清那几个字，她真的没反应过来，半晌才眨眨眼，只觉得世界都玄幻了。

　　我妈说的。

邱阿姨说的？苏可西琢磨了片刻，怎么也觉得不对劲。

她和邱阿姨压根就没有多熟悉，也就见过几次面，她们说的话，加起来都不超过十句。

邱阿姨怎么可能和她说这话？可别是陆宇自己想说这话，又抹不开面子，然后借着邱阿姨的由头来说的吧？

苏可西越想越觉得可能。

其实她对邱阿姨的感觉并不是很好，但因为对方是陆宇的妈妈，她也不能说非常讨厌对方，毕竟她在外婆家看到的邱阿姨，其实还不错，她那个人，只不过在感情上没有想法。

不过话说回来，大人的事，她也管不着。

苏可西感慨了两句，回复道："一定天天向上！"

她发了张敬礼的表情包。

对面只发了一个句号，但苏可西已经明白了陆宇的意思。

三模成绩下来了。

老师在上面讲题，苏可西坐在下面，感觉时间过得真的超级快，好像她一点都没有预料到。

高考这么快就要来了。

苏可西摊开试卷，理综试卷最上面鲜红色的两百五十多的分数就像是一场梦一般。

两个多月前她还只有两百左右的分数，其中大部分还是靠生物和化学拉。而现在，她已经能够有这么多分数了。虽然在理科，这样的成绩不算是非常好，尤其是放眼全省，她恐怕都排不到什么名次。

而以陆宇的成绩，必然是会考上最好的一所学校。

苏可西扶着头，叹了一口气。

她觉得自己太自信过头了，他们两个人之间的成绩肯定是会差很多的，她大概是在学习方面没有多大的才能。

这段时间她的物理能从十几分提高到六十多分，全靠每天晚上回到宿舍后陆宇给她语音讲题。虽然一直都是他说，她听着而已，但她真的学到了许多。为了学习，她这两个月流量都超标了。

晚自习的时候，苏可西将试卷拍照发给了陆宇。

历年来，三模的试卷都是比较简单的，临上考场了，总归是要给一些考生信心的，尤其是二模考差了的那些学生。苏可西的二模成绩比三模差了一点，但她算了算，以她现在的成绩，是可以上一本的。就算高考结束后，她不能和陆宇上同一所学校，但最少她也要和陆宇去同一个地方上学，甚至同区。很多大学都是连在一起的，好大学也不例外。

她正在发呆，手机突然振动。

陆宇发来了消息。苏可西点开，只看到一张图。是她很久以前发给他的，是微博上那些最萌身高差的摆拍姿势，有一系列，各种各样的都有。

陆宇比她高很多，她想拍这一系列好久啦。

苏可西回复——

你要奖励我这个吗？

没想到，她刚发出消息，对面几乎同时发过来简短的几个字——

高考奖励。

所以是高考考好了就和她一起拍照了？

苏可西还没问陆宇的意思，就收到秦升的消息——

来玩游戏啊，让我带你飞。

秦升发了一张图过来。

苏可西按照那个名字，搜索下载，随后很快将新手任务过了。她虽然平时不怎么玩游戏，但多多少少还是会玩的，这种射击类的倒是第一次玩。

秦升正带着小学妹玩呢，见她进来了，连忙说："来来来，今天一起飞,三人行。高考前,放松放松。"

苏可西开了语音:"行,我等着躺赢了。"

"行行行。"秦升又从微信上戳了一下陆宇,"宇哥,现在来不来一局啊?浪一把?"

随后,一个字出现在他面前。

秦升想了想,把游戏截图发过去,说:"真不来?那我一个人带苏可西飞了啊?"

对面又没了动静。

小学妹伸着头问:"不来吗?"

秦升摇摇头:"估计是不来了,怕是要好好学习了。"

他笑嘻嘻地重新回到游戏界面,发现就剩自己和小学妹两个人了。

"苏可西呢?怎么我一回来就没影子了?"

秦升看了半天,又去微信上找了苏可西。好半天,他终于等到了简短的几个字——

不麻烦你啦,我和陆宇去玩了。

CHAPTER

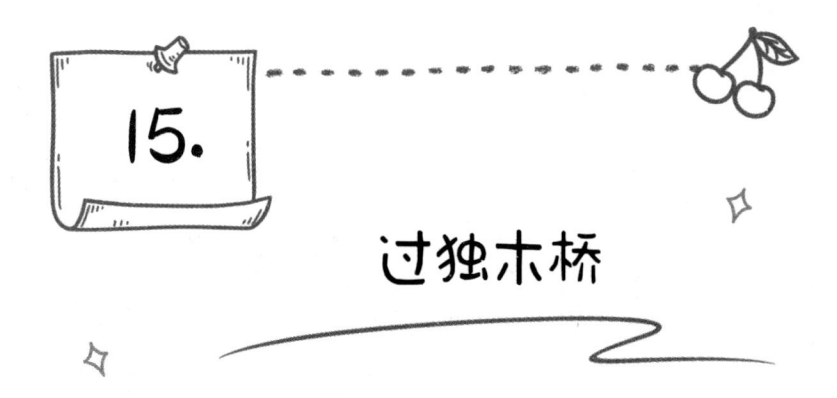

15.

过独木桥

If love is truth, then let it break my heart.
If love is fear, lead me to the dark.

If love is a game, I'm playing all my cards.

苏可西原本打算和秦升一起玩的,毕竟一天到晚都在写试卷写资料,脑袋都大了,玩把游戏放松一下也没什么。只不过她同意组队没多久,就有一个不认识的人申请加她好友了。

苏可西点了拒绝。

对方又申请了。

乐此不疲的。

她终于有点兴趣了,仔仔细细地看了下对方的昵称,犹豫着同意了,发了条消息过去:"陆宇?"

对方很快回了:"嗯。"

苏可西立刻抛弃了秦升,果断邀请陆宇。

虽然没玩过这个,也不知道怎么玩,但并不妨碍她和陆宇一起玩。

匹配游戏的时候,苏可西忍不住问:"你为什么取名字叫'萌萌哒的狗'?"

这实在是不符合陆宇的人设。

没想到,陆宇淡淡答道:"我喜欢。"

这个游戏其实不难,说起来也就是几个队伍被投放到一个区域,玩家开始会随机自带基础装备,比如枪和一些疗伤物品,还有吃的,玩家到达指定区域后,就可以击杀对方的队伍了。

用一模一样的装备去击杀对手,最终留下来的就是胜利者。

苏可西兴致勃勃的,准备大露一手。

手机屏幕一黑,等再亮起来时,屏幕中出现的就是森林,她的角色站在草丛里东张西望,看起来傻乎乎的。她连忙看小地图里陆宇的位置,往他那边跑。

"趴下。"

耳边忽然传来陆宇的声音,低沉而冷冽。

苏可西都没想自己怎么开了语音,就反射性地顺着他的话趴下,然后她就看到顶着"萌萌哒的狗"名字的陆宇半蹲着射击。

后面发出惨叫声,很快队伍击杀人数那边就出现了一个人头。

苏可西"哇"了一声,夸道:"真棒!"

她的女角色顺着那男角色转了一个圈,她操纵着角色靠近对方:"看上去是不是很合拍?"

陆宇漫不经心的语气透过手机传过来:"你可以继续浪。"

也许是因为游戏处理的缘故,他的声音听起来机械了些,冷了点。

苏可西说:"不浪不浪。"

正说着,在她面前站得好好的人又突然动了一下,左上角的人头数又增加了一个。

苏可西回头看了一眼还没消失的尸体,那个人躲在草丛里,要不是仔细看压根看不到的。

连杀两个,陆宇的装备已经比她高级不少。

苏可西觉得自己这么多年都白活了,她感慨道:"怎么感觉我一点用都没有?"

对面只有呼吸声,还有人开车过来的嘈杂声,夹杂着乱七八糟的声音,她突然感觉自己听见了陆宇的声音:"有用的。"

苏可西不由得恍了恍神,就看到陆宇的那个角色蹲在了自己前面,显然是在防着周围。

陆宇说:"跟在我后面,别乱跑。"

苏可西操纵着小人跟在他后面,猫着身子往前走。

结果一眨眼,面前的人就不见了,她小声问:"陆宇?陆宇你人在哪儿呢?你人呢?被杀了?"

转了一圈都没见到人,苏可西看他的血条一点也没少,又有点失落,不应该等她一起的吗?

忽然,耳机里传来踩草的声音,她定眼一看,陆宇的角色正趴在地上,耳机里的他说:"叫这么大声,是想让别人都知道你在哪儿?"

虽然是责怪的话,语气中责备的意味却并不明显。

随后,她旁边就出现了"试剂"的字样,系统提示她可以将那东西捡进自己的背包里,游戏里人死了其实是可以复活的,但必须要找到试剂,给自己注射才行。

这试剂每局游戏里就只有三支,数量并不会刷新。

苏可西问:"这是你给我的?"

陆宇:"嗯。"

多余的他就不肯再说了。

他们两个人只聊了这么一会儿,被投放的五个队伍就已经只剩下三个了。

苏可西跟着陆宇左拐右拐,还开了辆车,他们晃晃悠悠地上了大马路,一点也不隐藏。

她问:"咱们这样大摇大摆的?"

陆宇"哦"一声,说:"没什么。"

很快,苏可西就知道他这么淡定的原因了。因为眼红这辆车而来打劫的一个队伍,全员都被陆宇击杀了。

陆宇作战时,苏可西的游戏角色就坐在副驾驶上,她听见枪声咣里咣咚响,噼里啪啦个不停,下一秒,那个队伍便全员下线了,她都没看见那些人长什么样。

附近有个队伍发出骂声。

苏可西差点没笑出声来,她下了车,做贼似的捡起他们的东西,然后跑到陆宇身边。可能是跑得太激动了，一下子撞翻了陆宇，两个人都摔在地上。

"你怎么还没起来？"

苏可西听见这声音，才回过神，她爬起来，捏了捏脸，操纵着角色跑到树林里，躲进草丛里。

陆宇又问："你又做什么？"

苏可西说："等你把人都打死了我再出去。"

良久，陆宇无奈的声音才响起："跟在我身边。"

苏可西屁颠屁颠地跑到他旁边，脆着声音说："你可要保护好我啊，我的小命就在你手上了。"

陆宇说："好。"

两个人走了不远的一段距离，陆宇说："你在这里躲着。"

他离开了原地。

万万没想到，苏可西玩得太过，她往草丛里躲的时候，居然直接躲进了别人的家里，于是她一下子就被藏在那里的人给发现了。下一秒，苏可西的角色就被枪杀了。

她耳旁甚至响起秦升那贼兮兮的声音："居然匹配到了你，对不住了啊！"

手机屏幕一下子黑了，苏可西不甘心地退出游戏。

没等多久，微信上秦升发来消息——

你以后和我说你什么时间段玩游戏。

苏可西疑惑地回——

怎么了？

秦升发来几个感叹号。

足足四次啊!宇哥他丧心病狂,打死我就算了,还复活接着打!

太可怕了。

苏可西先是嘲笑了一下对方,随后好奇地问——

他干吗要打死你那么多次啊,你惹他不开心了吗?

秦升郁闷地回道——

还不是我把你打死了……

不就是玩游戏的时候击杀了那么一次苏可西嘛,结果陆宇将他打死,又复活,然后又打死,来来回回三四次。

他差点就对这个游戏产生阴影了。

苏可西一下子愣住了,她没想到所谓的原因那么简单,不过是因为她被打死了。

秦升还在抱怨——

谁让我那么倒霉匹配到你们两个,宇哥真的好可怕啊,我以后再也不和你们玩了……

苏可西早就不在看微信消息了。

那次过后,苏可西再也没上过游戏。

很快,高考就来了。

考前有三天假,苏可西没准备留在学校,林汝将每个人的准考证发了,然后又叮嘱了一些事。做完这些,她又将随后的晚自习留给大家放松。

班里的一伙人叫着要玩真心话大冒险，还说要来一场高考前的狂欢，但游戏的另一条规则是：不许问对方不愿意回答的。

老师们都自觉地待在办公室里。

苏可西闲着没事，也加入了游戏。没想到居然第一个就转到了她，她索性破罐子破摔了："有什么想问的问吧。"

"你……"于春贼兮兮地笑笑，"我没有想问的，要不要试试大冒险？"

这话一出，整个教室都是起哄声。

苏可西就知道这小子鬼点多。

她眨眨眼睛，应道："好哇。"

于春想了想，然后说："要不就打电话给最近联系的一个人，然后说想他了，看什么回应。"

苏可西最近的联系人自然是陆宇，她也没避讳什么，直接拨了电话过去。

没过多久，那头接通了。

陆宇的声音还有点哑，带着点睡醒后的感觉。

苏可西默默揉了揉耳朵，说："我想你了。"

对面安静了一瞬。

然后陆宇轻轻地"嗯"了一声："我……"

他话还没说完，但因为开着免提，就这么一句话也够了，苏可西没想让班里的人多听，随后就挂断了电话。

于春带头起哄："你就是不一样，本来还想知道对面是什么反应来着。"

结果就那么简单的一句话。

苏可西翻了个白眼："你还想听什么？"

"不敢听，不敢听。"于春连忙摆手。

游戏没玩多久，不过每个人都参与了。大约九点多的时候，终于要散场了。

虽然还有几分钟下课，苏可西还是收拾了自己的东西，和于春他们互道了一声祝福，背着包就往教室外面走。

她才打开后门，面前就压下来一片阴影。苏可西没注意，骤然整个人撞了上去，对面人的胸膛坚硬得厉害，她的眼睛就那么一花。

随即她就感觉自己的胳膊被扣住，然后重新获得了平衡。她抬头，望着那双眼睛。

没想到，陆宇问了一个问题："为什么挂电话？"

苏可西看着他，好奇地问："你没傻吧？怎么纠结这个？"

问完这句话，苏可西就感觉周围好像冷了点。

她想了想，突然想到好像之前是自己做得有些莫名其妙，想到这里，苏可西尴尬地笑笑："刚刚我们班里在玩游戏，然后我输了，需要打电话给你。"

陆宇没说话，眼皮子都一动不动。

苏可西见状，想赶紧翻篇这事。她拉着陆宇就要离开。

没想到陆宇却没动："讲题。"

苏可西这才抬头看着陆宇："你来这儿就是为了给我讲题？"

陆宇说："嗯。"

苏可西将信将疑，转着看了他一圈："你真的没说假话吧，不是可以直接语音吗？"

陆宇移开视线："语音没有当面好，就要考试了。"

苏可西愣愣地点头，等她回过神来时，陆宇已经坐在最后一排的角落处了，正好是她的位置。

苏可西坐在同桌的座位上，将今天新考的一张试卷从书里面抽出来："我错了好几题……"

陆宇抽出她压在书下面的笔，他低着头，慢条斯理地摊开试卷，动作简单，却随处透着文雅，看起来就像是一幅画。

陆宇没有穿三中的校服，而是穿了一件白色的衬衣，衣服贴在他的身上，显出他精瘦的身材，他修长白皙的手指夹着黑笔，公式几乎是一眨眼之间就被他写在了试卷上。

陆宇扭过头看她："这道题怎么错了？"

他的指尖轻轻点在物理的第二道大题上，试卷上面，除了第一小题，剩下的题目就都没得分了。

苏可西脸色微红："不会写。"

"我记得我讲过。"陆宇说，没等苏可西再回答，他就径直开始讲起题来。

教学楼几乎已经全黑了，高三这边只剩下他们两个人。

苏可西的目光放在他手中的笔写过的地方，笔迹印在纸上，也像是印在她的心上。

陆宇还在说话。

也许是为了让她跟上讲解的思路，通常在几句话后，陆宇就会停顿一下，每当这时候，苏可西就会和他对视上。

一直到十一点的时候，试卷终于被讲完了。

苏可西如梦初醒，她盯着上面陆宇写得潦草的字迹，发现自己能看懂真的是奇迹。

她吸了吸鼻子："都好晚了。"

陆宇放下笔，交叉的腿从桌子底下收回来，站起来，居高临下地看着她："嗯。"

"你也要回去了。"苏可西收拾好东西，"今天晚上我不是故意的，下次不会了。"

陆宇没说话。

苏可西关了灯，准备走时，耳边忽然响起陆宇压低声音说的一句话："好好考试。"

考试那天太阳当空，艳阳高照。

原本前两天还在下雨，结果考试那天就出了太阳，暑气蒸得人脸都发红，感觉又闷又热。

苏可西早上一下楼，就看到杨琦坐在沙发那边，看起来很紧张，她还穿上了红衣服，就差烧香了。

"我送你去考试。"见她下来，杨琦站起来说。

苏可西摇头："不就在家门口吗？又不是不认识路，你跟在我身边我反而还紧张。"

听见这话，杨琦叹气。

她知道这学期以来女儿成绩进步很大，但是苏可西以往的成绩给她的印象太深，她总怕这次会出……呸呸呸。

"既然这样，那你注意安全。"杨琦叮嘱道，"别有太大压力，尽自己的力就好。"

苏可西自然点头："放心好了，肯定会的。"

她随意地吃完早饭就出发了。

没走多长时间就到了考场，考场所在的学校离她家很近，只需要过一个红绿灯就到地方了。

学校门口全是送考的家长们。

一场考试要么两小时，要么两个半小时，送孩子们来的家长们都不愿意走，他们要么站在学校旁边的店里，要么就在志愿者那边的摊子边上待着。

一瓶瓶矿泉水被漂亮的志愿者小姐姐送给考生和家长们。考场周围还有警察和救护车在等候着，随时预备着待会儿考试中会出现的突发事故。

第一场考试九点开始。

苏可西早就知道她和陆宇不在同一个学校考试，除了感觉有点可惜以外，她又觉得松了一口气。

苏可西站在教室外面，她的考场在三楼楼梯口这边，正好可以看见下面走来走去的考生们。

秦升的身影不期而遇地进入她的眼里。

他招招手:"考试加油。"

苏可西冲他笑笑:"你也是。"

"宇哥在一中呢。"秦升挠挠头说,"你们两个不在同一个学校,不然就可以一起走了。"

"我知道。"

说了没几句后,他们就和其他考生陆续进了考场。

第一场的语文,苏可西没太紧张,毕竟她对语文还是比较有信心的,虽然不像英语那样,是她的强项,但她也算是比较拿手。

苏可西花在作文上的时间比较多,毕竟一旦审题错误,写的内容就会直接偏题,那成绩就会很差了。

两个半小时一闪而过。

苏可西正好掐着时间把答题卡涂完,她长舒一口气,趁老师收别人的试卷时又检查了一遍自己有没有涂错。每年新闻上都有把答题卡涂错位的、漏涂的……各种各样的意外都有,一旦涂错答题卡,那就白白浪费了做的题目,她不能容许这样的事情发生。

好在一切正常,苏可西盯着老师收走了自己的答题卡后,看向经过窗外的三三两两的考生。

杨琦在她回到家后,变得十分安静。

"这是你最爱吃的……你今天下午还是自己过去吗?下午要不要睡一会儿,不然容易打瞌睡?"

她像老妈子上身似的。

苏可西听着听着,终于无奈地开口:"妈,你别紧张啊,我都不紧张,你怕什么?"

杨琦委屈地看她:"我担心嘛。"过了一会儿,她又开口,"没考好也没事,反正现在的出路也不止高考这一条……"

苏可西晃了晃她的胳膊:"我才考了一门呢,你就说这样的话,再说我就不开心了。"

杨琦连忙闭嘴不说了。

下午考完试回来后，苏可西吃完饭，然后洗洗上床，早早地就睡觉了。她和陆宇一句话都没有说，直接将手机关机了。

第二天的理综，她必须要打起百分之两百的精神，才能答好这最重要的一场考试。能不能和陆宇离得近一点，继续做朋友，全靠这一场了。

苏可西不容许自己太差。

两天的考试一晃而过。

苏可西从考场里出来的时候，热浪直往人身上扑，身后是其他人的欢呼尖叫声，络绎不绝。家长们的脸上也是同样的表情，他们一直待在室外，因为日晒，脸上不停地滴着汗，却一点也没有抱怨。

有两个记者在校门口采访学生。

苏可西一出校门就被拦住了，毕竟她长得赏心悦目，又看起来没有愁眉苦脸的，最适合采访不过了。

"这位同学，你觉得这次的高考试卷难易程度如何？有没有觉得很棘手？考完试后感觉如何？"

苏可西不想接受采访，她推了推对方的麦克风，径直往旁边走，但记者却一直跟着她，问她同样的问题。

苏可西索性停了下来，对着镜头挑眉："考试考得怎么样我现在不知道，自然希望很好。"

她问面前的记者："我可以说一句私人的话吗？"

记者愣了一下："只要不是太放肆……一般都可以说。"

苏可西点点头，她酝酿了一下情绪，这才重新看向镜头。

镜头中的人披着一头及肩黑发，发丝被阳光照着，如同丝绸般柔顺，她瓷白的脸上，一双眼睛炯炯有神，漆黑的眼眸直勾勾地盯着镜头。

苏可西伸手撩了一下耳侧的头发，认真地开口说："陆宇，你还记得说过的话吗？"

苏可西也是心血来潮。

记者明显一愣，他没遇见过转话题转得这么厉害的，一时间都没反应过来。不过他很快回过神，追问："陆宇也是今年的考生吗？"

苏可西点点头，看着镜头，微微一笑，弯了弯眼睛："我们是同一届的，只不过考试的学校不是同一个。"

记者说："谢谢你的回答，祝你心想事成。"

苏可西表现得甜甜的，趁记者还没转身，她又凑近了一点镜头，说："陆宇，你说好给我高考奖励的，现在在全国人民面前，可不能反悔。"

记者又说了一些感谢的话，而后快速跑开了。

晚间，秦升当时正在外面逛街，结果就看到店里的电视上放着采访。

电视上，苏可西的那张脸很娇俏，看上去就活力十足。

当然让他最震惊的还是苏可西接下来的几句话。

秦升直接将一口奶茶喷了出来，他瞪着电视上的人，又听到后面的什么奖励，一下子来了兴趣。他连忙打电话给陆宇："宇哥，快快快，上网搜H市高考采访。"

陆宇声音微冷："你自己看。"

秦升急了："我看过了，才让你看的，你不看你会后悔的，真的，宇哥别说我没提醒你啊，苏可西可是在上面呢。"

电话直接被挂断了。

秦升摸了摸鼻子，不去看就不去看。

陆宇挂了电话，上微博搜索秦升说的那个采访，不过几秒，就有一个高清短片视频跳了出来，而视频的封面，正是刚从考场出来的苏可西。

他定了定神，点开。

老套的几个问题过后，那个熟悉的问题就出现了，苏可西直勾勾地盯着镜头，却像是看进了他心里。

陆宇关了手机，耳边依旧还有那句话的回音。手机突然响起，他低头，屏幕上跳动着"苏可西"三个字。

苏可西坐在商场的蛋糕店里，看着外面人来人往，她低头咬了一口布丁，等着电话被接通。

在她愣神的时候，耳边已经响起了陆宇的声音："在哪儿？"

苏可西想了想，然后笑嘻嘻地说："现在不告诉你，等过两天在照相馆见。"

对面沉默了一瞬。

良久，陆宇才开口说："好。"

所有人都没想到的是，这段采访被一个大V转发了。

也许是苏可西语出惊人，也许是因为她太上镜了，转发的人竟然有很多，在深夜的时候，这条微博就上了热搜。

每年高考期间，最关注高考的就是那些已经高考过了的人们，而不是当年的考生。

苏可西回答里的另一个主人公进入了大家的视线。

"陆宇到底是谁"突然就成了微博上的一个话题。

不仅如此，那个语焉不详的高考奖励也让大家突然来了兴趣，许多网友纷纷拥进嘉水私立中学的官博，在评论区询问，当然更多的人都是在问陆宇是谁。

紧跟其后出现了另一个新的话题——请陆宇出来兑现高考奖励。

他们想看看那个高考奖励是什么。

成绩出来的前一天，天气变得凉爽起来。

苏可西没有选成绩出来后拍照，因为她怕自己到时候没了心情，所以她趁着成绩要出来的前夕，拖着陆宇要去拍照。

微博上最萌身高差的一组照片苏可西都喜欢好久了，而且很多博主也发了，她们都拍得超级好看。因此她想自己一定要和陆宇试一次，这也是她很久以前的想法。

这边有艺术照的摄影馆。苏可西盯了好久,还去询问了一下,确定里面有可以拍艺术照的才把陆宇带了进去。

原本秦升和陆宇在一起,秦升一看到她,立刻挤眉弄眼道:"厉害,真厉害,厉害!"

苏可西对他笑笑:"小学妹呢?"

秦升答:"小学妹和她家人回老家去了。"

苏可西才不信他这话,这段日子恐怕秦升都快高兴得要死了,没人管他,又不用上学。

她问完,转头拉着陆宇对秦升说:"我和陆宇先走了啊。"

秦升连忙挥手:"走走走,让我一个人静静。"

拍摄的店主也和苏可西认识了,早就准备好。

最先拍的是室内场景,摄影师一看这两人就知道都很上镜,还想到后面修图能轻松不少。

他摆好相机,询问道:"你们有自己准备的动作或者姿势吗?"

苏可西看了一眼陆宇:"有。"

直到拍照的时候,摄影师终于觉得没那么简单了——因为男主角一直不笑啊!

男生全程顶着一张冷淡的脸,再看旁边的女生,笑得多开心啊。

摄影师叹了一口气:"那个……男主角也要笑笑,不然拍出来不好看。"

闻言,苏可西转身,伸手捏住他的脸,威胁道:"笑笑,再不笑我不开心了。"

她粗着嗓子的模样可爱极了,陆宇盯着她,苏可西那张瓷白的小脸近在眼前,她踩在积木上,很容易就和他平视了,离得近,她脸上细细的绒毛他都能看见。

苏可西对上他漆黑的一双眼睛,深深地陷进去。

陆宇忽然往前走了一点。他的唇角微微咧开一丝弧度,苏可西还捧着他的脸,表情微微吃惊,他们两个人的鼻尖碰在一起。

摄影师瞄准镜头,抓拍了这一瞬间。要的就是这种突如其来的感觉,能一下子电到身边的人。

有了成功的例子,接下来的照片都似乎变得好拍了。

离开摄影馆的时候,苏可西停了下来,她转过身盯着橱窗里精致漂亮的婚纱,蓬大的裙摆拖曳在地上,周围摆着满满当当的婚纱。

"以后我也要穿这个。"她歪着头想了想说。

陆宇的脸上闪过可疑的红色。

苏可西凑过去一点,小声道:"等毕业吧。"

毕业刚刚好,到时她再选出自己最喜欢的婚纱,嫁给自己最喜欢的人。

陆宇垂下眼睑,认真地应道:"等吧。"

等多久都行。

第二天成绩出来了。

苏可西紧张得手心冒汗,罕见地没有睡懒觉,一大早就起床和杨琦一起坐在沙发上看新闻。

新闻结束后,就是查分的时间了。

杨琦也很紧张,差点连电脑的鼠标都拿不稳,苏可西输入信息,结果网页上弹跳出来的是网站崩溃的提示。

紧张了半天,什么都没看到,苏可西忽然轻松了那么一点,她选了电话查询,电话打通后,优雅的女声一个字一个字地往外报着她的成绩。

杨琦第一次不雅地歪在沙发上:"我好紧张啊,西西。"

苏可西很想回:"我也很紧张。"

她很紧张,紧张到话都说不完整,就怕她自我感觉良好,但却是一塌糊涂。

每门的成绩一个个报了出来。

直到最后，苏可西终于松了口气，和她预计的没有差多少，虽然不是最好，但对她来说已经足够了。

其实这次总成绩真的全靠她的英语了，苏可西捏了把汗，幸好这次的英语给她拉了将近十几分。而最让她觉得惊奇的是，临考试的前两天，陆宇突然大半夜给她打电话，将她从被窝里弄醒，然后给她说什么题目。结果理综试卷上不少题目的类型都是陆宇那两晚给她讲过的，题型肯定不是百分百相同，但也是相似的，她总是能做出来一点点的。

苏可西考完试后，偶尔看到微博上的那些答案，都觉得很庆幸，又非常激动。

苏可西查完自己的成绩，却还不知道陆宇的成绩是多少。

苏可西才登录上微信，一个电话就打了过来，屏幕上"陆宇"的名字愈发清晰。

CHAPTER

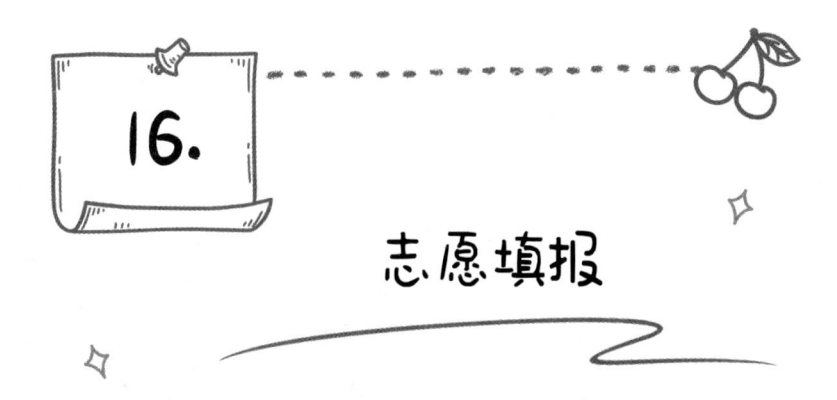

16.

志愿填报

If love is truth, then let it break my heart.
If love is fear, lead me to the dark.

If love is a game, I'm playing all my cards.

苏可西握着手机的手都已经有点抖了。

之前查自己的成绩时，她都没有那么紧张，现在生怕陆宇那边的成绩出问题。手机屏幕上的来电信息一直跳跃着，往常她几乎是电话响起的下一刻就会接起，但今天……苏可西的心都快跳出胸腔了，她看着手机，犹豫个不停，脑子里突然冒出来了许多想法。

陆宇的成绩，是比她高很多，还是和她差不多……按照过去推算，前者几乎有百分之九十的可能性。

学校里有过预填志愿，一般情况下，只要成绩差得不多，许多人的志愿都是没有变化的。

苏可西在预填志愿的前一天晚上问过陆宇，但他没有给她回答，只说可能会去南方，再具体的他一点也不给她透露了。

而她呢，那会儿倒是真的填了几个她比较喜欢的南方学校。

苏可西终于回过神，她接通电话："喂？"

对面沉默了一瞬，直截了当地开口："我知道你的分数，填你自己想去的学校就行，不用管我。"

虽然不知道他为什么知道自己的分数，但苏可西却被他这句话吓到了，连忙问："你说这话是不准备告诉我了？"

良久，陆宇才重新开口："嗯。"

305

说完这句话后，陆宇就挂断了电话，苏可西再拨过去，对面并没有接通，气得她差点摔了手机。

苏可西不知道陆宇现在在不在家，但现在这样子，让她去他家里找他，明显是不可能的。

她忽然也来了气，查到了她的分数，却一点也不透露他考得怎么样，虽然有很大的可能是很好，但她也怕出事故了。毕竟每年高考都有出意外的。

两个人就这么开始了"冷战"。

就这么短短的一天，微博上却变了个样。

苏可西和陆宇拍摄艺术照的婚纱摄影馆已经开了很久了，还有一个粉丝不少的微博号，这家店平常拍到特别好看的照片，征得客户同意后就会上传到微博上，这次苏可西的拍摄，也不例外。

而令摄影馆没想到的是，他们的这条微博被许多人转发了。

男帅女美又有氛围感的照片，经过许多人的转发，这组精致的照片一下子火了。

不少人很快就想起照片中的女生就是之前采访时当着全国人民的面问话的那个，那现在这个男生……就是陆宇了？原来长得这么好看！

大多数人都是颜控，对待长得好看的男生女生总是要宽容许多，尤其是这两位还这么养眼。

网友们的力量是强大的，再加上嘉水私立中学的学生们有不少人玩微博，很快两个人的信息就流传出去了。

不少网友都感慨道："这个嘉水私立中学真是厉害啊，我记得昨晚有个采访，状元和榜眼也是这个学校的吧，而且都是帅哥美女。"

唐茵和陆迟因为成绩出色被省里采访，采访的照片也被人直接发到了网上，一下子就火了。嘉水私立中学一连出了三个网络红人，不少网民都开始对这个学校感兴趣了。

苏可西看了会儿微博就关了，想起自从查完成绩后就压根都不和自己联系的陆宇，叹了口气。

苏可西突然灵光一闪，她噔噔噔地跑上楼。

杨琦还在房间里整理新买的床上几件套，看到她进来，随口问："怎么了？"

"妈，你知道邱阿姨的电话号码吗？"

"她？你找她干什么？我没有，但你外婆那边应该有，问问就行了。"杨琦站起身，很快反应过来，"你和陆宇闹矛盾了？"

苏可西不情愿地点点头："是啊。"

"那你应该直接找陆宇。"杨琦坐下来，从过来人的身份提出意见，"你和他之间的事，你们自己讲开比较好。"

"我之前把准考证拍给他看，他又知道我的全部信息，查到了我的分数，就不和我说他的分数。"苏可西有点委屈，"我不想和他两个城市……"

她后来想了想，自己好像从来没问过陆宇的身份证或者准考证号，导致现在完全查不到他的成绩。而且她问过秦升了，他也不知道。

也许只有陆宇自己说出来，她才会知道。

杨琦想了想，说："照你这么说，你们两个的成绩应该是有差别的，我猜陆宇是怕你填了他会填的学校？然后落榜？"

这么一想，她对陆宇的印象更好了。

两个人的成绩不在一个层次上，还想进一所学校，必然是不可能的，陆宇如果考得好，为了苏可西填了差一点的学校，那么肯定是对他的未来不负责。

大学就算是起步，没有一个好的开始，怎么拥有更好的未来？如果他真的那么做，对他和对苏可西都很不负责。但仔细想想，也并不是没有解决的办法。

苏可西低着头，说："可以填好几个学校呢，我又不是没有自知之明，填近点的不就行了。"

她早就有打算,不在同一个学校,就在同一个城市嘛。

"也许他是想让你填自己喜欢的学校呢?"杨琦摸了摸她的头,柔声说,"你要是难受就找他说开。"

苏可西点点头:"好。"

被开解了一回,她感觉舒服了很多。

杨琦找外婆拿到了邱阿姨的电话号码,又顺便问了一下陆宇的行踪,没想到他竟然一个人在老家。

苏可西下午就坐车去了外婆家。

傍晚,车停在路口。晚霞红透半边天,将地面都映红了,苏可西沐浴着夕阳,一步步地朝外婆家走。

越接近外婆家,她就越紧张,垂在身侧的手不由自主地捏了捏裙子,她深呼吸一口气继续走。

陆宇就这么直接地进入了她的视线。

他站在井边,正拎着一桶水,袖子半卷起,露出了手腕,他那双修长、指节分明的手,正收着麻绳。晚霞的光将他笼罩着,衬得他的衬衣微微发红。

似乎是有所感应,他正好回头。

两个人对视上。

苏可西往前走,边走边问:"你到底考了多少?"

"你自己填。"陆宇自顾自地说道,并没有回答苏可西的问题,他眉眼微敛,声音清清冷冷的,没有半点起伏。

她问:"我想知道你会填哪个地方。"

对面没有声音。

"我最喜欢的城市就是现在的这个。"苏可西顿了顿,继续说,"我还喜欢有你在的城市。"

陆宇顿了一会儿才说:"志愿这种事,我不希望你瞎填。"

苏可西冷笑一声:"你又知道我会瞎报了?我是那种拿自己未来开玩笑的人吗?"

她会做出最有利于自己的决定。

陆宇没说话，将水桶拎起来，径直地往邱家走，一直走到门口的时候，他才停了下来，然后他又看向苏可西，和她对视上，轻轻一笑："既然如此，你填完我会告诉你的。"

说完，他便消失在了房子前。

苏可西被他气得浑身发抖。这不就是怕她还是跟着他填吗？她就这么蠢？虽然知道这是为她好，但她心里依旧还是难平，一点都不和她说实在是太气人了。

她转身进了外婆家。

外婆见她来，高兴得不得了，直言要去买菜，却被苏可西拦了下来。

苏可西告诉了外婆她的高考成绩，听到她的成绩后，外婆笑得像个孩子一样："考得好就好，西西真厉害，以后一定会有大出息。"

苏可西也笑，心情终于轻松了一下。

等外婆去厨房后，她给秦升打了电话。

秦升好久才接通："你别问我了，我不会和你说的，你要不自己直接问宇哥吧。"

苏可西冷笑："看来陆宇和你通过气了？真是厉害啊，把我当什么了？"

秦升忙不迭解释道："宇哥也是为你好，你也知道志愿这种事不能瞎填，你就填自己喜欢的，你们两个感情那么好，就算异地也肯定不会有影响的。"

苏可西质疑道："所以就什么都不和我说？"

秦升被堵了一下，觉得自己真是摊上棘手的事了，只能默默地说对不起："唉，这事儿我真的帮不上忙，小姐姐你就填你自己的学校吧。"

"我什么时候说我不填了？"苏可西晃了晃手，忽然认真地开口，"我会移情别恋的，还会分手的。"

秦升还没来得及说话，电话就被挂了。

他叹了口气，又想起那最后一句话，赶紧给陆宇打电话，还好那边接通了："宇哥，苏可西要和你分手了，你真不说？"

这可真的是……他不懂这种套路。

对面沉默很久，才轻轻地说："随她去，会追回来的。"

秦升被陆宇的自信吓到了，感慨自己真是搞不懂这两个人的套路……

他只好随便安慰了两句。

苏可西一直在外婆家住着。直到上机填志愿的那一天，她才坐车去学校，陆宇不可避免地与她同一辆车。而且巧合的是，两个人还是邻座。

一上车，两人都没有话说，苏可西也不想和他说话，问什么反正都问不出来，反而给自己气受。

路上，唐茵给她发了消息——

什么时候去学校？

苏可西估摸了一下时间，回道——

反正你先去吧，我到学校恐怕也是有点迟了，你要填首都的吧？

嗯，和陆迟一个学校。

看到唐茵这个回答，苏可西有点恍惚，她的余光看向旁边，陆宇正盯着窗户那边。

她抿了抿唇，发了条语音："我可能去南方吧。"

毕竟她是南方人，如果去北方，也许会不适应北方的环境和习惯。

学校里，唐茵听见苏可西的声音，就知道陆宇肯定在她身边。她和苏可西打字打得好好的，对方突然就来了这么一句，肯定是故意说给别人听的。

唐茵歪头，她已经和陆迟填完志愿了。

陆迟回过头见她看自己，疑惑地问："你……看我做什么？"

"你好看。"唐茵笑嘻嘻地说。

她想了想，勾起一个微笑，低头给苏可西发语音："你的那个登录网站的密码是多少？"

苏可西的手机一直在外放，突然听到这句话，她有点愣愣的，顿了顿后，她报了密码，又继续说："你问这个干什么？你又不能替我填志愿。"

唐茵只发了一张双手指向她的诙谐表情包。

苏可西半天没看懂，也回了一张表情包，然后关上手机，她又不可避免地看向旁边的陆宇。

他依旧是看着窗外，精致的侧脸在阳光下蒙上一层阴影。

苏可西叹了口气，将头靠在椅背上，歪向另一边，她累得只想睡觉……果然很快她就睡着了。

她是被轻轻晃醒的。

司机已经停了车，车上的乘客几乎都已经下车了，他们两个还坐在那里。

苏可西扭过头问："你晃我的？"

陆宇否认道："不是。"

"你给我等着。"苏可西点点头，丢下这句话，不再问，冷哼一声，径直下车去学校。

林汝一直等在教室里。

看到苏可西的身影，终于松了口气，身为班主任，她最担心学生的志愿了。

苏可西这次的成绩不差，好的一本是可以上的，虽然不是什么顶尖学校，但已经足够了。

"我就怕你不来了。"林汝迎上去，"快进去填志愿吧，班上的同学基本都填过了。"

苏可西点点头。

填报志愿的电脑教室里面只剩下零星的几个人了。

苏可西坐在电脑前，登录上网站，盯着屏幕，最终深吸一口气，填上这两天她确定的学校。要提交的那一刻，她又重新迟疑了。

苏可西忽然知道唐茵刚刚为什么问她登录的密码了。怕是让她说给陆宇听的吧，陆宇既然知道她的信息，又知道密码，如果没有猜错的话，肯定会看她填的学校。她盯着电脑，又点上另一所学校。

苏可西给秦升打电话，直截了当地问："陆宇填的哪所学校？"

秦升看了一眼身边的人，被瞪了一眼后，诚实地说："我也不知道，他没和我说，你们……"

不会是出什么问题了吧？

苏可西挂了电话，确定提交志愿，她忍不住吸了吸鼻子。

林汝见她要哭，以为是担心落榜，安慰道："别怕，你的分数是很有可能被录取的，你勾了服从调剂，虽然前两个王牌专业不太可能，但后面的稍稍差一点的专业都应该可以的。往年这学校录取的人差不多都是你这个排名的。"

苏可西胡乱地点头。

她第一志愿填的学校是南方最好的一所大学，陆宇的成绩肯定比她好，很有可能会选那个学校。但那个学校王牌专业的分数她肯定是够不上的，而且王牌专业是和物理相关的，她一点都不感兴趣。

剩下的几个冷门专业都是她比较喜欢的，如果能被录取上那再好不过了，毕竟是个好学校，又是她喜欢的专业，最重要的是，能和陆宇在同一所学校。

如果最后没有被录取，她就只能去第二志愿了。第二志愿是她一开始填的那个。不管怎么说，怎么填对她来说都没什么影响。

林汝拍了拍她的背："回家等消息吧，还有两个多月时间，回去玩一玩，有的大学也不是特别放松的。"

苏可西揉了揉脸，抬头看着她："林老师，你和你男朋友当初是怎么坚持下来的？"

班主任和她男朋友足足六年的恋爱史是班里学生都知道的事情，有时候她男朋友还会来找她，情人节的时候，还会往学校送花。

林汝一愣，没想到她会问这个问题。

她的眉眼温柔了下来："我啊，异地恋真的挺难的，不过我们都经常去对方那里，其实只要相信对方，没什么大不了的。"

林汝也猜到了什么，便说："大学四年发生的事多了去了，你不要想太多，一切顺其自然，如果最后不是现在的模样，那也是定了的，异地不异地都没什么区别。"

苏可西应了一声："谢谢老师。"

"是不是以前八班那个男生啊？"林汝笑着说，"我记得他的成绩很好吧，现在应该也差不到哪里去。"

苏可西没想到她居然知道："原来班主任您都知道啊。"

"我能不知道？"林汝笑道，"你和唐茵两个人，风风火火的，我想不知道都不行啊。"

苏可西被说得心虚。

林汝摸了摸她的头："不过看你成绩有进步我就没多说了，能促进进步的话也是好的。不要怕，未来谁也说不准，现在网络和交通都发达，有的是见面方法，而且距离产生美。"

被她这么一开解，苏可西忽然想通了不少，但她依旧不喜欢陆宇什么都不告诉她的做法，她决定再继续冷他一段时间，起码在志愿结果下来之前，她不会和陆宇和好的。

她和林汝道别后离开了学校。

七月份，录取信息能查到了。

苏可西这段时间一直窝在家里，准备等学校的录取信息出来后，再去逼问陆宇。

查志愿的前一晚，她在床上翻来覆去，睡不着，等真正睡着，她又做了个梦，梦里她被第二志愿录取了，那个城市里都是陌生人，她自己孤独一个人。

杨琦一早就在客厅等着了，看到她下来，赶紧问："查到了吗？"

苏可西摇摇头："我还没去查呢。"

"哎呀，还不急，我都急死了。"杨琦平常最紧张这种关键时候，这可是和未来相关的，"快去查，查完我就解放了。"

一顿早饭，苏可西被她催得没办法，吃完饭就立马上楼开电脑查录取结果了。

电脑屏幕上"已被录取"的字样让苏可西露出一个淡淡的微笑，她将截图发给了杨琦。

还好没滑档，在她填的那几个冷门专业中，最终她被 G 大的化学专业录取了。

化学专业在国内还算是有点冷的，北方倒是有一所学校的王牌专业是化学，但苏可西并不想去北方，所以当初填志愿的时候，并没有考虑北方的那所大学。G 大的这个专业也能排进全国前三名里，这个专业在 G 大也不热，因此她被录取上也不算意外。

苏可西的理综当中，物理最差，她平时的理综分数就靠生物和化学，然后总分靠英语再拉拉分。其实她个人对化学还算挺感兴趣的，从初中开始，化学老师都是她非常喜欢的老师，这么说起来，启蒙真的挺重要的。

楼下的杨琦已经高兴得去和苏建明报喜了。

苏可西对着手机看了足足半个多小时，最终还是拨了陆宇的电话。没想到这次他倒是很快接通了。

她深吸一口气："现在可以告诉我了吗？"

几乎是同时，苏可西的耳边突然传过来对面的轻笑声，让她一时间有点愣怔。

良久，陆宇才出声："真巧，和你同校。"

苏可西的声音顿住。

一直到陆宇再度出声，她才回过神来，眨了眨眼说："你果然看了我的志愿。"

对面沉默下来，而后应道："是。"

苏可西果然没猜错唐茵当时的意图，她当时如此正大光明地在他面前询问登录密码，就是为了让他听见。

"你不让我知道你的分数，自己却偷看我的志愿，然后故意和我填同一个学校吗？如果我填的是一个比你分数差很多的学校呢？你也要跟着我填吗？"话一出口，她就发觉声音有点哑。

"不会。"陆宇的声音很肯定。

苏可西还没回答，他又开口继续说："填这个学校，是因为它和我的每个想法都契合，如果你的选择真的和我想的差太多，我不会拿我的未来开玩笑的。"

陆宇甚少说这么多解释的话。

"但你是故意填这个学校的，我知道。"他声音放低了不少，他又怎么会让她的选择落空呢？

苏可西忽然哑口无言了。

她当初选这个学校，心里也是存了一点两个人同校的希望的，所以她选的是自己比较喜欢的冷门专业。

"我不喜欢你打着为我好的原因，什么都不和我说。"她忽然转了话题，"我很生气。"

话似乎止不住了一样。

"我特别生气。"苏可西说，"你难道不知道我的性格吗？我会填一个什么都不喜欢的学校吗？你的担心完全是多余的——"

"是，我知道。"陆宇打断她的话。

苏可西张口："那你还这样？"

陆宇嗓音低沉下来，缓缓地说出一句话："但我怕。"

他怕万一，然后，就是万劫不复。

苏可西的眼眶瞬间被泪水充盈住，她仰了仰头，感觉所有的生气最后都被这两个字一下子击溃，她半天都没说出一个字来。

他怕，她也怕。

陆宇恍若没有察觉到她的变化，轻轻笑了一下："现在好了。"

"嗯。"苏可西只能应了一声，然后快速地说了几句，挂断电话。

也许真是好的，她的分数是六百四十多，也许是她运气好，又或是专业太冷门，她竟然真的就被录取上了。

第二天，苏可西直接去了三中。

三中是省示范高中，虽然最近几年势微了，但也还是有上进的。校内的公告栏上，为了吸引新的学生，他们还贴上了光荣榜。

陆宇的名字在第一个，不知道是什么原因，他的分数被贴了起来，但其他人的分数都露了出来。

苏可西现在倒是想通了，恐怕是前些日子陆宇怕她知道吧，所以才贴上的。

她不想主动去问陆宇，这又牵扯到之前的事情，她索性准备去看看录取分数线。

苏可西点开 G 大的官网，官网上现在都是用来吸引新生的报道，找了好一会儿，她才在左下角发现了录取线。

物理学专业是 G 大的王牌专业，录取线自然而然地被高高挂起，点进录取线后，就能看到今年每个新生的分数，新生名字除了姓氏都被打了码。

名单都是按排名来的，苏可西甚至觉得自己都不用往下看，第一个"陆"肯定就是陆宇，但为了以防万一，她还是一溜烟地看了下去。

物理学专业最后一名的录取分数是六百七十，整个专业只有第一名姓陆，而他的分数是六百九十七。

陆宇的分数，比她足足高了将近五十分，怪不得他一点也不想和她说了。

对她来说，现在的志愿就是她最好的选择，她并没有任何受委屈的地方。如果 G 大这样的好学校不录取她，她就会去第二志愿的王牌专业，这样顶多是学校的排名下降了一点，但相对她的成绩，被第二志愿录取反倒是正常的。

如今她被 G 大录取，学校够好，专业她也喜欢，对她只有利没有弊。

而对陆宇而言，用他的成绩上 G 大，简直是绰绰有余，如果他想去更好一点的学校，那也是完全可以的。

苏可西知道他看了自己的志愿，她是有过生气的。但在知道分数的那一刻，都化为乌有，只余下一些遗憾。也许她当初高中可以再努力一点，那就可以去更好的学校，有更多的选择，而不是现在这样。

但她所有的怒气，都被那一句"我怕"抵消，消失得一干二净。

去 G 大的那天格外热。

苏可西一大早就起来了，她收拾好容易被遗忘的一些东西后，径直出发去了机场等候。

"已经出发了，在路上。"陆宇抽空给苏可西回了消息，准备拦车去机场。

忽然，不远处的两个人将他的注意力吸引住。

他看到邱华将包扔在陆跃鸣的脸上，两个人爆发了激烈的争吵，甚至在他这里都听得清清楚楚。

陆跃鸣的脸上青白交加。

陆宇走近了一点。

邱华说："陆跃鸣，你但凡有点良心都不会让我做那样的事，真够恶心的。幸好我还没和你结婚。"

看着她的身影消失在路口，陆宇动了动手指。

他之前一直想的结果今天居然真的见到了。

手机振动起来,他低头看了眼,唇角无意识地上扬,指尖微动,回复道——

很快。

到机场的时候,苏可西还忍不住问他:"你怎么迟了那么多?"

陆宇想到来之前看到的画面,搓了搓手指,随口道:"路上堵车了。"

苏可西将信将疑,正要说什么,机场的广播已经开始播放他们这一趟航班了。

陆宇伸手圈住她的手腕:"走吧。"

G大身为南方最好的学校,环境和人文气息都不差。

两个人到的时候正好是中午,他们直接在校外找了一家店吃饭,然后吹着空调看对面的学校。G大的校名是由最早的一代校长题字的,那字看着很是爽朗大气,在阳光下金光闪闪的。

吃完饭后,两个人又去了奶茶店坐着。

苏可西捧着奶茶:"咱们俩的宿舍也不知道在哪儿,我看网上的图片都很漂亮。"

陆宇没说话,只是轻轻地应了一声。

临近两点,天气越来越热。

苏可西吹着空调趴在桌上睡着了,等她醒过来的时候身上盖着一件衬衣,对面的陆宇正看着窗外。

陆宇扭过头:"醒了?"

苏可西点点头:"嗯,咱们进去吧。"

外面还是很热,从空调房里出来,身上就热得不行。即使是下午,报到的人依旧很多。

化学专业真的不愧是冷门专业，苏可西去的时候，在那里坐着的学姐差点就要睡着了，见到她来，激动得不行，一下子眉开眼笑："学妹，报到来来来，这边写上资料。"

苏可西一边填资料，一边问专业的事情。

学姐答道："冷啊，今年你们这一届就录取了二十几个人，只够一个班，比我们那届还少，恐怕大家都觉得就业难吧。"

化学专业，一听就是和各种试剂啊、实验啊打交道的，一般人肯定都会选热门专业，毕竟毕业了也好找工作。

"那真的够少了。"苏可西感慨道，把表格递给学姐。

"我带你去宿舍吧，你们宿舍条件挺好的。"学姐收好表格，又看了下她的身后，"你没什么行李吗？如果有，我让系里来个男生帮你一起搬过去。"

学姐抬手准备打电话。

苏可西转身对后方招了招手，然后说："我男朋友来了，没带什么行李，多数东西过两天会寄过来，我暂时就一个行李箱，不用麻烦学长了。"

学姐惊叹道："哇，原来你已经有男朋友了。"她笑着说，"我们这专业的，毕业了估计都是单身狗，没想到学妹居然已经是别人的了。"

陆宇拉过苏可西身后的行李箱。

学姐挤挤眼睛："也是我们学校的吗？"

苏可西应道："物理专业的。"

学姐的目光不由得定在他们两个人身上。这两人用郎才女貌来说一点也不为过，看上去实在是太相配了，虽然似乎性格看上去差别挺大的，但谁也说不准是不是互补的呢。

每个知名大学的报到日总是会有记者拍的，G大自然也不例外，而且记者还会自己主动选择长得好看的学生。学校的论坛上，也会有人放出每个系好看的学生照片，许多照片和信息，就是这样被传播出去的。

学校的官博一向是学生管理的,为了欢迎新生,官博今天转载了许多视频和照片,其中自然而然地包括了王牌专业第一名的照片。

好看的照片经过处理后再配上文字,很容易就吸引到了大家的注意。

有人在评论区说——

今年的物理学专业陆宇小学弟长得很帅啊,可惜已经有了女朋友了,就是化学专业的苏可西,最佳情侣大家忘了吗?

经评论区这么一提醒,苏可西和陆宇这两个上过热搜的人立马成了新生中的焦点。

过了不久,G大的官博突然发了两张图。

一张是路人抓拍的陆宇和苏可西并肩进入学校的那一刻,在他们的前方,是G大龙飞凤舞的标志性校名。

另外一张是他们两个人在报到处的照片,照片中的主人公微侧着脸,轮廓精致。

CHAPTER

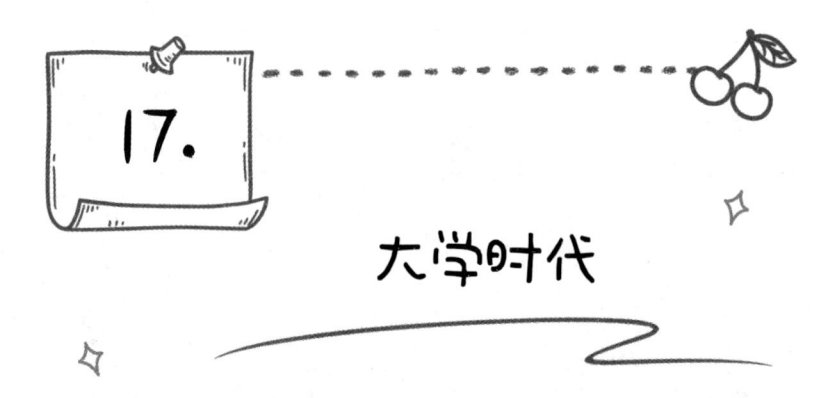

17.

大学时代

If love is truth, then let it break my heart.
If love is fear, lead me to the dark.

If love is a game, I'm playing all my cards.

开学没几天就是军训,天气依旧是艳阳高照,似乎能晒死个人。

苏可西把从家里带的防晒霜抹了一层又一层,才军训了几天,但她还是不可避免地晒黑了。

大学军训和高中的不一样,不仅严格,训练还非常多,理所应当的,训练时间也变长了。

苏可西穿着军训服,心里叫苦不迭。也幸好她原来就比其他人都白上一分,现在她虽然被晒黑了,但肤色也大概是变成了正常人的白。

休息间隙,苏可西班里的所有人都躲在阴影底下。

他们这一届就一个班,班上的女生加起来只有一个宿舍的人,剩下的人都是男生。

女生们总是喜欢议论帅哥的,特别是这种刚开学,大家还都有新鲜劲的时候。

"我觉得还是隔壁班的教官比较帅,而且看起来挺年轻的。"

"我们班的教练也不差啊,比我们还小一岁呢,这要是追上了,那就是姐弟恋了。"

"唉,班上没有帅哥。"

"……"

苏可西听着窸窣的议论声,耳边是湖畔吹过来的风。

不知怎么的，话题就转到了她的身上。

一时间，周围的几个人全都看着苏可西，问道："西西，你男朋友和你认识多长时间了啊？"

苏可西和陆宇的事情早就在报到那天就全校皆知了，就算不逛微博的人，听周围人说说也能知道个大概。

苏可西想了想，回道："已经有两年多了。"

"那你们认识得好早啊！"李静感慨道，说完，她又有些遗憾地说道，"唉……大学里的优质男都有主了，而且好像都是和以前的同学。"

也许是陆宇和苏可西顶着个最佳情侣的称号，又比较有名，学校里还真没有人追求他们。

当然，这也是苏可西当初的目的。

现在在同一所学校，最佳情侣这个名头也就起到了锦上添花的作用，她还挺喜欢的。

军训到中午，教练提前十分钟结束了训练。

苏可西和同学们都惊喜地欢呼了一声，然后，苏可西就径直地往物理学专业那边军训的地点而去。

物理学专业比苏可西她们系还惨，因为全系也就两个女生，剩下的全是男生，物理学院，也是出了名的和尚院。

陆宇在一个男生堆里，真的挺安全的。

苏可西的身影出现在不远处时，是军训队伍里的一个男生率先发现，他扭过头努了努嘴："陆、陆宇，你女朋友来了！"

他说话有点结巴。

陆宇却直接转过脸，正好对上苏可西看过来的眼神，两个人对上视线。

周围的一切都成了背景。

军训结束后，就是正常上课了。

苏可西对新课程很感兴趣，新老师也很幽默。

课上到一半的时候，老师突然放下了书本，看着底下的学生问："你们当初选化学的原因是什么？"

教室里安静了下来。

不多时，有不少人都开始站起来回答，苏可西听着，惊讶竟然很多人和她一样，选择这个专业是因为喜欢做实验。

嘉水私立中学的实验器材一点也不缺，教学楼后面的一栋楼就是实验楼，实验楼里有两层是物理实验室，两层生物实验室，剩下的都是化学实验室。

化学老师平常会抽晚自习的时间带他们去做实验，一个月做一两次，也不算多。

苏可西喜欢盯着试管看，看试管里面产生的各种变化，又或者是做其他的实验时，不同的物质产生的各种化学反应。

各种各样的答案都被说了出来。

老师笑了笑，说："既然如此，现在我就带你们去体验一下做实验的感觉。"

学生们都不由自主地欢呼起来。

就算做不了，看一下也是好的，毕竟老师自己做的实验，肯定和他们以前高中做的不是一个水平。

虽然 G 大的化学专业比较冷门，但该有的设备倒是一个不少。

一直上到了教学楼六楼，实验室终于映入所有人的眼帘，水池、试管、烧杯等等……一切都折射出光。

老师领着大家进门，学生们都慢慢地跟在后面，甚至连说话声都小了不少。

苏可西目不转睛地盯着那些实验器材，她想自己真的是挺喜欢这个专业的。

晚上学校举办了迎新晚会。

因为规定必须是本专业和本专业的学生坐在一起，苏可西只能和室友们一起去。

晚会的节目有新生准备的，也有学姐学长们精心准备的，总之非常精致。

开始的节目都是唱歌，听着听着，新生们就开始聊天了。

李静看了一会儿，说："听说这次席欢被请来表演呢。"

苏可西放了瓣橘子进嘴里，又分给室友们许多橘子，她疑惑地问："席欢？感觉好像在哪里听过。"

这名字有点耳熟，总感觉在哪里听过。但让她想，还真一时间想不到是谁。

李静转过头盯着她，动动嘴："你见过一次的，那次我们路过练舞室，里面教大家跳舞的那个就是席欢学姐。"

看苏可西没记起来，李静索性打开手机，搜索给她看。

"席欢学姐可有名气了呢，上次她还获奖了，虽然不是国际的，但奖项在国内已经算是顶尖的了。"李静羡慕道，"她是学芭蕾的，腿可真好看。"

苏可西眨眨眼，她没接触过芭蕾，但是也知道学舞蹈的辛苦，能有这样的名气，必然是付出了很多的。

时间过得很快，压轴的节目在万众瞩目中终于拉开了帷幕，舞台底下的学生们显然都知道是谁来表演了。

席欢并不是 G 大的，她是被请过来特意表演节目的。

舞台先是暗了下去，随后亮起一抹光，打在边缘处。

苏可西从来没有坐在台下看芭蕾舞表演的经历，但看着上面的女生，她心里油然而生一种感觉，觉得对方身上有一股圣洁感。

也许是请不到舞蹈团，所以这支舞是独舞。

舞台上只看得见席欢一个人在跳跃着，光束也随之跳动，她的双手牵着短纱裙向上抬起，灯光下，若隐若现的裙摆、笔直修长的双腿、漂亮的脖颈划出优美的弧度，一切都显得刚刚好。

苏可西从来没觉得芭蕾舞这么好看过。

"真是美死了。"李静忍不住赞叹道,"不知道谁能娶到席欢学姐,唉,小姐姐这么美。"

迎新晚会到这里也算是结束了。

大礼堂很大,苏可西也没看到陆宇在哪儿,只能让他在外面等自己。

她刚要出发去找陆宇,学姐突然来电话:"西西啊,快点过来,来来来,咱们系的节目,合影。"

苏可西推辞不过,只能过去。

合影后,大家都纷纷告别离开。

苏可西的东西掉了,为了找东西,所以在后台多待了一点时间,等她从后台出来的时候,走廊里面挺黑的。

大礼堂的学生们已经走光了,灯光自然也关了。

苏可西没走几步,前面突然出现了席欢的背影。

苏可西正准备走过去和她说话,就看到旁边突然又冒出来一个挺拔的身影,那人径直将席欢的身影盖住。

她张着嘴,又闭上。

不知道是谁,反正现在是挡在她出去的路上,苏可西准备等他们说完再走,便摸出手机给陆宇发消息——

我马上出来。

她扣住手机,准备往前走,却被接下来突如其来的动静震得停住了脚步。那个高一点的人影将席欢推到了墙边。

苏可西听不见两个人说了什么,只看到席欢学姐伸脚踢了那男生一下,随后席欢整个人就被抱了起来。

不知过了多久,那人松开了席欢学姐,往后退了一步。

两个人忽然都没了动静,不知道从哪儿射来一束光,映出前方那人的模样。

苏可西有点吃惊,这男生看着长得很单纯,眉眼干净明朗,个子挺高,一点都看不出来是会做出那样强势动作的人。

李静的八卦声又响在她耳边:"席欢学姐的绯闻闹得还挺大的,我听说就去支教了一次,回来时身边就跟了个尾巴。"

虽然只有这么简短的一两句八卦,但里面透露的信息已经足够了。

苏可西想,这人估计就是那跟回来的小尾巴了。

两个人不知道又说了什么,最后席欢学姐是被直接背走的。

要不是席欢挣扎了一下,苏可西觉得自己可能会看到她被直接扛走,因为那男生的意思明显是不让她落地。这俩人看上去感觉还挺有意思的。

一直到两个人消失在尽头,苏可西才挪了挪脚。

等她出去的时候,就看到陆宇站在台阶下,听到动静,他转过身看着她。

苏可西走过去,看了看周围,好奇地问:"你刚刚看到席欢学姐和另一个男生了吗?"

陆宇点点头:"看到了。"

"那我们走吧。"苏可西其实觉得自己刚刚有可能想歪了,那两个人是情侣的可能性很大,"那男生应该不是坏人吧。"

"你分辨不出来?"陆宇反问。

苏可西瞪眼:"我又不认识他,怎么知道?"

陆宇忽然垂下头,将她抵在墙上,他俯着身子,距离她不过一丁点的距离,低声说:"刚才的动作,你觉得那是什么意思?"

陆宇与她靠得极近,互相都能闻到对方身上的气息。

苏可西混混沌沌的,突然清明了起来:"刚才的动作?席欢学姐和那个男生?"她突然冒出来一句话,"所以你刚刚是在偷看别人接吻?"

陆宇:"?"

苏可西止不住自己的脑洞了,边想边说:"你这话的意思难道不是看到刚刚席欢学姐和别人的事情了吗?"

"嗯。"陆宇点头,"看到了。"

人就站在那儿,他看到也很正常啊。

他反问道:"你难道没看到?"

苏可西摇摇头,说:"你以为我像你一样,偷看别人吗?我可是很注重隐私权的。"

陆宇冷淡地说:"哦。"

"你这么冷淡我就不说了,以后说话不许说'哦'。"苏可西翻了个白眼,睨着他,威胁道。

陆宇正要准备回个"哦",想到她的话,只好换了个词:"嗯。"

苏可西已经没话说了,她转了转眼珠,问:"对了,微博上有很多让你公开向我表白的,你什么时候弄啊?"

自从他们两个人的学校曝光后,网友们基本都说不出酸里酸气的话了,毕竟他们的成绩摆在那里,又没有黑历史。

苏可西曾经在采访里问的那个问题,至今为他们津津乐道。

虽然是另类秀恩爱,但是他们心甘情愿吃狗粮啊,只要主人公能回答这个问题。

陆宇想了想:"你想要?"

苏可西想点头,又想摇头,说:"我就是想要回答呀,你还没有回答过我呢。情趣情趣,你懂不懂?"

以前那些口是心非的话都被她甩到了脑后。

校园里树影绰绰,他们两个人一起走在路上。

距离迎新晚会结束已经将近半小时了,大礼堂周围的人都已经走光了,四周安静得厉害,人走到湖边时还能听见青蛙的叫声。

苏可西正想着今天晚上回去把宿舍里的零食解决了,就听到旁边突然传来的声音:"喜欢。"

她一愣,等她抬起头的时候,就看到了陆宇微微别开的脸。

苏可西突然笑出声来:"你是不是害羞啦,就这么简单的一句话,你都这样。"

陆宇"哼"了一声,没否认。

苏可西觉得他这样子真的是可爱极了,以他的性格,平常早就不耐烦地回答了。

每次正经回答的时候,他都会害羞。虽然不明显,但她已经能次次分辨出来了。

女生宿舍和男生宿舍离得远。

一直到女生宿舍楼下,苏可西才拉住陆宇,叮嘱道:"明天要记得一起吃饭,别忘了,我明天上午后两节有课,到时候结束了跟你说。"

陆宇说:"嗯。"

虽然一个字,但已经足够了,苏可西心满意足地点点头。

要转身离开时,她突然将陆宇的衣领往下拽了拽,凑上去亲了一口,然后放开他,扬着笑脸,脆生生地说:"明天见。"

随后,她窈窕的身影就消失在宿舍楼里。

陆宇站了很久后才伸手理了理衣服,动了动嘴唇说:"明天见。"

不过,这句话现在也就他自己一个人能听见了。

回到宿舍后已经是十一点多了,和室友们聊了几句后,苏可西迅速洗漱完后赶紧上了床,躺下玩手机。

学校的论坛里正在选校草。

苏可西点进那个汇总帖里,帖子里面排第一的是陆宇,第二的是体院的一个人,长得高大威猛,和陆宇的长相很不同。他们两个人的票数还挺近的。

苏可西看了一会儿其他帖子,那些帖子竟然全都是在讨论为什么不选校花出来,反倒是选校草出来。

她随手投了张票,就退了出去。

男生宿舍今天晚上要查大功率电器问题。

陆宇回来的时候刚好赶上老师们敲门，见他这么晚才回来，老师问道："这是干什么去了？这么晚才回来。"

虽然才上几天课，院里的老师都知道他挺聪明的。

陆宇听着宿舍里面咣里咣咚的声音，心下了然，慢条斯理地回答："约会。"

老师们都笑起来。

宿舍的门终于打开了。里面被收拾得干干净净，一点也看不出来乱用电器的模样。

老师们看了一眼就离开了。

刚刚才战斗完的室友们纷纷上前："陆宇，多亏你了，我的锅差点就被发现了。"

今晚是突击检查，他们压根就不知道，幸好陆宇回来，在外面拖了那么点时间，不然他们今天可要倒霉了。

陆宇回到自己的位置上："没什么。"

他这样的态度大家都习惯了，也没觉得有什么不好的："有女朋友就是好啊，我们都只能在宿舍里玩儿。"

陆宇听到了，没说话，只是勾了勾唇角。

苏可西迷上了做实验。

上了大二后，他们专业做实验的次数就变多了，而且得到老师允许后，他们学生可以自己去，只不过需要很严格的手续，毕竟做实验还是比较危险的，万一一不小心弄出点什么事，那可不太好。而且最重要的，实验室里面的试剂和药得看好了，千万不能少。以前别的学校有学生偷化学药品，这样可怕的事情绝不允许在 G 大发生。

陆宇非常满意化学专业这一届就几个男生的情况。

知道他的女朋友是化学专业的之后，他以前的室友还曾拜托他帮忙牵线联谊，陆宇直接把这事当耳旁风了。

"今天把这个实验报告写完就可以了。"

苏可西和李静共同负责这个报告,她们俩算是一个小组,目前整整合作一年多了,挺和谐的。

李静更多时候是听苏可西报数据,她填。

"你真的对实验情有独钟啊。"李静填完最新的数据,撑着下巴看她清洗试管,"不过说真的,化学专业出去不好找工作。"

苏可西放好试管,歪着头看她:"那就继续往下读。"

她还真没想过毕业后的样子,目前的一切都是根据自己的意愿来,如果让她选择另外一个专业,她不知道还会不会像现在这样喜欢。

"你心真大。"李静撇嘴,看了一眼不远处,"你手机振动了,男朋友又来查岗了啊。"

苏可西无视她的调侃,放好试管后才去看手机。

陆宇的声音从话筒那边传过来:"在哪儿?"

"实验室。"苏可西应道,一边开始翻看今天的实验报告。

这个实验她们做了快一个星期了,一开始的两天老是出错,总是不对劲。后来经过老师指点,终于发现了一个被忽视的问题,重新做实验后,后面的一切都顺利了不少。

今天出的结果就是最终结果。

苏可西看实验数据一下子看得入了神,不知道那边的陆宇说了什么,她随口应道:"嗯嗯。"

挂断电话后,她才回过神。刚刚陆宇说了什么?

李静看她这发呆的模样:"干吗呢,又是什么惊喜啊?"

苏可西摇摇头:"不管了,先把东西收好吧,期末作业可算是完成了,希望得到优。"

"那肯定的啊。"李静笑道,"咱们这么用功。"

她们期末作业的成绩和平时的成绩息息相关,但期末成绩更多还是看实验报告。

两个人很快就将东西收好。

苏可西正要和李静一块儿出去,门口那边就出现了陆宇的身影。

李静非常有眼力见地笑笑："我先走啦，报告放在你那儿，免得我不小心弄丢了。"

苏可西点点头："好。"

顶楼本来就没人，做实验的人也非常少。

实验室的门是关着的，透过透明的玻璃窗，就能看见实验室里面的场景。

这会儿开着门的实验室也就只有她这一间，苏可西脱了实验服，将实验报告收好，这才转身出了实验室。

她问："你怎么过来了？"

"我说过的。"陆宇说。

苏可西估摸着就是刚刚被她忽视的话了，尴尬地笑笑，转移话题道："待会儿要去哪儿？"

陆宇言简意赅："吃晚饭。"

苏可西看了一眼外面的天色，才发现已经天黑了，没想到这个实验竟然做到现在。

她凑上前："那咱们走吧。"

下楼梯的时候，苏可西又想到一件事，扭过头问："我上次提的事，你到底同意不同意啊？"

学校大一不许学生搬出去住，现在他们大二了，就可以自己决定了。

苏可西想出去住，毕竟更自由。

陆宇刚想张口说拒绝的话，话到嘴边，他又顿住了。

楼梯这边的灯是暖黄色的，苏可西看着他的表情，觉得肯定是有什么影响了他："你不想，"她靠近了一点，"我主动的欸。"

面对这种暗示性极强的话，陆宇低下头，嘴唇碰上她的耳朵，忽然低声说："好。"

苏可西半天才回过神："你同意了啊？"

她好像之前就提过，陆宇压根不理她的，很长时间都没有半点要松动的意思，结果现在就这么简单地同意了？

陆宇勾了勾唇："这样不好？"

看他这样子，苏可西忽然就有点毛毛的，但一想，同居他又不能干什么杀人放火的事，有什么好怕的。

她转了转眼珠，又像是想到了什么，放轻了声音，故意提醒道："我才大二。"

陆宇说："哦。"

这么冷淡？苏可西有点不相信，又重复了一遍："我们两个现在都才大二。"

陆宇点头："我知道。"

苏可西纳闷，难道不是她想的那个意思吗，还是她自己想歪了？不管怎么说，这个结果她是喜欢的。

说好同居，其实也就是一时的决定。

苏可西很久以前提过这个事，被否决之后，当时看好的房子也被租出去了，他们现在只能重新找。

本来是想着买一套小公寓的，但他们在这儿也就只待上几年，而且如果真的买房，还是要用家里的钱，说不过去。因此苏可西决定还是租房子。

第二天选修课。

苏可西下载了一个租房的 App，准备没事干的时候就在上面寻找合适的房子，主要是现在已经过了开学季，许多房子都被租走了。

李静坐在苏可西旁边，偶尔能听到她的自言自语，便凑过去问："你这是在干吗呢？要买房子了？"

苏可西摇摇头。

李静灵光一闪，暧昧地说道："不是买房子，难道是要租房子？你一个人，还是和你的男友？"

苏可西往常就喜欢在宿舍，要么就去实验室，而陆宇基本上也是一样的，两个人只偶尔一起逛校园，或者去图书馆待着。当然这都是李静看到的。

　　学校里比他们这对情侣高调的多了去了，那些人恨不得全天下都知道他们在谈恋爱，倒是这两人，开学弄出那么大的动静后就安静了。但是他们两个让她很羡慕。

　　李静见过陆宇，那人长得很好看，听说还有不知情的去追过他，不过陆宇压根就毫不在意。

　　这年头，这样冷淡对异性的男生可不多见了。

　　李静以为陆宇就这性格，可让她吃惊的是，陆宇对苏可西明显就是另外一副模样，会口是心非地否认，会被逗得脸红……

　　他脸红的时候她还见过一次，当时都惊呆了，喝的水都差点被她一口喷出去。

　　苏可西也没否认，点点头："对啊。"

　　李静回过神，撑着脸说："现在这时间找房子有点难了吧，恐怕要多花点时间。"

　　苏可西说："反正有的是时间。"

　　"那你们岂不是要过二人世界了？"李静捂着脸调侃道。

　　苏可西推推她："一天到晚想什么呢。"

　　李静叉着腰："怎么了？我说的是实话啊，你看陆宇那眼神，昨天出实验室的时候，就差没把你生吞活剥了。"

　　她当时从旁边出去都脸红好吗？

　　苏可西被她说得脸上发热，她强词夺理否认道："你以为我和你一样？我们是要探讨学习的。"

　　李静翻了个白眼："是是是，一个学物理的和一个学化学的一起探讨，探讨出生物的最终奥秘吗？"

　　苏可西拍了她一掌。

　　两个人插科打诨了大半节课，下课铃声一响，李静就迫不及待地收拾东西准备走人："我可不打扰你们看星星看月亮了啊。"

　　苏可西都没来得及说话，对方就跑没影了。

昨天她约好了和陆宇一起去吃饭，物理学院那边的教学楼离这边有点远，所以她慢吞吞地收拾东西等着陆宇。不到几分钟教室里就只剩下她了。

陆宇从外面进来，直接拿走她的包，也不废话，拉过她就走。

苏可西看他这急切的模样，好奇地问：“你这么急干什么？”

陆宇终于放慢了脚步。

一直到路过了食堂，他也没停下来，苏可西又问：“我们今天要出去吃吗？”

陆宇简短地应道：“嗯。”

苏可西以为要去小饭馆里吃，结果陆宇把她带进了一家超市里。她以为他要买什么，没想到竟然看见他直奔最里面的卖菜处，开始挑起菜来。

苏可西只能跟上去，百思不得其解：“不是说好在外面吃吗？你现在买菜是要干吗？”

陆宇目不转睛地看她：“跟好就行。”

苏可西看他这副高深莫测的样子，只能翻了个白眼。

不过跟了一会儿后，她发现陆宇买菜看起来还挺像样的，挑挑拣拣的，和周围的几个阿姨也没什么两样，唯一不同的地方大概就是长得太帅了。

超市的菜虽然没有菜市场多，但胜在购买方便，就那么大点的地方能买到所有好吃的东西。挑好要买的东西，陆宇拎着称好的袋子去付账，苏可西跟在他后面。

这边距离学校不远，超市里有不少同学，看到他们都觉得很眼熟，毕竟苏可西和陆宇也算小小地出名过：“这是要住一起了吗？”

"看起来好像小夫妻一样，我也想谈恋爱。"

"别说了……母胎单身，我都没说什么。"

两个人一直顶着众人的目光来到了收银台。

苏可西只顾着看陆宇，等付账的时候才想起自己要买薯片，又跑回去拿了两袋,她回到收银台的时候,陆宇的菜已经装好袋子了,她把薯片递给收银员,表示要一起付账。

收银员将小票打印出来。

苏可西伸手去接,横空伸过来一只手,直接拿走了小票,塞进了垃圾桶里,让他们那张小票和众多小票堆在一起。

苏可西也没觉得哪里不对劲,她一边走一边说:"学校这边几个有名的DIY厨房我还没去过,今天要托你的福了。"

现在流行DIY,自己买菜买调料,然后过去做就行了,能给住寝室的人体验一下下厨的感觉。

陆宇张了张嘴,没出声。直到进了一个小区里,苏可西终于发现不对劲了。

这么明显,她再想不到那就是傻了,她惊喜地转过头:"你租到房子了?"

陆宇顿了一下:"买的。"

"你在这儿买房干什么呀?咱们在这边又待不了多少年。"苏可西嘴上这么说,心里还是挺开心的。

陆宇挠了挠头发,乱糟糟的,依旧很迷人。

他说:"早就看好了,只是前几天才拿到了钥匙。"

自上学期开始,苏可西在他面前提过这事后,他就有动作了。

只不过之前他一直觉得时间太早,对他们都不是特别好,所以一直把房子放置在这儿,顺便让装修公司弄装修,前几天他刚好拿到了钥匙。

又正好遇见那样的时机,陆宇觉得差不多了。

说完,他从口袋里摸出一串钥匙,随手揣进她口袋里。

苏可西毫不客气地收了,娇俏地笑笑:"那我今天就是这间房子的女主人啦。"

陆宇低头靠近了她一点,说:"以后也是。"

他自己最清楚。

公寓的楼层在中间，五楼。

苏可西打开门，直奔屋子里面，转了好几圈，最后进了卧室，又看了看阳台。

阳台朝南，此刻傍晚的晚霞穿过透明的玻璃窗照进房间里，被半开的纱帘割出细碎的阴影。房子的方位很好，风景也很漂亮。

她又走回了卧室，这间卧室很大，床也很大，躺上去就软绵绵的，弹性十足，十分舒服。

苏可西拍了张照片，给唐茵发过去。

没等唐茵的回复，她又出了房间，一抬头就看到陆宇在厨房里，顶着一张面无表情的脸在那里处理买回来的菜，看上去很奇异。

苏可西真没想过陆宇在厨房里的样子，她问："你会做饭吗？"

陆宇只是很简单地点头。

苏可西还是怕他乱来，又确认道："你要是不会就让我来，千万别逞强啊，万一厨房炸了就不好了。"

陆宇扭过头看她一眼。

苏可西嘻嘻一笑，忽然想起一个问题，凑过去问："这公寓就一间卧室，你是不是早就打算好了？"

她从背后环住他的腰，靠在他背上。

"没有。"陆宇一说话，就带起胸腔的震动，那微小的动静让苏可西脸红心跳。

她嘟囔了一句："肯定又口是心非了。"

怕被陆宇打，苏可西说完就直接关上了厨房的门，跑到外面去了。

没过多久，厨房里就传来切东西的声音。

苏可西躺在卧室的床上，床单被套一看就是新的，闻着还有洗衣液晒干后的味道。

她是第一次看陆宇下厨，虽然挺开心的，但还是有点怕他做出来黑暗料理，到时候还必须吃下去。要不先垫垫肚子？

这么一想，买的薯片还在外面呢。她连忙从床上跳起来，那个超市的袋子就放在玄关那边。

但让苏可西没想到的是,她刚把薯片拿出来,一个塑料袋就猝不及防地掉在地上。

苏可西弯腰伸手捡起来,一样不大不小的东西从里面掉出来,摔落在地上,发出小小的声音。

苏可西没拆开那东西,而是又放回了原处,若无其事地回了房间。

陆宇从厨房出来,他刚才一点动静都没听到。

他狐疑地往房间走,看到苏可西正盯着手机屏幕看得入神,他没出声,径直走过去,她整张脸都通红的,也不知道是怎么了。

到了她身边,陆宇才开口:"你在看什么?"

苏可西的魂差点被吓掉,连忙关掉手机,她摸了摸有些发热的脸,随口扯谎道:"嗯……就是看了部纯情漫画,你又不看。"

陆宇似笑非笑地看着她。

苏可西翻了个白眼,把手机点开,浏览器的第二个界面正好就是李静推荐给她的那部动漫,她直接将屏幕摊给他看。

"看吧看吧,乙女向。"

陆宇的目光在上面一掠而过,没说什么,又出了房间。

陆宇做的菜卖相还真不错,但也仅限于此。

味道真的一般般,陆宇自己感觉不出来,但平时吃得比较精致的苏可西感觉非常明显。她觉得以后可能不能让他下厨房了。

为了不打击陆宇的积极性,苏可西一句话都没说,乖乖地吃完了所有的东西,反正也不难吃,就是一般而已。

吃完晚饭已经是七点多了。

苏可西主动要求刷碗,当然是被陆宇否决了,虽然他口头上没说,但能看出来,他不想让她进厨房。

苏可西只能又回了房间里,她也没心思看教育片了,随手拉开了衣柜，里面只有几条裤子在那儿挂着，衣柜最下面放的是内衣，唯一的一件上衣还是陆宇的白衬衫。

上次是她给他买衣服，这次换成他给她买了？

苏可西一想到当时的场景就想笑，也不知道那一袋子衣服最后去了哪儿，是被扔了还是穿了。

苏可西转了转眼珠，直接拿着衣服进了浴室。她顺便也把手机带了进去，预备在里面听着歌洗澡，把自己洗得干干净净后，她才出了浴室。

她洗澡花的时间不长，陆宇还没进房间。

苏可西披着头发，轻手轻脚地进了厨房。

陆宇正站在水池前，背对着她，也不知道她此时此刻的模样是多么诱人。

苏可西直接就凑到了陆宇的边上，问："你怎么还没有洗完？"

陆宇头也不抬，水龙头的水从他的指尖流过，他修长的手指交叠着，浸在水中，看得苏可西目不转睛。

等她回过神的时候，陆宇已经转过了头。

陆宇的个子高，衬衫自然也宽大，穿在她身上显得很空荡。

陆宇微微一垂眼，没忍住，直接就将她打横抱了起来。

她捏着他的胳膊问："哎，你的自制力呢？"

陆宇没回答。

自制力是个什么玩意儿，他不认识，没听过。

一到床边，苏可西就被直接扔在了床上，陆宇居高临下地看着她红通通的脸上露出羞愤的表情，微微低头，亲在她唇上。

第二天，太阳早就顺着半开的窗帘照了进来，一睁眼就照得人发蒙。

苏可西虽然上午就醒了，但她一直到临近下午的时候才起床，一早上都懒洋洋地赖在床上。

一想到昨天晚上的一切，她就忍不住红了脸。

肚子从早上开始就饿得不行，现在早就过了吃东西的时间，她反倒是没了什么胃口。

床上就只有她一个人，整个床都被她霸占了。

你今天不来上课了吧？上午两节课老师没点名。

苏可西打开手机，就看到李静早上九点多发来的消息，后面那句话也让她松了一口气。

她们班上女生就只有一个宿舍，老师看一眼就能看出来到底有没有来上课，她回道——

我下午再回去。

李静很明显正在玩手机，很快就给她发了一张黑眼圈的表情包。

外面传来炒菜的香味和声音。不用想，肯定是陆宇在厨房了，苏可西听着听着，现在哪还管口味，能吃就行。反正不是她自己做的，又不费力气，她只要负责吃就行。

她昨晚穿的衬衫此刻被丢在床头柜上，揉成了一团，皱巴巴的。

苏可西展开衣服，抖了抖，又不嫌弃地穿上。实在是她现在在这里没有衣服穿了，昨天的脏衣服肯定是不能穿了，她必须得回宿舍取一点衣服才行。

穿上后她就麻利地下了床。

门被推开。

陆宇穿着T恤进来，看了她一眼，拉开了衣柜，将挂着的衣服放在床上，说："你的衣服。"

离得近了，苏可西就看到他脖子上的一个咬痕。有点明显，好像是她昨天晚上咬的。

苏可西随口问:"你去我宿舍了?"

"嗯。"

苏可西快速给自己换上衣服,活蹦乱跳地下了床,跳到陆宇边上,蹿到他的怀里。

陆宇猝不及防,一把抱住她。

苏可西搂着他:"喜不喜欢呀?"

这么明显的问题,肯定是和以前的意思不同的,陆宇身上挂着她,淡定地转了身:"喜欢。"

"你这次居然没有说反话。"苏可西亲了亲他的脸颊。

陆宇将她拉下去:"你还没洗漱。"

"哦,我还没刷牙。"这样一想,苏可西就浑身难受起来了,尤其是刚刚还亲了一下他。

洗手间的门唰地被关上。

陆宇摸了摸脸颊,将乱成一团的被子整理了一下。

下午李静回到宿舍的时候,苏可西已经睡醒了,正躺在床上用手机上网,日子过得悠闲自在。

"哇。"她惊叹。

苏可西向下看了一眼,就她一个人回来了,其他人都没影:"今天老师没点名吧。"

"没。"李静坐在椅子上,"你可赶上一个好时候了。"

今天下午那个老师平时最爱点名,一学期那么多节课,百分之九十几的课都点过名,剩下的全靠运气。

她暧昧地笑笑:"昨天过得好吗?"

苏可西挑挑眉,精致的眉眼显得十分明媚:"你猜。"

李静塞了颗糖进嘴里:"让我猜,那肯定二人世界过得很与众不同啊,你居然今天还回来睡。"

她以为苏可西今晚都不回来了。

苏可西点点头:"我今天正好收拾一下东西,然后和宿管阿姨说一声,晚上再去。"

"有男朋友的人就是不一样。"李静叹气,又放低了声音,"你们现在才大二下学期,马上就大三了,注意。"

苏可西抿着嘴偷笑,说:"我知道,肯定会的,放心好了,我才不拿未来开玩笑。"

李静正好点了外卖,她取完外卖再次从外面回来的时候,随口问道:"那你们两个都是吃外卖的吗?"

苏可西摇摇头:"哈哈陆宇做饭的。"

李静瞪大眼睛:"稀奇啊。"

虽然她没见过陆宇几次,但凭借仅见过的那么几面,她觉得陆宇看着也不像洗手做羹汤的人啊。和她想象的怎么一点都不一样……

自从上次之后,陆宇和苏可西就没再胡来,就这样很平静地度过了一周的时间。

晚上没有实验,两个人一起去教室自习。

期末考试在即,他们有一系列的书需要复习,就算是老师划过的重点,也必须背完才行。

临近期末,教室里上晚自习的人也多了。苏可西好不容易找了个人比较少的教室,和陆宇坐在了靠窗的位置,他们的前后几排都没人。

教室里开了空调,很凉爽。

苏可西看了一会儿书就没心思了,她平时上课还算挺认真的,因为专业的缘故,只要差了一点课后面就比较麻烦,她想不听都不行,尤其是专业课。

大二期末考试的科目比大一少了几门,虽然也没少太多,但还可以。

书上那么多字,看着看着瞌睡就来了,苏可西又不能打扰旁边的陆宇看书,只好玩手机,她玩着玩着就睡着了。

苏可西一觉醒来，解锁手机，屏幕上显示九点了。

她身上搭着一件薄外套，明显是陆宇的，不知道他什么时候带过来的，她都没注意到。

苏可西看向旁边。

陆宇还在看书，低垂的眉眼显得他安静极了，从她这个角度看，陆宇轮廓精致，真是怎么看怎么好看，苏可西实在觉得自己的眼光好，早早地就把人给握紧了。

陆宇扭过头。他用笔敲了敲桌子，发出几声响："醒了？该看书了。"

他低沉的嗓音在此刻的苏可西听来，简直就是要人命了，直教她面红耳赤，心跳加快。

苏可西撑着脸："不想看书。"

陆宇掀了掀眼皮子："那你想干什么？"

想干什么？苏可西盯着他："想亲你。"

陆宇的目光定住，直勾勾地看着她，半晌，淡定地移开视线，翻开书的下一页："那就睡觉。"

一点也不可爱。难道不是应该直接凑上来亲吗？

苏可西觉得自己今天的魅力可能有点下降，郁闷地拿起笔做笔记，用了十二分力气。不过几分钟后，她就不想看了，往旁边动了动，碰上他的胳膊："哎。"

才说了第一句话，整个教室突然黑了下来。

教室里还有其他的学生在，此刻都叫起来。

"怎么回事？停电了？"

"是不是现在一天到晚空调开太多跳闸了，我们院的变压器好像不是特别高。"

"我出去看看。"

苏可西正庆幸着自己可以少看一会儿书，多开一段时间的小差了，脸颊边就传来了柔软的触感，不轻不重。

苏可西摸黑转向旁边，外面路灯的光一点点洒进来，只看得到他模糊的轮廓。

她撇撇嘴："陆宇，你别仗着停电一直亲我行不行？"

陆宇放下笔，淡淡地说："不行。"

面对陆宇的回答，苏可西默默地挑眉反驳道："你这叫只许州官放火，不许百姓点灯。"

陆宇侧过头："点什么灯？"

苏可西晃了晃："我刚刚说想亲你，你让我去睡觉，现在趁着停电就一直偷亲我，这还不是州官放火吗？"

陆宇十分淡定地转过头，划开了手机屏幕。

就在苏可西以为他不回答的时候，突然听到了他的声音："我说睡觉你就睡觉？你就不会凑过来？"

这气急败坏的语气除了他没谁了。

"不会。"苏可西气他。

陆宇冷笑："哦。"

出去看情况的学生似乎一去不回了，教室里的其他人也不想等了，纷纷拿手机照明。

"好像不来电了，今天晚上才看了一点书。"

"我一直玩手机玩到现在，刚准备看会儿书，怎么就碰上停电这种事……"

"回去打游戏去，这不是我不看书，是老天爷都不想让我看哪。"

既然电迟迟不来，他们也不准备在这边待着了。

苏可西站起来："我们也回去吧。"

陆宇应道："嗯。"

教室里的学生基本都走了，苏可西和陆宇收拾了一下书本，用手机照着离开了教室。

走廊处也基本看不见人。

苏可西出了教学楼大门，终于想起一个问题，转过头问："你干吗非要等停电才亲我?"

陆宇想了想,回答说:"因为平时要弯腰。"

苏可西呆住,反射性地一掌拍过去:"你什么意思啊,你现在嫌弃我矮是不是?"

他们两个人几乎差了一整个头的高度,苏可西每每站着都必须仰着头才能看到他的表情。网络上称这种身高是最萌身高差,但只有切身实际在这种情况下的人才知道其中的难处。

接吻也要弯腰仰头,两个人都累得要死。最好的就是找个有台阶的地方站着,这样对方都觉得舒服。

虽然如此,苏可西还是觉得当初的照片很好看。

不知怎么的,自从他们两个人高考结束后拍的照片火了之后,一些营销号在发最萌身高差这类事情时,就喜欢配上他们的照片。

苏可西要追究都追究不过来,最后顶多针对某些过分的营销号私信一下,其他的就不想管了。

陆宇微微皱眉:"没有。"

苏可西不信:"你刚才那句话的意思不就是那样吗?亲我的时候你不舒服了是吧?"

虽然知道是实话,但听着很不爽啊。

陆宇抿了抿唇:"停电你就看不到了。"

他说话的语气很普通,苏可西却愣听出来一种委屈的感觉,"扑哧"一下笑出声来。

才出教学楼,苏可西就收到了李静发来的消息——

　　教学楼停电了,你还在吗?我看一时半会儿是来不了的。

她回头看了一眼,教学楼一片黑暗,而在它后面的资环楼却是一格格地亮着,每间教室几乎都有人,如同高三的教学楼。

苏可西想了想,回她——

我们已经出去了,正准备回去,你要是害怕就和我们一起。

李静几乎秒回——

　　别别别,我才不要当你们的电灯泡,你和你男人赶紧走赶紧走。

　　苏可西闷着笑出声,怎么看着那么好玩呢,她捣了捣旁边目不斜视的陆宇:"哎,李静说你是我男人。"
　　陆宇扯了扯嘴角:"说得挺对的。"
　　苏可西也就意思意思一下,看他如此不要脸地承认,伸手拧了下他的腰窝肉。
　　过了一会儿,她放软了声音:"我不想走路。"
　　大晚上的,路上又没人,正是情侣增进感情的好机会啊,这么浪费实在太可惜了。
　　苏可西正等着陆宇的动作。没想到,没等到他把自己背起来,反倒是听到他命令似的两个字:"过来。"
　　苏可西警惕道:"你要干吗?"
　　陆宇不耐烦道:"不干什么,快过来。"
　　苏可西疑惑地往他那边走了走,下一刻就直接被抱了起来,她就像只树袋熊似的挂在陆宇身上。
　　陆宇抱着苏可西转了一圈。
　　他耳畔是她止不住的小声惊呼,苏可西的两条胳膊攀在他的脖子上,呼吸也落在他耳边,令他难以忍受。
　　他低下头,吻住她。
　　苏可西猝不及防,此刻,她悬在空中的身体重心全在他身上,抬着下巴和他接吻,心快要跳出胸腔。

夜晚的道路上几乎没人，凉风习习。

她的头发飘起来，挡住两个人碰在一起的嘴唇，划过脸庞，带来一股痒意。

这大概是她接过最长的一个吻了。

没多久，期末考试来临。

每一科之间的空闲时间都有好几天，这些日子不用上课，也不用点名，苏可西当然要窝在公寓里。

陆宇和她不同，大多时候还在学校里。当然，晚间他都会回来。

只是没几天后，苏可西就变成了上午九点多起床，洗洗弄弄然后再吃个午饭。然后下午和陆宇两个人一起去上自习，晚上再一起回来。

晚上，苏可西一个人坐在沙发上看电视，陆宇在浴室洗澡。

电视剧里的男女主角正在上演热恋情深，因为异地就视频、短信、微信……各种各样的方式，发短信也肉麻得要命。

苏可西嗑着瓜子，看了一会儿，冲浴室里面喊道："陆宇，你为什么从来不发甜蜜蜜的短信给我？"

浴室里的水声渐小，陆宇裹着浴巾出来。

精瘦的身材一览无余，身上还挂着往下滴的水珠，白色的短浴巾围住了腰下，他性感得犹如杂志上的男模特。

苏可西咽了咽口水，眨眨眼睛，装作若无其事。

洗完澡后，两个人窝在沙发上看电视。

虽然现在用手机比较多，但仅有的那么点时间，窝那儿看一场电影还是可以的。

桌上摆着买的瓜子，苏可西吃着吃着就停手了，忍不住喝水："不吃了，不想咬。"

幸好桌子上还有柚子，还是今天中午出去买的，店家当场剥开的时候，水淋淋的，很嫩。她吃了一两瓣也停了下来，靠在那边发呆。

陆宇在她旁边，默不作声地拿过茶几上的瓜子。

电影是一部国外的爱情片,很普通的剧情,几乎看前半部分就能猜到后半部分讲的是什么,苏可西也不知道为什么网络评分还不差。过了会儿,她面前伸过来一只手。

苏可西疑惑地看过去,捏住他,然后手一下子摊开,掌心处是剥好的瓜子仁。

她歪到旁边,看着陆宇面无表情的一张脸,一把把瓜子仁都倒进嘴里面:"感动。"

掌心被柔软的舌尖触到,像是在心口舔了一下似的,陆宇喉结微动,过了会儿才抽回手,张开五指动了动。

他随口道:"吃都堵不住你的嘴。"

苏可西凑到他旁边:"你可以用嘴让我别说话。"

陆宇侧过脸,垂眼看了她一眼,哼唧一声,出口说:"你一天到晚都在想什么?"

苏可西说:"想你啊。"

陆宇没话说了,耳朵处红了红:"在家里正常说话。"

听见这心口不一的话,苏可西无辜脸:"我很正常地说话啊,你别想歪了。"

因为第二天有考试,两个人都睡得很早。

苏可西半夜惊醒,盯着黑漆漆的头顶发了好长时间的呆,终于清醒过来,手往旁边摸了摸。她怕吵醒陆宇,没敢太用力,碰到了他的脸。

公寓离马路不近,所以晚上十分安静。

眼睛看不到,耳朵就更加敏感了,身边人的浅浅呼吸她都能模糊地听见。她向下探探,抬手给他盖好被子。

还没等她收回手,身旁的人就捏住了她的手腕,塞进了被子里,放在自己胸口。

苏可西问:"陆宇你醒了?"

身边一点动静也没有,手也抽不回来。

苏可西心口忽然软了下来,这种下意识的动作,最让她觉得深入内心,偏偏他不知道。她往那边靠了靠,沉沉睡去。

不知怎么的,苏可西今天晚上睡得不安稳。

她再次醒来的时候窝在陆宇的怀里,夏日的夜晚还有点燥热,房间里开了空调。苏可西翻了个身,感觉到陆宇松开了她的手。她面对着他,阳台外有倾泻一地的月光照进来,隐隐约约可以看见陆宇闭着的双眼。

苏可西几乎没了睡意,然后伸手描绘他的五官,小心翼翼地。

自从两个人同居以来,日子都平静得很。

苏可西感觉就和平时住在宿舍没什么区别,唯一不同的大概就是晚上睡觉的时候旁边多了个人,然后她早上通常是在他怀里醒过来的。

不知过了多久,她又来了睡意,手搭在他身上,闭眼准备睡觉。结果面前沉睡的人忽然抱住她,准确地吻上了她,只是很轻地碰了碰她的唇。

苏可西睁眼,她有点羞愤:"你是不是早就醒了?"

这半夜突然就被发现了小动作,怎么想怎么觉得羞耻,以前都没这么觉得过。

陆宇没回答。过了半晌,他才迷迷糊糊地说:"梦见你哭了……"

声音又哑又低。

CHAPTER

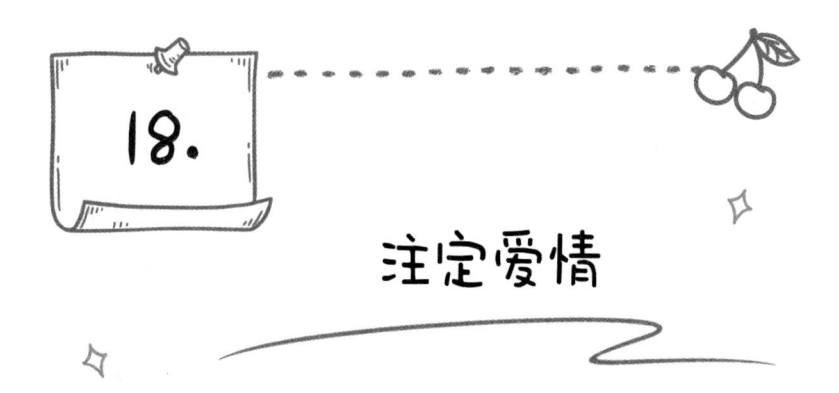

18.

注定爱情

If love is truth, then let it break my heart.
If love is fear, lead me to the dark.

If love is a game, I'm playing all my cards.

因为梦见她哭了,所以才抱她的?

苏可西的心里一下子软了,伸手碰到他的手,捏住揉了揉:"梦都是相反的。"她捏着他的脸,"我很少哭的。"

除非是特殊情况她才会哭,更多时候顶多难过一下,然后嘻嘻哈哈就过了。

陆宇已经清醒了。

梦里的那个苏可西因为一件事和他要分手,然后哭得很伤心,是他从未见过的伤心。

他对苏可西哭的记忆只停留在高中那一次,甚至他还因此流鼻血了,再后面就没见过了。

陆宇忍不住吻了吻她的额头:"我知道。"

苏可西一动不动的,等他离开了才往他怀里缩了缩,好奇地问:"那你到底梦见什么了伤心事?"

陆宇抿紧了唇。

见他这样子,苏可西也不问了:"快睡觉吧,不早了。"

她主动闭上眼。

梦见了什么?

梦里,陆宇回到了高考结束后的那段时间,他看到了苏可西的成绩，没有告诉她。

苏可西去外婆家找他了，但是原因却和现实截然相反，她是去和他分开的。

她说她受够了他那样的脾气，受够了一直被蒙在鼓里的感觉。

陆宇被说得哑口无言，只能听着她一句一句地说，最后听到她说以后再也不要见了。

然后对面的苏可西哭了。她哭起来的样子依旧很美，却让他疼……

陆宇叹了口气，甩开那些乱七八糟的梦境。

他微微动了动头，视线内，闭着眼似乎睡着的苏可西的身体微微蜷缩着，脚缩在他的小腿处，肌肤相触的地方微微发热。

陆宇闭上眼，听着她的呼吸，缓缓睡过去。

第二天醒过来，两个人都很有默契地没有提晚上的事情。

他们一起在洗手间刷牙。苏可西忍不住看镜子里的人，陆宇连刷牙都是面无表情的，就像是在执行某种任务似的，看得她直想笑。

嘴边都是泡沫的陆宇莫名地有点蠢萌。

她歪着头，含糊地说："陆宇，我今天也好喜欢你。"

陆宇的动作一顿。他漱完口后才转过头，问道："大清早的，正常说话。"

苏可西答道："我很正常地说话啊，你难道今天不喜欢我吗？"

陆宇应道："没有。"

"所以，很正常。"苏可西乖乖漱口，不再和他争论。

今天有苏可西最后一门专业课的考试，比陆宇迟一天。

昨天物理学专业的人就走光了，只有个别几个学生还留在学校里，其中就包括陆宇。

最后一科，又紧张又激动。

接下来两个月的暑假时间都是自由活动了，苏可西和陆宇想好了，要一起去外面旅游。所以这要是考不好，成绩出来心情都不好了。

铃声快响前，老师拿着一袋试卷走进来："把东西都放到前面来，大家都是大学生了，应该会自觉一点。"

苏可西收起书，给陆宇发消息——

我紧张。

然后等着回复。

陆宇回道——

那能怎么办？

苏可西趁着铃声还没响，想了想，发了语音过去："你鼓励鼓励我嘛，我好歹是你女朋友欸。"

陆宇回了两个字——

加油。

苏可西被气得翻白眼。

你就给这两个字？

陆宇坐在图书馆里。

还有几个学院的考试还没有结束，周围都是复习的校友，似乎没有人注意到他。

他抿了抿唇，突然回道——

你自己要的，我给了你又不开心，你怎么这样？

苏可西还等着回复呢,没想到看到这句话,一下子记忆就回到了高中,那一次他也是这么指责她的,心里都委屈得不得了。

正准备收了手机,对面又发来一条语音。

她摸出耳机戴上,这才点开,低沉的嗓音瞬间环绕住苏可西的全身。

"好好考试,别乱想。"温柔得如同呢喃。

苏可西一下子就红了脸,手忙脚乱地将手机关机,然后塞进书包里,坐直了身子等发试卷。

她现在心跳好快呀。

铃声响了,试卷一张张发下来,苏可西收敛了心神,盯着上面的题目,好在考的大多数都在她复习的范围之内。

这还多亏了陆宇一天到晚拽着她去上自习,不然以她的性格,估计会缩在公寓里吹空调。虽然教室里也有空调,但路上真的很热,尤其是中午那段时间,能把人热翻。

苏可西觉得爱情还是能够使人进步的。

以前高中的时候,老师们对早恋的态度很是严格,就怕学生因此影响学习。

苏可西摇摇头,赶紧下笔答试卷。

考试不过那么点时间,真正用起来很快,等考完试后出了考场,一切都结束了。

陆宇等在门口,颀长的身形和优越的容颜吸引了不少考生的目光,毕竟不是每个人都认识他们俩。

苏可西快步走过去,挽住他:"走吧,咱们回去收拾东西。"

他们订了明天的机票,今晚是这学期在学校里的最后一晚了。

陆宇点点头,顺手接过她的包:"先吃饭。"

"我还以为你今天还要下厨呢。"苏可西笑道。她现在天天吃他煮的饭,都好久没去外面了。

陆宇瞥她一眼:"今天没空。"

苏可西当然不在意。

从学校回家后,苏可西就不太想出门了。

天太热,不等到旅游的那天她是不准备出门了,反正到时候能见面,她现在也不急。在南方待了两年多,人都晒黑了一点,正好在家里闷一闷,看能不能变回以前那样白。

等下午睡醒后,她摸出手机给陆宇发了个视频邀请。

过了好一会儿,对面才终于接起来。

陆宇帅气好看的脸出现在屏幕上,似乎是沾了点水,头发也湿漉漉的,性感得一塌糊涂。

苏可西又一次沉迷于美色当中。

苏可西竖着耳朵听了一下,疑惑地问:"我怎么听到了好多其他人的声音?你在外面?"

陆宇往后靠了靠:"在游泳馆。"

才说完,那边就传来了秦升的声音:"我游泳的姿势还不错吧,在学校练了好久,看我的腹肌!"

林远生在一旁冷冷地笑。

时隔许久再听到秦升活宝似的话,苏可西莞尔,她问:"你和秦升他们在游泳吗?"

陆宇调整了手机,屏幕里只有他自己。

他看了眼不远处:"嗯,聚一次。"

毕竟是高中一起玩的,放暑假了总要聚一聚,好歹是兄弟。

他学校放假最迟,秦升和林远生早在十多天前就在家浪了,听他回来就约了一起。

秦升扒拉了两下水,看那边陆宇拿着手机,游过去:"宇哥,你在干吗,和谁聊天?是不是苏可西?"

自从高考后,他就再没见过她了。

前两年暑假都没约着,当初在网上火得不像样,现在也不知道变成什么样了,秦升还挺好奇的。

陆宇往后退了一点,避开他。

秦升一下子扑了个空,差点一头栽进水里面了,非常不满:"我就看看。"

陆宇捏好手机,瞄他一眼,淡淡地问:"看谁?"

这语气……秦升一下子就懂了,嘿嘿笑:"没有没有,我只是想和苏可西打招呼而已。"

苏可西将他们的对话尽收耳中。

趁着这时候,她扬高了声调:"秦升,好久不见,听说你那小学妹考到了你的学校是不是?"

这个她还是听陆宇偶尔提到的。

她以前觉得秦升可能就是说说而已,没想到小学妹新学期大一才开始,两个人就谈起了恋爱,甜蜜得不行。

秦升回道:"哈哈,是啊,是不是陆宇……"

剩下的话逐渐消失,陆宇往更远的地方游了一点,对着视频那头微微兴奋的苏可西没好气地道:"和他有什么好说的?"

苏可西眨眨眼:"没有啊,就打招呼,我只想和你说话。"她看了看只露了个头的陆宇,"好不容易视频,你干吗就露头?好歹给我看看。"

陆宇撇嘴:"你又不是没见过。"

苏可西才不把这句话当回事,笑着说:"那我想看你游泳的样子,你给不给看?"

视频一下子黑了。

苏可西晃了晃手机,确定是对方终止了视频,立马来气了,她不就说了这么一句话嘛!

她突然好不爽啊。

苏可西叹了口气,准备再睡一觉时,微信上收到一条新消息,是陆宇发来的。她怀着好奇的心情点开,发现是一张照片。

很明显是现拍的。

照片中的他斜靠在泳池壁上,露出精瘦的上半身,身下是泛着涟漪的泳池水,腹肌在水中若隐若现。

没有修图都看出美颜盛世了,尤其是身材……

苏可西捂住鼻子。

她决定了,她要出门!

苏可西说出门就出门。

这个游泳馆她去过,对里面的环境很熟悉,她一眼就认出来那个背景是哪个地方了。

游泳馆距离家里还是有点远的。打车过去要不少钱,苏可西索性让司机送了。

杨琦今天在家休息,看她背着包出门,稀奇道:"这个大热天出门,有什么这么吸引人?"

苏可西转了转眼珠:"我去游泳。"

"和陆宇?"杨琦一下子点破。

"妈,你那么聪明干什么?我先出门了。"苏可西怕她拦着,脚步飞快,踩着风火轮似的直接跑了。

外面果然热浪滚滚。

到游泳馆的时候已经两点多了,不少人正往外走,苏可西迫不及待地进了里面。

游泳馆也不分开,既然要进去,穿这衣服肯定是不行的,所以她带了泳衣。这还是以前和唐茵游泳的时候买的。

换完泳衣后,苏可西出了换衣室,往泳池那边去。

夏天来游泳的人很多,人挤人的,还有小孩子,声音嘈杂,震得耳朵疼。

她看了几眼,很快就发现了陆宇。

苏可西眼睛亮了亮,蹑手蹑脚地走过去,好在周围的声音将她的脚步声掩盖住了。

秦升正好面对着她,想张嘴就看到了她比了个"嘘"的手势。

他眨眨眼,微微地点点头,看向斜靠在泳池边上闭目养神的陆宇,嘿嘿偷笑。

苏可西到了边上,蹲下来,伸手直接捂住他的双眼:"猜猜我是谁?"

大概女孩子都喜欢这么干,明明是显而易见的答案,但还是想做,幼稚得很。

陆宇睁眼,睫毛刷过她的手心,痒痒的。

苏可西忍不住笑出声来,清脆的声音响在他耳边,他头也不抬,直接伸手将她往下面一拽。

没用多大力气,但巧劲用得好。苏可西没反应过来,一下子跌进了水里,不仅如此,还正好摔在了他怀里。

还真有点疼,陆宇微不可见地蹙眉。

苏可西挣扎着抬头时,他又恢复了正常表情。

陆宇顺口问:"你怎么来了?"

"你那意思不就是想让我出门?"她反问道,"你以为我不知道你在想什么啊?"

陆宇眨眼,张口否认道:"你自己要来的,我没说。"

他这个模样,配上如此可爱的动作,苏可西一下子不想说话了,只想过去亲两口。

苏可西摆摆手:"好吧好吧,你说什么就是什么。"

陆宇点头:"本来就是。"

秦升凑过来,好奇地问:"什么意思?"

陆宇看他一眼:"就你话多。"

秦升觉得自己很委屈,果然有了女朋友就忘了兄弟,现在连话都不愿意多说了。

苏可西泼了把水,很凉,撩了撩头发说:"正好很久没游泳了,来玩玩。"

想到自己来的真正原因，她倏地转过头。

波光粼粼的水面下，陆宇的胸肌和腹肌都漂亮得不像话，随着水面波动犹如人鱼一样。

她咽了咽口水，一把摸上去，手感真好。

陆宇不着痕迹地移开苏可西的手，严厉道："别动手动脚。"

苏可西眨了眨眼，感觉可惜，说："怕什么啊？难道在这么多人面前你害羞了？"

陆宇张开双臂："害羞是什么玩意儿？"

如此懒散的模样正是女生们喜欢的，苏可西也不例外。

她游到他旁边，凑到他耳边小声地说："你要是不满意，那你也可以摸回来。"

陆宇歪过头看她，有点口干舌燥。他移开视线，正视前方，机械地说："你是来游泳的。"

苏可西微微红着脸，嘻嘻笑。

这个泳池里的人不算多。

随着时间渐晚，人就越来越少，里面的空间就越来越大，苏可西动了动腿，在水里面十分好看。

秦升也不由得赞叹道："小姐姐这腿绝了。"

苏可西穿的泳衣是连体的，不算暴露，小腹平坦没有一丝赘肉，配上比例良好的腿，身材上佳。

她娇笑道："谢谢了。"

秦升正要说话，陆宇突然碰了碰苏可西的胳膊，淡淡地问："你不是来游泳的？"

苏可西赶紧摇摇头，解释道："我就是来找你们玩的，真游泳有什么好玩的。"

陆宇冷哼了一声。

他从泳池里上了岸，笔直的大长腿一下子就将苏可西的目光全部吸引了过去,哪里还记得秦升。

　　见苏可西盯着自己看,陆宇没好气道:"还不上来?"

　　"哦。"苏可西愣愣地应着,一边往边上去,一边问,"现在你就要走了吗?"

　　见她半天还没上来,陆宇皱眉,索性半弯着腰,直接伸手将她拉了上来,不费半点力。

　　苏可西惯性地撞进他怀里。

　　至于秦升,早被两个人忘在了脑后。

　　他呆呆地看着两个人远去,从他这个角度看去,两人身高差尤其明显,绝情的背影让他忍不住哀叹。

　　他也要回去秀恩爱!

　　从游泳馆出来后,苏可西和陆宇去旁边的奶茶店坐了会儿。

　　奶茶店走小清新的装修风格,墙上贴着便利贴,里面是各种各样的留言,苏可西以前也写过这个。

　　她随手撕了一张,写下一行字,推到陆宇面前:"来来来,签字。"

　　陆宇只看了一眼:"这有什么用?"

　　"就是纪念一下呗。"苏可西撑着脸,吸一口奶茶,"你难道不想写吗?我可要生气了。"

　　陆宇签上名字,无奈道:"写写写。"

　　苏可西要将便利贴贴在最上面,奈何个子不够高,够了半天也没贴上,气得坐了回去。

　　陆宇咧开嘴笑。

　　苏可西翻白眼:"你来。"

　　陆宇嘲笑了两声后,伸手接过,轻而易举地就放在了最高的地方,干脆道:"好了。"

　　奶茶店还有别人在。

　　有女生看到他们这样,也撒娇着让男朋友去贴,奈何不是所有人都有陆宇的身高，最后贴的位置也矮了一点。

苏可西与有荣焉。她勾了勾陆宇的手指，软着声说："陆宇我真是太喜欢你了，好喜欢好喜欢。"

陆宇不知道她为什么突然又说这个。

他搅了搅奶茶，突然想到上次的那个梦，微微垂下眼睑，然后张了张嘴："我也挺喜欢你的。"说完，他抽回手，捏了捏耳朵，果然又热了。

苏可西好像第一次听见他这么说，有点惊喜，感觉今天出门真没出错。

看到他遮掩的动作，她又忍不住笑出声来，自己的男朋友怎么可以这么可爱呢？

两个人在奶茶店耗了一个小时后去吃了晚饭，等出来的时候外面已经天黑了，时间有点晚，外面的车都变少了。

夏天的夜里比白天凉爽不少，还有风偶尔吹过来，走在路上不是特别热。

经过一个公交站牌时，苏可西停住了："咱们今天坐公交回去吧，我们俩还没一起慢慢回去过呢。"

陆宇挑眉："你确定？"

他的意思不言而喻。

苏可西觉得自己可能被小瞧了，仰着头挺胸道："怎么了，难道你不乐意？"

陆宇晃晃头："哪能啊。"

许是他们运气好，公交车没多久就来了。

里面没几个人，苏可西和陆宇选了个靠窗的后排位置，再往后面就没有人了，有点黑。车上开了空调，有种味道。

苏可西皱了皱眉，将窗户打开，随着公交车的行驶，风一阵阵地往里吹，她的头发一下子乱了。

自从高三剪了短发后，她就再没留过长发。

陆宇似乎也没提过发型的事儿,她有时候挺想问的,那时候他说喜欢长发到底是为了气她瞎说的,还是真喜欢。

公交车行驶得不算快。过了几站后,上来了两个老人。

苏可西揉了揉眼,迷迷糊糊地看着他们慢慢地坐在了最前面,拐杖被放在了边上。

老婆婆似乎视力不好,老爷爷一直牵着她的手,嘀嘀咕咕地说着什么,离得远,她也听不清。

公交车前面的位置比较高,中间是单排的。等把老婆婆扶到一个位置上后,他才慢悠悠地走到她后面的位置,然后坐下来凑上前和她说话。

苏可西看不见老爷爷的表情,但老婆婆侧过脸眯着眼的模样深深印入了她的心里。

想必是恩爱多年了。

苏可西看了好一会儿,拿出手机拍下了一张照片。明明就是一张很普通的照片,但里面透露出来的平淡夫妻情却让她心生羡慕。

以后她也会这样的。

陆宇坐在苏可西旁边。从他这个角度能看见苏可西的侧脸,肌肤莹白,鼻尖秀气,嘴唇微微翘着。

真想亲上去。

然后他就这么做了。

苏可西都没想到他会突然欺身过来,呆呆地看着他亲上自己。

只是一个浅浅的吻。过了没多久,陆宇松开她,看到她这样子,皱眉嫌弃道:"你这是什么表情?"

苏可西眨眨眼:"嫌弃的表情。"

陆宇哑口无言。

约莫过了三十几站,终于到了地点。

陆宇一直跟在她后面,到了她家楼下,看她安然无恙地进了里面才离开。

苏可西一点也不知情。

回到家后,她还忍不住给他发了消息,开始一直在床上打滚,毕竟今天他在车上的样子实在是太好玩了。

虽然以前也见过很多次,但是回想起今晚上那真真实实被她堵得没话说,还只能附和她的话的样子,苏可西第一次觉得,陆宇哑口无言的样子真可爱。

之后,苏可西又在家里宅了几天。旅游前一天,她才开始收拾东西。

飞机定的是夜里的航班,睡几小时,到那边刚好是早上,精力满满地开始第二天的旅行。

杨琦在一旁叮嘱:"东西不要漏了,那边没人给你送啊。"

苏可西边想边说:"知道知道。"

大人就喜欢在孩子出门前叮嘱,不管有用的没用的,反正只要是他们想到的都要说一遍。

过了一会儿,杨琦忽然开口说:"把陆宇叫来吃一顿饭吧。"

苏可西停住手,转过身和她面对面:"今晚吗?"

"你们今晚就要一起出发了,过来吃顿饭也没事。"杨琦说,"你爸爸也是这个意思。"

毕竟都谈了两年多了,正式见见家长也没什么。

之前那次夜闯苏家的事情她已经不放在心上了,而且那次也不算是正式的见面。

苏可西犹疑了一下,点点头:"好,我待会儿和他说。"

实际上她也挺忐忑的,不知道陆宇愿不愿意来,来了会发生什么又是另外需要注意的。

杨琦离开后,她便打电话给了陆宇,好在对方很快就接通了。

"你今晚有没有空?"闲聊了几句后,苏可西直入主题。

陆宇问:"有事?"

苏可西说:"我妈刚刚提到让你今晚来吃晚饭,你要不要来?如果没空就算了。"

陆宇想也没想就应了:"我会去的。"

苏可西想了想,叮嘱道:"那你注意点,我觉得他们俩肯定要问东问西的,咱俩同居的事儿先别漏出去了。"

陆宇半晌回道:"哦。"

他明显不开心了。

苏可西放甜了语气,软软地安慰道:"我就是怕他们说你把我带坏了,你就瞒着点呗。"

毕竟同居这样的事情,父母再怎么开放,也会觉得大二还是有点早了。

陆宇没好气道:"知道了知道了。"

苏可西怕他忘了,还叮嘱了好几次:"你千万别忘了,要是实在记不得,就给自己定一个闹钟。"

陆宇直接不回她了。

苏可西也没在意,挂了电话后又回去专心收拾行李。

傍晚,陆宇过来的时候,苏可西还在楼上。

她的房门开着,听到了窸窣的说话声,她当即放下手中的东西下了楼,正好看到陆宇和杨琦说话的场景。

苏可西快步迎过去,再次介绍道:"妈,这是陆宇。"

杨琦瞥了她一眼:"我又不是没见过。"

苏可西嘿嘿笑:"这么正式的第一次见面,我要隆重介绍一下啊,不然多不好。"

杨琦瞪了她一眼,看向陆宇:"去那边坐着吧。"

陆宇和她上次就已经谈过一次话了,并不是多么生疏,很礼貌地跟在她后面。

阿姨早就在准备晚饭了,等苏建明下班回来,就开饭了。

没过多久,一个个精致的碟子就被摆上了桌子,苏可西看到也惊叹了下，大多都是她喜欢吃的菜。

看见陆宇在，苏建明打了个招呼。

上桌后，两个小辈自然是坐在一起的。

苏可西看他绷着一张正经的脸，小声安慰道："你不要紧张，我爸又不会吃了你。"

陆宇目不斜视："不紧张。"

"那你干吗手上小动作不停？"苏可西直接戳破。

陆宇一下子停住了手，不动了。

苏可西刚刚就注意到了，他放在桌子底下的手一直绕着桌布的一角，明显很紧张。

见他一副小可怜的模样，她要笑岔气了。

饭吃到一半，苏建明终于再度开口了："毕业后有什么打算？"

上位者的气势尽显。

苏可西看了看，忍不住出声："我们下学期才大三呢，现在提毕业也太早了吧。"

苏建明说："你以为都像你啊？一天到晚就知道玩。"

被这么一损，苏可西哼了一声不说话了。

陆宇停顿了会儿，然后才缓缓开口："可能走科研方面的。"

得到这个答案，苏建明没说什么，苏可西倒是很吃惊，捏了一把他放在桌子底下的手。

科研方面也不是那么好做的。

杨琦忽然开口问："你妈妈现在在做什么？"

陆宇愣怔了一下，微微敛眉："她最近和以前的朋友一起合伙开店，正在装修。"

大一入学那天他看到邱华和陆跃鸣闹掰以后，他们就再没在一起过，邱华找了几个工作，最后也都辞了。

苏建明说："开店现在也不错。"

两家长辈是邻居，所以他们对陆宇的家庭清楚得很，主动避过了陆跃鸣这个令人尴尬的问题。

苏建明的脸色很平常:"喝酒吗?"

陆宇摇摇头:"不喝。"

苏可西在一旁忍着笑,他也就现在这么乖巧,以前她可是见过他吊儿郎当的模样的。

苏建明却是点点头。

他在市里工作,喝酒是常事。虽然不酗酒,但一般家里有人在的时候,也会喝上那么一小杯,烘托一下气氛。

苏建明让阿姨拿了一瓶酒过来:"不会喝酒不行,以后出去怎么办?还是要学的。"

他倒了一小杯。

陆宇是会喝酒的,这时候也不能推辞什么,只好陪着他。

鉴于夜里要去坐飞机,也没喝太多,只抿了几口,然后就没动了。

苏建明喝到脸红的时候,陆宇还是一脸正常的模样,没什么变化。

晚饭后,苏建明和杨琦没再抓着他。苏可西趁机把陆宇拉出了门,美其名曰吃完饭要去散散步消食。

高档小区的夜里,路上十分安静,只有路灯和树的影子。

苏可西忍不住说:"你今天在我爸面前真乖。"

陆宇任由她挽着,哼了一声:"不然他会把你嫁给我?"

这句话说得声音不大,苏可西虽然听清了,但还是装傻:"你刚刚说什么?我没听见,再说一遍。"

陆宇梗着脖子说:"好话不说二遍。"

苏可西揪了一下:"你说不说?"

过了会儿,陆宇才重新开口:"不乖怎么留下好印象?没好印象怎么娶你?"

他别开脸,不肯再说了。

苏可西已经达到了目的,笑嘻嘻地跳到他面前:"原来你天天惦记着娶我啊。"

陆宇哼哼唧唧的，没说话。

从小区出去，走几分钟就到了那边的商场范围。

两个人进了一家奶茶店。

这家奶茶店就是他们经常来的那家，店主都和他们认识了，见他们进来就主动说："是不是和以前一样？"

苏可西看看陆宇，点头："一样的。"

从奶茶店的橱窗可以看见，外面时不时有情侣从他们旁边经过，恩恩爱爱的，要么说悄悄话，要么一起吃东西。

奶茶很快就上了。苏可西捧着喝一口，还没抬起来就听见陆宇说："还有两年你就要嫁给我了。"

她张着嘴，半晌才回道："你怎么今晚老是说这话题？"

陆宇说："我不想等了。"

"那你也必须要等啊。"苏可西说，"谁让你还要两年才到法定结婚年龄呢，我到了也没用。"

这样的真相让陆宇的脸一下子黑了。后来不管苏可西再说什么，他就是不开口。

从奶茶店出来后，陆宇将她送回家，然后又回家拿了行李。

他们这次是出国游，要带的东西还真不少，尤其是苏可西，女生的东西本来就多，被杨琦一叮嘱，行李就更多了。

凌晨，两个人坐车去了机场。

坐夜里航班的人不多，机场里很安静，只有广播偶尔的声音，苏可西靠在陆宇的肩膀上闭目养神，不知不觉就睡了过去。

不知过了多久，她被叫醒："安检了。"

花了点时间，上了飞机后，苏可西就忍不住又想睡觉了。往常这时候，她早就入睡了。

飞机起飞后，陆宇正要转头，就感觉到肩膀上重了一点。微微侧头一看，苏可西果然睡着了。

苏可西睡得很安稳。

虽然忘了把眼罩装进包里，但她戴了耳罩，几乎听不见杂音。

她以为自己会一觉睡到目的地，再不济也是天快亮的时候醒过来，谁知道迷迷糊糊之间就被弄醒了。等她睁眼的时候，就看到陆宇直勾勾地盯着她看。

这种眼神，苏可西莫名觉得有点瘆人。

她揉了揉眼，让自己清醒一点："你把我弄醒要干吗？"

陆宇半天没动。

就在苏可西以为他要变身雕塑化石的时候，他终于有动静了。他拿出了手机，放在她面前，冷不丁地说："看。"

苏可西没好气道："看鬼啊。"

大半夜的，吵醒她就为了让她看手机，这是脑子坏掉了吧。

外面依旧是夜晚。手机屏幕的光照在她脸上，苏可西是知道他的锁屏密码的，轻而易举地就解开了手机。

"你把我弄醒，就让我看这个？"苏可西简直没脾气了，"我又不是不知道你爱我，虽然你平时不说。"

她眼尾一扫，看到旁边的酒，有了点猜测。

"你是不是喝酒了，喝醉了？"

陆宇点头。

苏可西拍拍他的脸："你还知道我是谁吧？来，说说话，别说一个字，必须两个字及以上。"

半响，陆宇才开口："西西。"

这么乖？有点不像啊。

苏可西虽然被这一声叫得挺开心，瞌睡也跑了，但还是觉得把自己喝醉了的陆宇有点傻。

她还没回答，陆宇就伸手把她的手捏住。

他说话开始有点大舌头："我要娶你。"

他们后面坐了人，早就观察了这边的情况，看到这场景，忍不住起哄道:"这是求婚吗?"

苏可西还没从这乱七八糟的情况里回过神,都没来得及说话,陆宇就又开了口:"反正就娶你。"

她拿出手机拍了好几个视频,准备以后拿这个当陆宇的黑历史,一得罪自己就拿出来给他看,看他还敢再威胁自己。

见她不理自己,陆宇有点不开心。他伸手拿走她的手机,说:"你就让我娶一下怎么了?"

苏可西哑口无言,只好敷衍道:"娶娶娶。让你娶,但是现在该睡觉了,乖。"

别看陆宇现在兴致勃勃的,明天一觉睡醒,要是陆宇还能记得这事儿,她把自己的名字倒过来写。

苏可西的瞌睡来得很快,没一会儿又开始打哈欠了。

陆宇终于没有再继续废话,在她睡着后没多久,直接将她的头按到了自己肩膀上。他眸光微顿,轻巧地将还剩很多酒的酒瓶扔到一旁。

陆宇绷紧下巴,放轻声音:"你只能嫁给我。"

苏可西压根不知道发生了什么事,睡得正熟,秀气的眉毛动了动,又找到个好位置,朦胧中应和了一句。

陆宇将外套脱下来,盖在她身上。

反正她也不知道他醉没醉。

飞机轰鸣的声音被隔在耳罩外,苏可西靠在陆宇的肩上,鼻间嗅着混合着酒香的淡淡清香味,然后陷入了梦境中。

多年前,她第一次遇见陆宇的时候,他穿着一件白衬衫,性感得要命。这辈子再不会有另外一个人能让她如此喜欢。

遇上他,她才知道亲吻原来这么美妙。

从恋爱到结婚,都只与同一个人,她注定会嫁给爱情。

正文完

番外

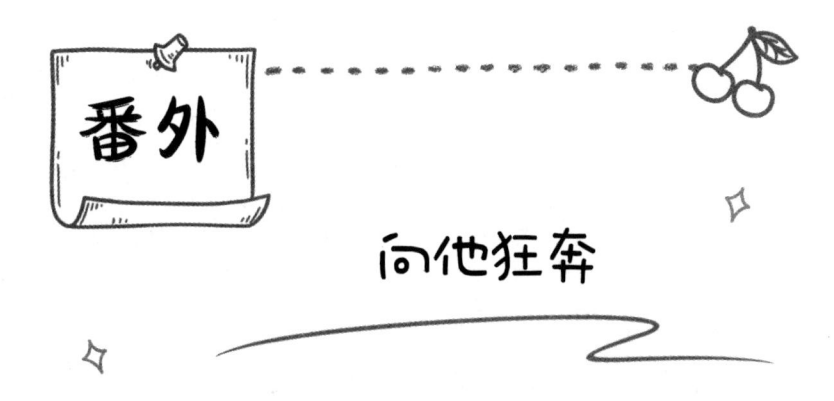

向他狂奔

If love is truth, then let it break my heart.
If love is fear, lead me to the dark.

If love is a game, I'm playing all my cards.

老师点名了,我给你代答到了,没被发现。

不过你也真是的,就一个多月没见,还非得过去。

李静的消息从手机上方划过。

苏可西点进去,发了个"么么哒"的表情图。

她想了想,又回道——

一日不见,如隔三秋,再说了,万一那边有什么小妖精呢?

李静发来一对白眼。

其实苏可西请过假了,但是这个老师比较麻烦,所以先代答到,不行再把请假条给他看。

高铁的速度很快,她是靠窗坐的,窗外,一块块农田的碧绿色汇聚成漂亮的风景。

这次苏可西要去的是北方,因为陆宇和学校的团队去那边已经一个多月了,还没有回来。原本定的是半个月,不知道为什么延迟了这么久。

一千五六百公里的路程,因为明天是元旦,飞机票都没买到,只能抢高铁票。不过她也不后悔。

不过一下午的时间而已,睡一觉就过去一大半了。而且苏可西还没有和陆宇说她要去,前两天从他那儿得来的消息,他们还要一星期才能回来。

苏可西拍拍脸,闭眼睡觉。

不知过了多久,她被人推了推,苏可西惊醒,看向旁边的人。

那男生有点尴尬,指了指她放在小桌上的车票:"你的目的地我刚听到广播说快到了,怕你坐过头。"

苏可西心头一暖:"谢谢。"

"不客气。你东西记得收拾好了。"男生摸摸头,红着脸说。

话音刚落,就进站了。

苏可西就背了一个包,放了两件换洗的衣服,也不重,她轻巧地出了车站,直奔酒店。

现在已经八点多了,这时候人铁定还在酒店,因为他们俩平时视频的时间大多都在这时候。陆宇之前刚到北方时,给她发了定位,现在正好派上了用场。

正说着,微信的视频邀请声音就响起了。

苏可西被吓得差点跳起来,赶紧按了拒接,然后回道——

我现在和室友在图书馆,不方便接。

为了让他相信,她特地打的字,没发语音。

她拿着手机,裹紧了羽绒服,在车站出口候车处直接坐计程车朝目的地而去。

陆宇此时正在酒店,刚洗完澡出来。

学校财大气粗,注重隐私,都是一人一间房,所以他平时视频都不用注意什么。

北方现在很冷,还飘着小雪,地面都结冰了。酒店的房间却很暖和,陆宇仅裹着一件浴巾。发尖的水滴顺着落在小麦色的皮肤上,起起伏伏地迈过精壮的肌肉,消失在浴巾缝隙中。

陆宇大大咧咧地坐在床上,皱着眉头看手机。

有点不开心。

"到了。"司机提醒道。

苏可西看了眼外面的酒店,付账下车,心跳得非常快,总感觉自己好像很不得了。

不知道待会儿陆宇一开门发现她来了会是什么表情,惊讶?开心?还是惊吓……

这家酒店挺漂亮的。

苏可西顺着小哥的指引很快找到了上楼的电梯,不过几分钟后就站在了安静的走廊上。

她前两天还偷偷摸摸地拐着弯打听他的房间号,为的就是现在。

苏可西摸出一把小镜子,对着照了半天,确定自己美破天际后才心满意足地收回去。

她要闪瞎陆宇的眼。

做好心理建设后,苏可西走到那间房门前,敲了敲门,把手机里下载的语音播放出来:"您好,有什么需要服务的吗?"

里间传来无情绪的声音:"没有。"

苏可西:这让她怎么接……

她想了半天,模仿了语音的声音,回道:"先生,清洁工早上打扫的时候遗留了一样东西,我可以进去取出来吗?"

里面的人终究是不耐烦了。

苏可西还没反应过来,门就被打开了。

彼时她正低着头捣鼓手机,听到动静,终于回过神来,往前蹦了一下,一下子蹿进了里面人的怀里。

她小声地欢呼:"哇,有没有很惊喜啊?"

陆宇抱住她，隔着简单披上的衣服，一手带上了门。

他低头看她："有惊吓。"

苏可西抬头，脸蹭到他的下巴，有点痒。

她伸手去摸，他的胡楂已经长了出来，还有点硬，磨得她只想往旁边躲："我不在，你都不刮胡子了吗？"

陆宇往后仰头："懒。"

她穿着羽绒服，又背了个包，有点重。但陆宇却毫无压力，直接将她抱到了床上。

"你怎么过来了？"

苏可西坐好了，放下包说："我想你啊。一个多月没见，你想我没啊？也不见你说。"

陆宇拨拉了一下半干的头发，答道："想。"

他声音含糊，苏可西倒是听得一清二楚，娇娇地笑出声来："所以我来了呀。我今晚可就在这里睡了。"

陆宇点点头，问："吃过了吗？"

"还没有。"苏可西摸了摸肚子，"你这儿有什么吃的？我还真有点饿，不管了，我先去洗澡，难受。"

她坐了六个多小时的车，再不洗澡就要疯了。

酒店的浴室都是磨砂的，水声响起的时候，陆宇情不自禁地往那边瞥了一眼。他的喉结动了动，抿了抿唇，随即移开视线，穿上衣服带着卡离开了房间。

苏可西简单地洗了个澡，出来的时候一身轻松。

她知道酒店很暖和，所以只带了夏天的睡衣。

手机在振动着。

苏可西还在想陆宇怎么不在，就听到李静大大咧咧的语音传来："西西你到了没？到了酒店了吗？一小时不回我就去报警了！"

她连忙回道："到了到了。"

李静明显在等着，秒回："哈哈哈，那我就不担心了，祝你们开开心心，做个好梦！"

苏可西还想回话，门口传来动静。

她擦了擦头发，看到陆宇拎着一个塑料袋走进来，头发上还沾着一点没融化的雪，有微弱的香气从袋子里面飘出来。

苏可西吸了吸鼻子，也顾不得头发干没干了，连忙凑过去："香香香，我想吃了。"

"给你买的。"陆宇将里面的东西拿出来。

袋子看着不大，里面的东西倒是不少，摆了小半张桌子，有粥有饭有菜，甚是丰富。

苏可西迫不及待地开吃："我真的快饿死了。"

她只带了一些面包和零食上车，那些东西哪里能抵得过主食，而且一觉睡醒就到站了，东西都没吃，现在肚子都快饿扁了。

陆宇坐在她旁边，碰了碰她的头发，即使擦过了也还有点湿湿的，单薄的一层睡衣被浸湿了一块。

等吃完收拾好，苏可西又去刷了牙洗了脸，回来坐在椅子上擦水乳的时候，她又想到了什么，吃吃地笑了出来，乐不可支地弯了腰。

大概是她神经兮兮的模样吓到人了，她一回头就看到陆宇拿着吹风机用看智障一样的眼神看着她。

伤心，难过……

"吹头发。"陆宇皱着眉走到她旁边，摸到了半湿的头发。

苏可西坐那儿不动，笑靥如花道："好啊好啊，你给我吹，我享受一下男朋友的服务。"

陆宇也没反对，他本来就想着如此。

苏可西感觉陆宇格外地温柔，似乎都不敢用力地拉头发。不过这样子的氛围她最喜欢。

头发快干的时候，她转过身，抱住陆宇的腰："我本来想和你说好多话的，现在只想着亲你。"

陆宇关了吹风机，他的声音沉到发哑："想亲就亲。"

苏可西仰着头看他,一双眼被灯光照得亮晶晶,闪着光一样,能把人绕进去。

他眸色渐深,随手将吹风机放在桌上,一手轻巧地捏过她的下巴,弯腰吻了上去。

刚擦过水乳的脸嫩得要被掐出水来。

苏可西沉溺在他的亲吻下。

陆宇呼吸加重,最后克制不住,将她抱了起来,压在了床上。

第二天早晨,苏可西醒过来的时候身侧已经没了人。她躺了几分钟,才摸下床洗漱,没过多久陆宇就回来了。

早餐依旧很丰富。

昨天赶了一天路太累,大清早的就饿了,她吃得停不下来。

"你怎么起得这么早?今天要出门吗?"

陆宇点头:"九点有会议。"

苏可西张嘴:"啊。"也不知道他哪来那么多会议。

吃饱后,她就不想动了,窝在椅子上靠着。

大概是吃饱喝足就想睡觉,苏可西的眼睛又有点睁不开了。等陆宇收拾好桌子的时候,她已经歪着头一点一点地睡着了。

他看了几秒,轻轻将她抱起来。

苏可西习惯性地搂住他,找了个好位置,在他怀里拱了拱,甜滋滋地继续睡。

陆宇把她放在床上,盖好被子。

口袋里的手机已经开始振动。

他打开回了条短信,随后坐在床边盯着她看,半晌,弯下腰在她额头上亲了一下,又轻轻地说:"我爱你。"

苏可西在被窝里动了一下,神情放松。

大抵是做了个好梦吧。

全文完